英国奇幻小说研究

姜淑芹——著

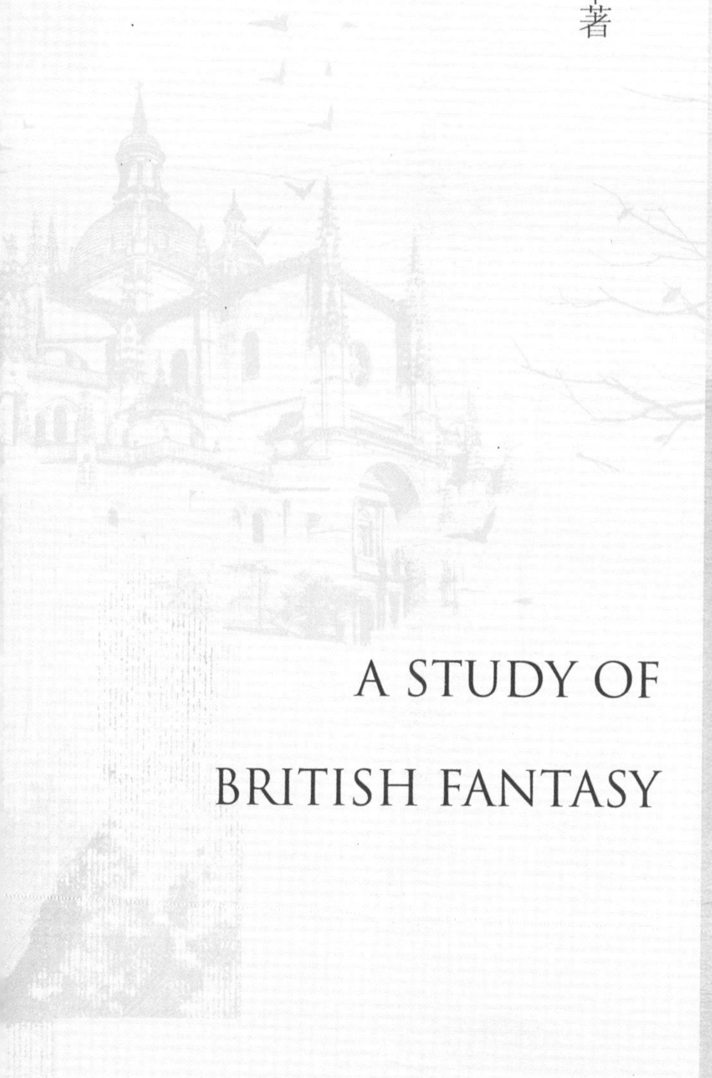

A STUDY OF BRITISH FANTASY

北京大学出版社
PEKING UNIVERSITY PRESS

图书在版编目 (CIP) 数据

英国奇幻小说研究 / 姜淑芹著 .—北京：北京大学出版社，2023.2

ISBN 978-7-301-33701-1

Ⅰ . ①英… Ⅱ . ①姜… Ⅲ . ①幻想小说—小说研究—英国 Ⅳ . ① I561.074

中国国家版本馆 CIP 数据核字 (2023) 第 020288 号

书　　名　英国奇幻小说研究
YINGGUO QIHUAN XIAOSHUO YANJIU

著作责任者　姜淑芹　著

责 任 编 辑　朱丽娜

标 准 书 号　ISBN 978-7-301-33701-1

出 版 发 行　北京大学出版社

地　　址　北京市海淀区成府路 205 号　100871

网　　址　http://www.pup.cn　新浪微博：@ 北京大学出版社

电 子 信 箱　zln@pup.cn

电　　话　邮购部 010-62752015　发行部 010-62750672
编辑部 010-62759634

印 刷 者　三河市北燕印装有限公司

经 销 者　新华书店
650 毫米 ×980 毫米　16 开本　15.75 印张　280 千字
2023 年 2 月第 1 版　2023 年 2 月第 1 次印刷

定　　价　72.00 元

序

舒　伟

四川外国语大学姜淑芹教授的学术论著《英国奇幻小说研究》即将出版，这是她历经数年完成的国家社科基金项目的成果，可喜可贺。笔者曾在扬子江和嘉陵江这两江环绕的山城读书和工作，只要说到四川外国语大学，头脑里自然会浮现“川外”这一熟悉的称谓，也必然引发对往事的回忆。那还是20世纪80年代中期，笔者在缙云山下一所重点大学攻读英语文学硕士研究生。那时候研究生招生规模较小，外语系一届往往只招一到两个研究生，导师和各门课程的任课老师加在一起，远远超过研究生人数。在此情形下，我们对同处山城的四川外语学院同一时期入学的，同一专业方向的研究生的情况自然有所了解，对他们的专业学习和论文写作的动向也较为关注。就在我们专注于啃读莎士比亚剧作和诗作，以及现代派作品如意识流小说《尤利西斯》《到灯塔去》《海浪》时，有些出乎意料地发现川外的研究生在做外国儿童文学研究，而且做得有声有色，形成了不小的气候。要知道那时候儿童文学的学科研究对于我们绝对是新鲜事物。不久四川外语学院就成立了外国儿童文学研究所，而且创办了登载外国儿童文学作品译文和研究、评论文章的刊物。这是一个令人瞩目的成就。事实上，这一翻译和研究行为已经载入中国儿童文学发展史的史册——1986年，全国少年儿童文化艺术委员会专门委托四川外语学院儿童文学研究所在重庆召开“外国儿童文学座谈会”，会议的中心议题包括如何进一步开展外国儿童文学的研究和译介工作、当今外国儿童文学的新趋向、如何建立和加强我国与外国儿童文学工作者之间的联系和协作。[1] 1987年,川外外国儿童文学研究所编辑的《外国儿童文学研究》开始由广西人民出版社出版发行。说实话,当时读到这份刊物的文章时内心不由得生出强烈的羡慕之情,须知当年能够在学术刊物上发表文章的研究生,甚至老师,少之又少。遗憾的是,这一时期川外的研究生在毕业之后去了南方的城市工作,相关的研究也逐渐沉寂下来。设想一下,如果四川外语学院外国儿童文学研究所的工作一直持续不断地坚持下去,那么完全有理由相信,川外一定会成为国内学界外国儿童文学翻译、研究以及比较儿童文学研究的重镇。

如今令人感到欣慰的是,在姜淑芹教授的不懈努力之下,四川外国语大学的多语种儿童文学翻译与研究创新团队已经组建起来,并且卓有成效地开展了一系列相关翻译和研究工作,取得了可观的成果。淑芹在南开大学外国语学院攻读博士研究生时完成的学位论文是对罗琳"哈利·波特"系列小说的综合研究,体现了她对于英国儿童幻想文学的学术关注。如今即将出版的这部书稿是对前期研究的深度拓展。她在进行英国儿童幻想文学的学术考察和研究期间,还致力于翻译英国儿童幻想文学名作,包括苏珊·库珀的《黑暗在蔓延》和C.S.路易斯的《纳尼亚传奇》等幻想文学作品,以及伊娃·伊博森、菲利普·普尔曼、艾米·斯帕克斯的作品等,为国内幻想文学研究者提供了阅读文本。

从人类文化史看,幻想文学的传统源远流长。放眼历史时空,人类先民在谋求生存发展的过程中无不怀有拓展自己经验视野的深切愿望。这种愿望自然成为推动人类驰骋想象,竭力感知和认识自身和世界的原动力,同时也催生了各民族的早期幻想文学:神话叙事。尽管所有古代神话故事都不需要得到现代意义的证实或确认,但它们不失为早期先民们在观察、探索自然世界以及现实体验的基础上进行的有意义的幻想性叙事,从而成为珍贵的文化遗产。著名科幻小说作家和学者布赖恩·奥尔迪斯将现代幻想文学划分为两极,一极是追求思考和批判的分析性作品,以英

---

① 王泉根:《百年中国儿童文学编年史》,长沙:湖南少年儿童出版社,2017年,第464页。

国作家威尔斯(1866—1946)为代表;另一极是梦幻性的奇异幻想作品,以《人猿泰山》的作者美国作家巴勒斯(1875—1950)为代表。20世纪以来,托尔金(1892—1973)创作的《霍比特人》及《魔戒》系列为梦幻性叙事传统的发展注入了新的活力。尽管幻想文学同源异流,具有共同的想象与虚构特征,但不同的类型,以及预设了不同读者对象的作品往往同幻异旨、同工异曲,具有出自不同创作意图的艺术追求。事实上,"幻想文学"范畴宽泛,包罗甚广,可以统称所有同源异流,相似相近的非写实性文学类型,例如在成人文学语境中,有梦幻叙事、超现实主义、魔幻现实主义、心理现实主义、后现代主义、科幻小说、成人本位的政治童话及新童话叙事,等等;而从幻想叙事文类看,可以划分为童话小说、奇幻小说和科幻小说,等等。由此可见,在缺乏具体语境的情况下,"现代幻想文学"这一称谓显得尤为模糊,指向性并不明确。正如布赖恩·奥尔迪斯指出的:"幻想文学(fantasy)作为一个描述性术语具有难以把握的广泛通用性是众所周知的。"[①]有鉴于此,在幻想文学传统和现代幻想文学演进历程的参照下,根据特定国家的文化历史语境对特定历史时期的幻想文学进行系统考察是很有必要的。当然,这也表明这种历史文化语境下的文学现象的考察和研究不是排他性的,而是开放性的,包容性的。

《英国奇幻小说研究》采用社会历史文化批评阐释与代表性文本分析相结合的方式,针对与奇幻小说研究交叉最多的儿童文学和童话研究语境,对现当代儿童和青少年本位的英国奇幻小说的历史进程进行考察。这体现了唯物辩证法的一个重要特征,即抓住事物的主要矛盾,坚持"事物的性质主要是由该事物的主要矛盾的主要方面决定的"这一哲学原则。作者紧紧抓住对于有自觉意识的英国奇幻文学发展进程中具有重要历史意义的因素和作家作品现象,根据基本史实进行探讨,做出阐释。与此同时,作者对各重要时期的时代特征与文本的文学表达特点进行提炼总结。

---

① B. Aldiss and D. Wingrove, *Trillion Year Spree: The History of Science Fiction*, London, The House of Stratus, 2001, pp. 5—6.

例如，对于维多利亚时期出现的第一个黄金时代的奇幻小说，作者梳理了初期的奇幻故事如何脱胎于现实主义叙事，巧妙地走向幻想的奇境世界，描述主人公如何从现实世界穿越到一个奇境世界的经历。在叙事形态方面，往往设有一个连接现实世界与奇境世界的入口，在叙事内容上主要表现主人公进入新世界后惊奇、迷惑、恐惧，最后获得成长的历程。其主要代表作品就是引领维多利亚时代儿童文学黄金时代的两部“爱丽丝”小说。

法国文艺理论家罗杰·加洛蒂在20世纪60年代发表了具有很大影响的论著《论无边的现实主义》。全书用三章的篇幅，分别通过对画家毕加索、诗人圣琼·佩斯和小说家卡夫卡的创作特征的阐释，从绘画、诗歌、小说三个艺术领域论证了现实主义创作的“无边”的疆界。加洛蒂对现实主义的当代形态提出了自己的观点，对当代现实主义文学的未来发展做出了新的阐释。在论述卡夫卡的文学创作特征时，加洛蒂指出，相较于毕加索这样的立体派画家通过自觉的颠倒次序来揭示最寻常事物的内在诗意，卡夫卡通过颠覆和改变日常生活现实的面貌来呈现对生活的真实内心感受。小说家对这个世界的材料进行了重新组合，创造了一个幻想与现实并存的文学世界。如果说莎士比亚的艺术是面对自然的一面明镜，那么卡夫卡的艺术依然是一面镜子，只不过映照的是扭曲变形的现实。镜中的世界仍然是现实的映像，是另一种“真实”。事实上，卡夫卡的文学世界与“爱丽丝”小说的奇境世界是相通的。爱丽丝进入兔子洞和镜中世界后遭遇了难以理喻的荒诞事件和滑稽可笑的人物，领略了各种逻辑颠倒的奥妙和玄机。作为整体构架上的梦游“奇境”，“爱丽丝”小说也是具有现代主义和后现代主义意涵的梦境叙事。正如罗伯特·波尔赫默斯所言：通过创造“爱丽丝”文本，卡罗尔“成为一个我们可以称为无意识流动的大师。他指明了通往现代主义和后现代主义的道路”①。波尔赫默斯

① Robert M. Polhemus, “Lewis Carroll and the Child in Victorian Fiction”, *The Columbia History of the British Novel*, ed. John Richetti, Foreign Language Teaching and Research Press, Columbia University Press, 2005, p. 579.

进而论述道:"从卡罗尔的兔子洞和镜中世界跑出来的不仅有乔伊斯、弗洛伊德、奥斯卡·王尔德、亨利·詹姆斯、弗吉尼亚·伍尔夫、弗朗茨·卡夫卡、普鲁斯特、安东尼·阿尔托、纳博科夫、贝克特、伊夫林·沃、拉康、博尔赫斯、巴赫金、加西亚·马尔克斯,而且还有20世纪流行文化的许多人物和氛围。"[①]在此,笔者还要对两部"爱丽丝"小说原著书名的中译文表明一点看法。首先,《爱丽丝梦游仙境》中的"仙境"一词是否妥当,很值得商榷。考虑到原著的基本内涵和中西文化对"wonderland"的认识差异,笔者认为用《爱丽丝奇境历险记》比《爱丽丝梦游仙境》更为准确。我们知道,这部小说的前身是根据作者在1862年7月为利德尔三姐妹口头讲述的故事而完成的手稿《爱丽丝地下游记》,定稿后于1865年出版。研究者注意到这两部小说蕴涵的"陷入沉沦和困境的世界"这一主题,它们还呈现了许多后来体现在20世纪的文学大师笔下的现代主义和后现代主义因素,尤其是与弗兰茨·卡夫卡作品相似的噩梦般的困境,在一种由悬疑重重和荒诞无解等因素构成的梦幻迷宫中出现的存在主义和黑色幽默因素,如何遭遇荒诞的敌对力量,和那些异己、异化的强大力量。而从精神分析学的视阈看,跳进兔子洞就进入地下世界,这个地下世界既是地球的重要组成部分,又是神秘莫测的未知世界,象征着进入难以理解和应对的无意识领域。波顿执导的影片还告诉观众,当爱丽丝还是一个小女孩的时候,她曾经掉进过同一个兔子洞,并且把"地下世界"(underland)误听成了"奇境世界"(wonderland)。由此可见,"奇境历险"或"奇境漫游"要比"梦游仙境"更接近原著的书名及其内涵。

对于20世纪初期的英国奇幻小说的时代语境,本书作者进行了这样的提炼:随着科学的进一步发展和人们焦虑情绪的加剧,全社会呈现出一种心理迷惘的状态。奇幻小说领域表现出一种对顽童形象的狂热和对于回归家庭的渴望,作家通过营造时光停滞的怀旧感来化解现实的压力。

---

① Robert M. Polhemus, "Lewis Carroll and the Child in Victorian Fiction", *The Columbia History of the British Novel*, ed. John Richetti, Foreign Language Teaching and Research Press, Columbia University Press, 2005, pp. 581—582.

在艺术表现形式上魔法被引入现实世界，从空间穿越扩展到时间穿越。作者对20世纪50年代的英国奇幻小说的解读也是颇具阐释力的，指出这一时期是现代奇幻小说的“史诗时代”，那些代表性作品通过回到远古神话构建史诗来重建信仰，帮助人们克服战争创伤，凝聚国家力量，重塑民族身份。

众所周知，20世纪70年代的主要历史背景就是冷战。冷战思维下的英国社会延续了50年代的恐惧与创伤，但更多地表现在心理层面。苏珊·库珀的《黑暗在蔓延》系列与托尔金的《魔戒》史诗传统一脉相承，回到更具英国性的亚瑟王传奇资源中寻找力量，开创了心理魔法模式。戴安娜·琼斯则开启了奇幻小说的解构之风，颠覆惯常认知，通过主人公发现自己内心隐含的力量。作者对于20世纪90年代世界进入全球化时代之后的英国奇幻小说创作特征进行了阐述。这是英国奇幻小说发展史上的一个高峰时期，这一时期的代表性作家包括菲利普·普尔曼和J. K. 罗琳。通过对两位作家作品的细读和阐释，作者揭示了当代英国奇幻小说的质疑与颠覆精神，以及开放与包容的后现代主义特征。

当然，研究有自觉意识的英国奇幻小说的发展历程和创作特征，从社会历史文化批评视野进行考察和阐释并非唯一途径；而且对于英国奇幻小说的界定，如何区别儿童本位与非儿童本位的作品仍然存在着进一步拓展的空间；与此同时，如何才能更准确地把握和阐释相关命题，仍然存在进一步深入探讨的场域。此外，对于童话故事在维多利亚时代对于英国人的重要性，对于为什么文学童话在维多利亚时期成为一种深受欢迎的书写形式，还可以给予一定关注。因为文学童话对于维多利亚英国的文化想象发挥着举足轻重的作用，一方面是童话故事对于维多利亚人的精神意义和吸引力，另一方面是创作文学童话成为维多利亚时代众多作家用以抵抗精神危机的文学武器。从总体看，作者采用的社会历史文化批评视野能够有效地体现唯物辩证法批评武器在文学批评和研究领域的阐释力。这正是这部学术著作的价值所在。期待淑芹教授在外国儿童文学研究和中外儿童文学比较研究领域贡献出更多成果。

目 录

绪 论 …… 1

第一章 奇幻小说溯源与辨义 …… 9

第一节 幻想与现实 …… 9

第二节 浪漫主义、幻想小说与儿童文学 …… 11

第三节 奇幻小说与童话 …… 19

第四节 奇幻小说的译名演变与本土化 …… 22

第五节 奇幻小说的基本特征 …… 29

第六节 再谈奇幻、儿童与现实 …… 35

第二章 从现实穿越到奇境

——维多利亚时代 …… 39

第一节 维多利亚时代的文化焦虑 …… 39

第二节 进化的宗教寓言——查尔斯·金斯利与《水孩子》 …… 43

一、社会活动家与作家金斯利 …… 43

二、《水孩子》中的历险与道德成长 …… 48

三、《水孩子》中的科学批判 …… 54

第三节 满纸荒唐言，一把辛酸泪

——路易斯·卡罗尔与《爱丽丝漫游奇境记》 …… 59

一、荒唐的爱丽丝故事与研究 …… 59

二、爱丽丝的身份迷失与社会失序 …… 66

三、《爱丽丝漫游奇境记》中的教育批判 …… 73

第三章 让时光停下脚步
——20 世纪初 …… 78
第一节 世纪之交的心理迷惘 …… 78
第二节 帝国想象与家庭回归
——伊迪斯·内斯比特与《沙地精三部曲》 …… 82
一、创新与保守的内斯比特 …… 82
二、《沙地精三部曲》中的冒险与帝国想象 …… 85
三、《沙地精三部曲》中的时间观与家庭回归 …… 94
第三节 不能长大与不想长大
——詹姆斯·巴里与《彼得·潘》 …… 98
一、戏里戏外的巴里 …… 98
二、《彼得·潘》与现代主义话语构建 …… 105

第四章 飞越现实、抵达远古
——50 年代 …… 114
第一节 50 年代的恐惧、勇气与现代奇幻模式 …… 114
第二节 神话想象与民族身份构建
——约翰·罗纳德·瑞尔·托尔金与《魔戒》 …… 118
一、托尔金神话与托尔金研究 …… 118
二、中土世界与民族神话 …… 123
第三节 找寻失落的乐土
——克里夫·斯坦普尔·路易斯与《纳尼亚传奇》 …… 129
一、路易斯现象与纳尼亚王国 …… 129
二、《纳尼亚传奇》与王权重建 …… 133

第五章 在历史与现实之间穿梭
——70 年代 …… 142
第一节 冷战思维下的心理抵抗 …… 142

第二节　战胜恐惧——苏珊·库珀与《黑暗在蔓延》…… 146
一、库珀与威尔士情结 …… 146
二、《黑暗在蔓延》中的时空穿梭与意念之战 …… 151
第三节　发现自己
——戴安娜·韦恩·琼斯与《哈尔的移动城堡》…… 160
一、探索不止的琼斯 …… 160
二、《哈尔的移动城堡》中的颠覆与寻心之旅 …… 164

第六章　在穿梭中交融
——世纪末与新千年 …… 173
第一节　全球化与奇幻小说大繁荣 …… 173
第二节　信仰危机与重建
——菲利普·普尔曼与《黑暗物质三部曲》…… 179
一、异议者普尔曼 …… 179
二、《黑暗物质三部曲》中的尘埃与信仰颠覆 …… 182
三、《黑暗物质三部曲》中的信仰重建与生态意识 …… 188
第三节　新千年的期盼——乔安娜·罗琳与《哈利·波特》…… 196
一、灰姑娘罗琳与《哈利·波特》神话 …… 196
二、《哈利·波特》与奇幻小说传统 …… 201
三、《哈利·波特》的后现代主题特征 …… 207

结　语 …… 221
引用文献 …… 227
后　记 …… 238

绪　论

21 世纪以来，幻想文学受到广大读者的欢迎，各种幻想类图书销售屡创新高。幻想是人类精神生活的核心内容，广义的幻想是人类大脑的一种活动方式，《近现代汉语词典》的解释是“不切实际的、不能实现的一种想象”。狭义的幻想指文学创作的一种模式，18 世纪末期在英国伴随着小说的繁荣逐渐形成，也称 fantasy novel 或 fantasy fiction，所以通常被译为“幻想小说”。又因其大量使用传统民间故事与童话元素，也有学者称之为“童话小说”或者“儿童幻想小说”。随着魔幻小说、科幻小说、网络玄幻小说等次文类的出现，又出现了“奇幻小说”这个术语。

奇幻小说的具体概念非常难以界定。这一创作方式刚出现的时候，只有少数作家结合自己的创作进行的一些零散评论。20 世纪初期随着心理学的发展和奇幻小说的繁荣，越来越多的学者开始关注到它与传统童话故事的不同，开始尝试规范奇幻小说的概念。各种争论到 1938 年托尔金(J. R. R. Tolkien)的《论童话故事》(“On Fairy Stories”)发表告一段落。在此文中托尔金详细阐述了奇幻小说应该具有的特点，其中最重要的一点是必须有一个“陌生而可信的第二世界”，从而将奇幻小说与传统的童话故事完全区分开来。五六十年代随着托尔金遵循此思想创作的《魔戒》(*Lord of the Rings*)三部曲和另一奇幻巨著《纳尼亚传奇》(*The Chronicles of Narnia*)的流行，奇幻小说进入史诗时代，并开始吸引大量学者的注意，70 年代形成了一个研究高潮。

法国结构主义批评家托多罗夫(Tzvetan Todorov)1970 年出版的《奇幻文学导论》[①]一书是奇幻小说研究领域的一大力作。奇幻小说作为一

---

① 该书 1970 年以法文出版，1973 年英译本译为 *The Fantastic: A Structural Approach to a Literary Genre*，本书采用法文原文译名，参考文本为方芳根据法文的中译本，四川大学出版社 2015 年出版。

种新兴的艺术形式，常被看作是浮夸愚蠢的作品，一直没有进入主流批评界的视野，托多罗夫对这个文类进行了严肃认真的分析与研究，影响很大，如杰克逊(Rosemary Jackson)所言，“后世所有这个领域的研究者都受益于他”①。托多罗夫摆脱了以往研究在语义领域的纠缠，从结构主义的视野研究不同文本具有的共性，给出的定义和描述就较为具体。1976年美国学者拉布金(Eric Rabkin)的《文学中的幻想因素》(*The Fantastic in Literature*)延续了结构主义研究思路，但在托多罗夫的基础上进一步扩展了奇幻小说包含的范围。英国学者曼乐夫(C. N. Manlove)在继续完善奇幻定义的基础上添加了细致的文本分析，他的《现代奇幻：五个案例》(*Modern Fantasy：Five Studies*)于1975年出版。在前言中，他明确给出了奇幻的定义，并分别展开论述了定义中的六大要点，第一条便是其小说性(fiction)，排除了许多致力于使人相信神的真实存在的宗教文本。其次，曼乐夫描述了奇幻小说具有的基本特点以及可能达到的叙事效果等。接下来曼乐夫详细分析了金斯利(Charles Kingsley)、麦克唐纳(George MacDonald)、路易斯(C. S. Lewis)、托尔金和皮克(Mervyn Peake)五位作家的作品，这是评论界第一次对奇幻小说家的创作进行详细全面的分析，之前的研究基本都是概述作品的一些特点来为奇幻下定义或进行描述。曼乐夫在奇幻小说史方面的著述颇丰，是该领域当之无愧的领军人物。他的作品包括《奇幻文学的动力》(*The Impulse of Fantasy Literature*，1983)、《1200年以来的基督教奇幻》(*Christian Fantasy：From 1200 to the Present*，1992)、《苏格兰奇幻小说：批评概论》(*Scottish Fantasy Literature：A Critical Survey*，1994)、《英格兰奇幻文学》(*The Fantasy Literature of England*，1999)、《从爱丽丝到哈利·波特：英格兰儿童奇幻小说》(*From Alice to Harry Potter：Children's Fantasy in England*，2003)等。

---

① Rosemary Jackson，*Fantasy*：*The Literature of Subversion*，London and New York：Routledge，1981，p. 5.

20 世纪 70 年代基本完成奇幻小说的定义与描述后，80 年代的奇幻小说研究继续深入，开始探索其社会批评价值及美学价值。杰克逊的《奇幻：颠覆的文学》(*Fantasy*: *The Literature of Subversion*，1981)理论部分探索了奇幻小说与神话、历史、现实以及心理的关系。施洛宾(Roger C. Schlobin)的《奇幻文学与奇幻艺术美学》(*The Aesthetics of Fantasy Literature and Art*，1982)是一本论文集，收集了 12 篇从不同角度论述奇幻小说的文章。施洛宾在前言中指出，该集子的目的就是要"把奇幻美学从当前贫瘠的状态提升到当代文化与学术界适当的位置"①。批评家塔塔尔(Maria Tatar)认为摒弃对奇幻文学的偏见的时机已经到来，施洛宾这本书在这方面迈出了一大步，开启了奇幻文学批评蓬勃发展的未来②。塔塔尔的判断是准确的，1984 年斯维芬(Ann Swinfen)的《保卫奇幻：1945 年以来英美文学中的奇幻体裁研究》(*In Defence of Fantasy*: *A Study of the Genre in English American Literature Since 1945*)一书出版后，就有评论认为奇幻小说完全不需要保卫③，因为相关的论述已经很充分，包括普里克特(Stephen Prickett)的《维多利亚时期奇幻文学》(*Victorian Fantasy*，1979)、提莫曼(John Timmerman)的《另外的世界：奇幻文学体裁研究》(*Other Worlds*: *The Fantasy Genre*，1983)、霍尔德斯多克(Robert Holdstock)的《奇幻文学之王国》(*Realms of Fantasy*，1983)等。

奇幻小说不再被认为是消极避世的娱乐之作，虽然评论界未必全都喜欢阅读或研究奇幻小说，但不再广泛质疑它的内容和表现形式，承认它与神话、传说、历史与现实都有着密切的联系，对理解社会、心理以及人的

---

① Roger C. Schlobin, ed., *The Aesthetics of Fantasy Literature and Art*, Notre Dame, Indiana: Univ. of Notre Dame Press, 1982, p. xv.

② Maria Tatar, "Review on *The Aesthetics of Fantasy Literature and Art*", *The German Quarterly*, 57. 4 (Autumn, 1984), p. 693.

③ Allan Lloyd-Smith, "Review on *In Defence of Fantasy*: *A Study of the Genre in English American Literature since 1945*", *Journal of American Studies*, 19. 3 (Dec., 1985), p. 474.

生存状态等都有着巨大的意义。90年代以后的奇幻小说批评进入了文学史、文学选集、百科全书、研究指南等工具书编纂时期，除曼乐夫的几部重要著作外，影响较大的有艾特博里（Brian Attebery）1992年出版的《奇幻之策略》（*Strategies of Fantasy*）、史密斯（Karen Patricia Smith）1993年出版的《奇异的王国：1780至1990年间的英国奇幻文学史》（*The Fabulous Realm: A Literary-historical Approach to British Fantasy 1780—1990*）、克鲁特与格朗特（John Clute and John Grant）的《奇幻文学百科全书》（*The Encyclopedia of Fantasy*，1997）、欧奇夫（Deborah O'Keefe）的《读者在奇境：奇幻小说的自由世界——从多萝西到哈利·波特》（*Readers in Wonderland: the Liberating Worlds of Fantasy Fiction—From Dorothy to Harry Potter*，2003）、山德纳（David Sandner）的《幻想文学批评集》（*Fantastic Literature: A Critical Reader*，2004）、门德尔松（Farah Mendlesohn）的《奇幻修辞》（*Rhetorics of Fantasy*，2008）与《剑桥奇幻文学指南》（*The Cambridge Companion to Fantasy Literature*，2012）等。这些比较大型的图书的出版标志着奇幻小说研究体系已经形成。

在此基础上，针对具体作家、比较研究以及结合各种理论视角的研究越来越多。由于特定的历史原因与自身的特点，与奇幻小说研究交叉最多的是儿童文学与童话研究。童话是奇幻小说产生的源头之一，奇幻小说的主人公和读者通常都是儿童，曼乐夫在对奇幻小说进行分类时就专门列了一类儿童奇幻小说。著名的儿童文学与童话研究专家亨特（Peter Hunt）、齐普斯（Jack Zipes）、尼科拉耶娃（Maria Nikolejeva）、雷诺兹（Kimberley Reynolds）、卡朋特（Humphrey Carpenter）等人都多次论及奇幻小说。门德尔松2016年的新作《儿童奇幻文学导论》（*Children's Fantasy Literature: An Introduction*）第一章就先来解释奇幻文学如何变成了儿童文学。其实，随着时代的发展，成人与儿童、现实与想象之间的界限越来越模糊，儿童奇幻文学同样拥有大量的成人读者，人们也常常将奇幻文学、儿童文学和童话混为一谈。

我国就是在这种混乱思维中引入奇幻小说研究的，可以说我国至今还没有真正意义上的奇幻文学研究，现有的主要研究都是在儿童文学的框架之下进行的。而我们对外国儿童文学的研究还停留在引进、翻译和介绍作品的程度上，对奇幻文学的研究就更是微乎其微。国内最早关注到奇幻小说这个文类的研究是 1992 年朱自强发表于《东北师大学报》上的《小说童话：一种新的文学体裁》，其中提到的小说童话便是英文 fantasy 的译名。1997 年彭懿的专著《西方现代幻想文学论》再次提到这个话题，提出“幻想文学”这个概念。朱自强在《中国儿童文学 5 人谈》中又进一步将此概念的提法改为“幻想小说”，并得到当时儿童文学界主要人物的认同。国内的幻想小说研究是作为儿童文学研究的一个分支出现的，所以除彭懿的《西方现代幻想文学论》和朱自强的《中国幻想小说论》两部专论之外，基本都是作为儿童文学相关研究与教材的一个章节出现，例如朱自强的《儿童文学概论》、韦苇的《外国儿童文学发展史》和《外国童话史》、蒋风的《外国儿童文学教程》等。这些教材本来就是针对许多个国家的泛泛介绍，关于幻想文学的篇幅很有限，具体到英国奇幻小说的研究可以说几乎没有。而英国奇幻小说虽然发源于法国与德国的童话，却在 19 世纪下半叶异军突起，此后一直引领整个西方世界。随着《魔戒》《哈利·波特》等作品的热销，英国奇幻小说的独特传统与特点更加引人注目，值得深入研究。

我国早期引介西方幻想文学的朱自强和彭懿都是留日学者，对欧美童话与幻想小说的引进大都是通过日本学界中转介绍，许多信息不够直接、不够准确。近年来，英美文学领域的学者开始关注欧美的童话研究，成就最大的是舒伟教授。舒伟教授翻译了著名的童话心理学著作《童话的魅力》(2015 新版)和新马克思主义批评家齐普斯的《冲破魔法符咒：探索民间故事和童话故事的激进理论》(2010)，撰写了《中西童话研究》(2006)、《希腊罗马神话的文化鉴赏》(2010)、《走进童话奇境——中西童话文学新论》(2011)、《从工业革命到儿童文学革命——现当代英国童话小说研究》(2015)、《英国儿童文学简史》(2015)等专著，对西方儿童文学的研究比较全面深入。舒伟教授 2015 年的两本新作可谓是国内英国儿童文学研究的开山之作。《从工业革命到儿童文学革命——现当代英国童话小说研究》是一部长达 70 万字的巨著，不仅分析了英国童话发生发展的时代语境，也进行了大量的具体案例分析。题目中使用的"童话小说"在很大程度上指的就是奇幻小说 fantasy，但舒伟教授的研究仍然是从儿童文学的思维出发，侧重于奇幻小说中儿童书写的一面，弱化了奇幻小说其他方面的特质。

英国奇幻小说与传统意义上的含有奇幻成分的童话有很大的不同，已经形成了自己的创作轨迹与理论体系，它自身的特点与表现形式以及与其他具有奇幻成分的小说类型的关系亟待分析梳理。本书把英国奇幻小说作为一个独立的群体进行系统的研究，梳理各个时期主要作品及其主要特点，探究其渊源及发展轨迹。按照英国奇幻小说发生发展的脉络，本书主体部分共分六章，除第一章外，每章包含一个时期的总体特点与两位代表作家的作品分析，努力做到史论结合、点面结合，重点论述英国奇幻小说如何反映现实问题。

第一章是奇幻小说溯源与辨义。对 fantasy 这个词的含义国内外研究始终存在争议，在我国一直没有比较合理的译名。本章从自古以来幻想与现实的辩证关系出发，梳理清楚 19 世纪初期幻想小说形成时与浪漫主义以及儿童文学之间错综复杂的关系，将奇幻小说与童话区分开来，确立奇幻小说译名的合理性，进而描述奇幻小说的基本特征，为本研究确定范围。

第二章介绍英国奇幻小说发展的第一个黄金时期——维多利亚奇幻。初期的奇幻故事脱胎于现实主义，通常情况下都是描述主人公从现实世界穿越到一个奇境世界的经历，形式上一般都设有一个连接现实世界与奇境世界的入口，内容上主要表现主人公进入新世界后惊奇、迷惑、恐惧、最后获得成长的历程。这些都反映了维多利亚晚期的人们面临着科学的新发展、社会的新潮流时既怀念过去，又必须正确认识现实并接受现实的心灵图景。本章围绕维多利亚时代的文化焦虑，分析为什么英国成为奇幻小说这种新兴艺术形式蓬勃发展的土壤，并以金斯利的《水孩子》(*The Water Babies*)与卡罗尔(Lewis Carroll)的《爱丽丝漫游奇境记》(*Alice in Wonderland*)为例展现文化精英应对文化焦虑的思考与努力。

第三章论述20世纪初期的奇幻小说。20世纪初期随着科学的进一步发展和焦虑情绪的加剧，全社会呈现出一种心理迷惘的状态。奇幻小说领域表现出一种对顽童形象的狂热和回归家庭的渴望，营造时光停滞的怀旧感来回避现实的压力。形式上将魔法引入了现实世界，从空间穿越扩展到时间穿越，主人公从一个孩子扩展到一群孩子。本章以内斯比特(Edith Nesbit)的《沙地精三部曲》[①]和巴里(James M. Barrie)的《彼得·潘》(*Peter Pan*)为例剖析世纪之交的心理矛盾与理想追求。

第四章论述英国奇幻小说发展的第二个黄金时代——50年代。第一次世界大战以后，由于战争的影响，主流文学由以意识流为主的现代主义转向以讽刺文学为主的现实主义。奇幻文学中，浪漫主义的幻想也被现实主义的戏谑取代，场景多设置在现实世界，更加缅怀田园式英国风情，鲜有新作品问世，主要是前一时期的续集。这种情况到1937年发生了变化。1937年托尔金的《霍比特人》(*The Hobbit*)发表，1938年托尔金提出了著名的精灵王国思想，奇幻小说开始走向辉煌。50年代以托尔金的《魔戒》和路易斯的《纳尼亚传奇》为代表，是英国奇幻小说形成体系的时期。这一时期的奇幻采用的是“走出庐山以识真面目”的策略，即飞越到一个与现实社会完全不同的第二世界，跳出一段距离反观人性，通过透视它来挖掘人性中恶的欲念，展现善恶冲突中的痛苦挣扎，最终重新赢得信念和力量。虽然这一时期的作品在形式上努力与现实世界毫不相关，却反映了二战前后对人性中权力欲与控制欲的思考。50年代被称为现代奇幻小说的“史诗时代”，通过回到远古神话构建史诗来重建信仰，帮助人们克服战争创伤，凝聚国家力量，重塑民族身份。

---

① 包括《五个孩子与沙地精》(*Five Children and It*)、《凤凰与魔毯》(*The Phoenix and the Carpet*)、《护身符的故事》(*The Story of the Amulet*)三部。沙地精的故事主要是第一部，后两部中沙地精不是主要人物，但与它也有关系，通常统称为沙地精三部曲。

第五章与第六章都可以归为当代奇幻。在后现代思潮影响下，作家们一边延续善恶争斗的宏大主题，一边将现实与奇境并置、杂糅，人物身份也越来越模糊、不定。人物常常在现实世界与奇幻世界之间来回穿梭，不再是维多利亚时代从现实出发，到一个奇境世界，然后再回来，也不是50年代完全置身于一个陌生而可信的世界。这种模式颠覆了传统意义上恒定、单一、固定的"世界"观，强调世界的多元性。第五章主要论述处于过渡时期的70年代，这一时期的主要历史事件是冷战。冷战思维下的英国社会延续了50年代的恐惧与创伤，但更多地表现在心理层面。苏珊·库珀(Susan Cooper)的《黑暗在蔓延》(*The Dark Is Rising*)系列与托尔金的史诗传统一脉相承，回到更具英国性的亚瑟王传奇中寻找力量，开创了心理魔法模式。琼斯(Diana Wynne Jones)则开启了奇幻小说的解构之风，颠覆惯常认知，发现自己内心隐含的力量。90年代进入全球化之后，奇幻小说迎来了又一个高峰时期。第六章以普尔曼(Philip Pullman)与罗琳(J. K. Rowling)为例，阐述当代奇幻小说质疑与颠覆、开放与包容的后现代主义特征。

英国奇幻小说自维多利亚中晚期产生至今一百多年来，主题与形式上的发展变化的轨迹与英国的社会历史变化息息相关。本书采用社会历史文化批评与文本分析相结合的视角，总结各个时期的时代特点与文本的特点，基本模式是文学史与具体案例分析相结合。目前国内尚无英国奇幻小说的专门论著，国外的几本主要文学史书涉及的范围都比较广，对各个时期的特点都是简要叙述，案例分析点到为止。专题研究书籍涉及的案例数量不多，文学史论相对也较少。本书努力将二者融合起来，重点不是涵盖所有的作家作品，而是凝练各个时期最突出的时代主题，选择两位最具代表性的作家作品进行深入的案例分析，分析它们与所处时代的关系。本书也不是单个作家作品相关论文的集合，全书每一章每一节之间都紧密相连，作家生平与创作也不是资料手册式的信息罗列，而是与主题密切相关，力图以实证的方式描述出英国奇幻小说随着时代的发展变化而呈现的发展轨迹。

第一章　奇幻小说溯源与辨义[①]

第一节　幻想与现实

幻想是相对于现实而存在的。美国学者凯瑟琳·休姆(Kathryn Hume)认为:“一切文学作品都是‘模仿’和‘幻想’两种冲动的产物,模仿现实的写实文学和非写实的幻想文学处于一个统一体的最两端,其他文学则居于两者之间,一部作品中所包含的模仿和幻想成分的多少将决定其在此统一体上的位置。”[②]幻想的东西即是现实中不可能存在的。不管评论家们对幻想文学或幻想小说的定义如何不同,公认的一点是它描述的是“不可能”的事物。福斯特(E. M. Forster)在《小说面面观》(*Aspects of the Novel*)里提出“幻想的作品所谈论的内容是不可能出现的超自然存在”[③]。英国幻想文学研究的权威专家曼乐夫给幻想下的定义是“涉及超自然或不可能的虚构作品”[④]。针对这一点,郭星做出了很有意义的评价。她指出在人类对于世界认知的不同历史阶段,这个“不可能”的范围是变动的[⑤]。在人类早期神话时代的观念当中,可以说没有什么事情是不可能发生的,远古时期人类生产力低下,原始初民将超自然的现象作为现实的一部分来接受。英国人类学家、历史学家兼文学家安德鲁·朗格

---

① 本章部分内容以论文形式发表于《西南大学学报》(社会科学版)2021年第4期,第198—208、230页。

② Kathryn Hume, *Mimesis and Fantasy: Responses to Reality in Western Literature*, Slingsby: Methuen, 1984, pp. 20—21.

③ 转引自郭星:《二十世纪英国奇幻小说研究》,博士学位论文,南开大学文学院,2010年,第1页。

④ C. N. Manlove, *The Fantasy Literature of England*, New York, Palgrave, 1999, p. 3.

⑤ 郭星:《二十世纪英国奇幻小说研究》,博士学位论文,南开大学文学院,2010年,第2页。

(Andrew Lang)的著作《神话、仪式与宗教》(*Myth, Ritual and Religion*)列举了原始先民的五个特点:万物同等,均有生命与知识;信法术;信鬼魂;好奇;轻信。这些心理特点都反映在原始神话中。我们今天看来充满了幻想成分的神话故事在古人看来完全就是可能的。中世纪人们生活在神的世界,文学作品的主流就是神奇剧、浪漫传奇和寓言故事,奇迹无所不在。但由于中世纪是基督教主导的一神论,只有跟宗教有关的这些想象才是正统的,早期神话故事和英雄传说中的超自然元素,如仙魔、鬼怪、魔法巫师等,开始被斥为异端。文艺复兴时期虽然张扬人的个性与想象力,但这一时期占主导地位的仍然是基督教幻想作品,因为那些得以释放的想象力同时也被看作是"对秩序与信仰的威胁"①。

随着科学的不断发展,人类靠理性的力量逐步揭开了自然界神秘的面纱,扫除了大部分的迷信。自16世纪航海技术发达以来,英国的自然科学从17世纪开始在数学、化学、力学等方面的成绩非常显著。牛顿及其同仁发起的科学运动到18世纪继续深化,人们对自然的那种敬畏感逐渐消失,开始越来越多地关注经验现实的世界,一切都要追求科学实证的检验。17世纪经验主义哲学兴起,同时受理性与克制文化的影响,幻想被当作头脑当中无法驾驭的非理性部分而受到规约。18世纪现实主义小说崛起,理性和幻想的分裂越来越明显。新古典主义时代弘扬理性,情感、想象、直觉以及神秘和超自然现象都遭到反对、忽视和压抑,因为可能会削弱、威胁或者颠覆理性。人们已经被"祛魅""祛神",主流作品中的超自然内容逐渐减少,这个时候幻想才真正被看作是"不可能"的,出现了现实世界和幻想世界的分裂。也就是说,"幻想"成为一个独立的概念,虽然是一个被排挤被贬斥的概念。

幻想与现实分离的过程展现了人类与自然的关系。当人类拥有更多的能力征服自然改造自然时,对自身的信心就越来越增强,甚至会变得自大、狂妄,如产生"大自然是人类的奴隶"这样的想法。幻想与现实分离的

① C. N. Manlove, *The Fantasy Literature of England*, New York, Palgrave, 1999, p. 24.

过程也是人自身的理性思维与感性思维的博弈。现代精神分析学告诉我们,人是个复杂的综合体,理性与感性力量错综复杂地交织在一起。科学发展使我们的意识能力越来越理性、重分析,似乎撕裂了与幻想的联系,但幻想却并没有消失,它不断地在寻找合适的方式表达自己。欧文·白璧德(Irving Babbitt)认为不管是古典主义还是新古典主义,他们其实都没有抛弃幻想,他们都通过幻想的面纱得到自己的真理,只是"许多新古典主义者用以坚定自己的主要信条——自然、模仿、或然性、规范性——的那种毫无想象力的方式过于缩小了人类精神的活动范围,而且似乎关闭了未来之门"[①]。科学理性并非与想象力对立,它可以解放想象力,引领它走向更多未知的领域,科学的观察和实验会有一个一个的新发现,点燃人们的想象之火,开辟一种进步的前景。启蒙时期的理性只是走向了肤浅,因而对想象造成了压抑。18 世纪下半叶,这种强烈的抑制反而促成了想象力的爆发。随着圈地运动和工业革命的飞速发展,社会矛盾日益加深,启蒙思想家推崇的人类理性的力量遭到了怀疑,一些作家开始呼吁个性解放,强调感情至上,逐渐形成了一支新的文学流派,即感伤主义。这是对理性过度压抑的一种反抗,也是对社会不满的一种文学表现。18 世纪末 19 世纪初是革命的时代,美国独立战争和法国大革命宣扬的"自由、平等、博爱"思想传遍欧洲大陆,彻底颠覆了新古典主义,形成了浪漫主义文学思潮。在浪漫主义文学运动的推动下,幻想这一被贬斥的概念获得了独立性,成为显性话语,进而发展成一个独特的文类——幻想小说,而这一过程恰恰与儿童文学的崛起相重合。

第二节　浪漫主义、幻想小说与儿童文学

什么是浪漫主义?跟所有的文学术语和文学运动一样,这是个很难

---

① [美]欧文·白璧德:《卢梭与浪漫主义》,孙宜学译,石家庄:河北教育出版社,2003 年,第 15—17 页。

准确回答的问题，尤其是浪漫主义的本质就是对立中的统一。浪漫主义研究中存在着一系列的矛盾现象，被称为“浪漫主义的亚努斯面相”[①]。评论界对浪漫主义的相关问题争论不休，但有一点是一致的，即想象对于浪漫主义美学的重要性。新古典主义者认为，与正确的判断相比，想象是微不足道的。浪漫主义者认为，与想象相比，判断微不足道。浪漫主义是对古典主义遵从理性而克制情感、压抑自我而服从王权和恪守规范的悖逆和反拨。浪漫主义文学的核心是自由的精神，无拘无束的想象力是自由的显著标志，因此浪漫主义强调抒发个人情感，把感情和想象放在首位。题材上，浪漫主义作家们偏爱自然，雄伟、奇异的大自然或远方异域往往是他们寄托自由理想之所在，例如湖畔派诗人的主要描写对象就是大自然。华兹华斯（William Wordsworth）的作品主题主要是通过自然与人的关系展示他对纯洁人性的向往；柯尔律治（Samuel Taylor Coleridge）则对神话、历史以及人的潜意识无意识世界充满向往。浪漫主义吸收了各民族古代神话史诗，对中世纪的浪漫传奇、带有神秘色彩的历史和丰富的民间传说、民歌、民谣等兴趣浓郁，题材范围大大超出了现实世界。表现手法上，浪漫主义也采用多种多样的体裁形式，追求奇特、非凡，注重深刻剖析人物内心，将抒情、议论、叙述与景物描写融合起来，形成富有生命力的涌动感。[②]

浪漫主义重启了幻想精神，促发了以幻想为主体的文学新形式的出现。英国浪漫主义运动的主要成就在诗歌领域，人们往往爱将英国浪漫主义文学等同于浪漫主义诗歌，其实戏剧与小说领域也取得了巨大的成就。浪漫主义时期的小说一方面继承发展18世纪写实的创作技巧，一方面在题材上融入了丰富的幻想因素，形成了哥特小说、科幻小说、奇幻小说等不同的分支。哥特小说充满鬼怪、凶杀等超自然和恐怖的成分，是典型的幻想文学。苏耕欣的《自然与文明、城市与乡村——评英国哥特小说

---

① 张旭春：《浪漫主义、文学理论与比较文学研究论稿》，上海：复旦大学出版社，2013年，第3页。

② 吴舜立：《外国文学》，西安：陕西师范大学出版社，2014年，第268页。

中的浪漫主义意识形态》详细阐述了哥特小说与浪漫主义的关系，指出哥特小说是一种重要的浪漫主义文学体裁。事实上，西方文学界通常也将哥特小说置于浪漫主义小说之列。浪漫主义诗人雪莱（Percy Bysshe Shelley）的妻子玛丽·雪莱（Mary Shelley）于 1818 年发表的小说《弗兰肯斯坦》（*Frankenstein*）（又译《科学怪人》）在各种文学选读与研究中都被列为哥特小说的经典。同时，它也被普遍认为是科幻小说的鼻祖，因为它“把社会批评与新的科学观念结合起来”①，开创了一种新的写作方法。玛丽·雪莱之后，威尔斯（H. G. Wells）对现代科幻小说的发展做出了杰出的贡献。哥特小说的时间设置一般是向后看，重心放在遥远的年代和神秘朦胧方面，故事地点都在遥远和模糊的过去；科幻小说则是向前看，故事设置在遥远的未来。哥特小说着力描述神秘、怪诞、痛苦的恐怖，重在营造一种心理氛围；科幻小说的核心是科学技术，讲述科学发展与人类的关系，不管是认为科学给人类社会带来进步的乐观派还是科学使人类社会面临毁灭的悲观派。幻想小说在幻想的外衣下表现的仍然是深刻的社会批判，这两种形式表现的都是想象力偏沉重的一面，主要展现成人世界或者通过成人世界展现当时的社会矛盾与作家的理想追求。第三种表现浪漫主义情怀的幻想故事则是借助儿童文学发轫，即奇幻小说。

17 世纪以前不存在儿童文学，因为连儿童这个概念都不存在，儿童不过是缩小版的成人，穿衣、劳作、生活的风格与成人无异，根本不具备独特的精神需求，也自然不会有为儿童创作的文学。17 世纪以前当然也有一些儿童读物，但内容主要是以传授知识和道德训诫为主。清教徒的原罪观认为儿童的心灵是邪恶的，他们的想象力是狂乱的，需要改造和克制。1689 年约翰·洛克（John Locke）在《人类理解论》（*An Essay Concerning Human Understanding*）里批评了长久盛行的原罪观，提出“白板说”，认为人的心灵开始时就如同一块白板，上面没有任何记号，没

---

① [英]布赖恩·奥尔迪斯、戴维·温格洛夫：《亿万年大狂欢——西方科幻小说史》，舒伟等译，合肥：安徽文艺出版社，2011 年，第 37 页。

有任何观念，由于后天的经验才在上面不断印下各种痕迹。1693年出版的《教育漫话》(*Some Thoughts Concerning Education*)中首次提出了"童年"这个概念，并论述了培育儿童心智的三种方法。洛克提出儿童有别于成人，认为不能用对待成人的标准来要求儿童，但是儿童因为缺乏判断能力，需要严格的成人管教。尽管洛克主张的教育仍然偏理性，但他认为儿童的学习过程可以是愉快的，并看到了《伊索寓言》《列那狐的故事》这类书籍的教育价值。真正具有划时代意义的儿童观是卢梭(Jean-Jacques Rousseau)提出来的。在著名的《爱弥儿》(*Émile, ou De l'éducation*)中，卢梭提出，儿童是与成人完全不同的独立存在，童年具有自身的价值，对儿童的教育要顺应自然，重视儿童的能力、兴趣和需要。卢梭认为，大自然希望儿童在成人以前就要像儿童的样子。作为浪漫主义流派的开创者之一，卢梭关于教育要顺应儿童天性的自然儿童观具有划时代的意义，完成了从"小大人"儿童观，"有罪"儿童观到"自然"儿童观的转变，在浪漫主义时期甚至形成了儿童崇拜。威廉·布莱克(William Blake)的诗歌大力赞美儿童之纯真，华兹华斯更是提出"儿童是成人之父"。彭懿在《西方现代幻想文学论》中总结道：他们认为儿童是一种同成年人相当不同的生物，而且那迥然不同的地方正是使人类更趋于完美的地方；成人们正失去这些而渐渐地蜕变为非人。[①] 童年时人类最接近自然状态的阶段，了解儿童就是亲近自然。成人虽然在理性和知识上超越了儿童，却在精神上日益缺乏灵性，必须以儿童为师，保持童真天性，才能重返精神家园。华兹华斯的儿童观实际上是浪漫主义运动在借助儿童抒发对工业理性的不满、对逝去田园的怀念以及重建精神价值的努力。儿童成为一个隐喻符号，很多作家不约而同地开始描绘儿童与童年。

儿童文学成为浪漫主义思想的载体也离不开物质条件的保障，与中产阶级的经济状况、家庭生活以及审美趣味有很大关系。根据伊恩·瓦特(Ian Watt)在《小说的兴起》(*The Rise of the Novel*)中提出的观点，小

---

① 彭懿：《西方现代幻想文学论》，上海：少年儿童出版社，1997年，第89页。

说这种文体从 18 世纪开始迅速成长壮大的主要推动力是中产阶级的崛起。英国中产阶级产生于 17 世纪末期，形成于 18 世纪，19 世纪迅速崛起，在维多利亚女王统治中后期发展成熟。中产阶级的特点是通常都是白手起家，靠自己的辛勤与努力取得财富后又不断利用这些资本谋取更多的利益。中产阶级处于社会结构的中间层，属于有产阶级，与无产阶级不同，但又与坐享其成的贵族不同，他们为了实现社会地位的不断提升而对财富孜孜以求，努力工作，奉行实用主义的价值观。中产阶级有自己的娱乐与休闲方式。据爱德蒙·伯克（Edmund Burke）统计，18 世纪 90 年代以中产阶级为主体的英国读者达到了 80,000 人之多①。创作方面，“恩主”制解体，作家成为自由职业者。再加上印刷业飞速发展，大量的出版物丰富了图书市场，以平实的笔触描写普通大众喜闻乐见的故事的现代小说迅速兴起。

18 世纪中后期以来随着物质生产的发展，医疗、卫生、食品等条件都得到了很大的改善，儿童存活率大为提高。此外，中产阶级家庭的女性也摆脱了劳作之苦，拥有大量的闲暇时间，家庭对子女的关注日益增加，无论社会还是家庭在教育投资和感情投入方面也相应增强。这些中产阶级家庭的成人与儿童都需要大量的阅读材料，尤其是适合儿童阅读的材料。1744 年约翰·纽伯瑞（John Newbery）出版的《精美袖珍小书》（*A Little Pretty Pocket-Book*）被称作英国儿童文学的开端。约翰·纽伯瑞本人深受洛克思想影响，不仅经营成人图书和杂志的出版，还致力于开拓儿童读物市场。到 1815 年，约翰·纽伯瑞家族总共出版了约四百多种为儿童及青少年读者创作和改编的各种读物。中产阶级人士大多是清教徒，因此继承了清教主义的儿童观，从 18 世纪 50 年代到 19 世纪 60 年代，儿童图书的主导话语是道德训诫与理性说教。因此，纽伯瑞家族的出版理念和图书内容还没有超越理性常识的范畴，还恪守着道德与宗教等教育主

---

① 转引自刘意青：《英国 18 世纪文学史（增补版）》，北京：外语教学与研究出版社，2018 年，第 172 页。

题。[1] 保守的中产阶级群体倡导的儿童文学主要都是训导型的“严肃文学”，例如艾萨克·沃茨（Issac Watts）的《儿童的道德圣歌》（*Divine Songs*，1715），玛利亚·埃奇沃思（Maria Edgeworth）的《父母的帮手》（*The Parents' Assistant*，1796）和《儿童道德故事集》（*The Moral Tales for Young People*，1801）等。虽然这一时期出版的读物大多仍然以说教为主，但童书市场的繁荣却使儿童教育的问题逐渐成为一个显性的社会话题，催生了究竟什么适合儿童阅读的论战，即舒伟教授所言的两极碰撞局面：一极是长期占主导地位的遁寻“理性”原则的说教文学创作，另一极是张扬“娱乐”精神的幻想性文学创作。[2]

实际上，评论界长期以来忽视了中产阶级多愁善感的一面。工业革命后期，随着社会矛盾的加剧，资产阶级中下层深深地感到自己的生活和社会地位得不到保障，感伤情绪由此产生，感伤主义小说流派形成，也称前浪漫主义。17 世纪中期就出现了广受欢迎的廉价小书（chapbook）。廉价小书一词来自 chapman，即流动小贩，他们走街串巷以低廉的价格出售各种题材故事的小书。据哈维·达顿（Harvey Darton）考证，“从 1700 年一直到 1840 年间，廉价小书囊括了四个世纪以来所有的流行文学样式”[3]，尤其以童话和富有想象力的故事为主。廉价小书使用的纸质粗糙，书页由整张纸折叠而成，价格便宜，阅读方便，内容有趣，深受儿童尤其是下层阶级儿童喜爱。上层阶级和中产阶级虽然对它恨之入骨，但他们的孩子却也会瞒着大人偷偷阅读廉价小书。经由这个媒介，民间故事、中世纪传奇故事等得以保存下来。法国童话故事《美女与野兽》也通过廉价小书的形式在英国广为传播，还有影响巨大的贝洛童话。

17 世纪晚期，法国贵族沙龙圈里兴起一种新游戏，参与者围绕着某个主题轮流接龙编童话故事（fairy stories）。故事要编得越自然越好，没

---

① 舒伟：《从工业革命到儿童文学革命——现当代英国童话小说研究》，北京：中国社会科学出版社，2015 年，第 88 页。

② 同上书，第 103 页。

③ Harvey Darton, *Children's Books in England: Five Centuries of Social Life*, Cambridge: Cambridge University Press, 1958, p. 82.

有固定的形式，造成即兴创作的效果。到1690年代，很多人开始把他们在沙龙上即兴创作的故事记录下来出版发表，夏尔·贝洛(Charles Perrault)就在其中。《贝洛童话》原名为《有寓意的传说集》，后又称作《鹅妈妈的故事》，出版于1697年，其中包括著名的《小红帽》《灰姑娘》《林中睡美人》《穿靴子的猫》等故事。这些故事很快便被翻译成英语，经由廉价小书在英国快速兴起。东方的《一千零一夜》也在这个时期译介进来，并广为流传。需要注意的是，虽然这些沙龙创作的童话故事很受欢迎，但并不是所有人都认可它。英国的保守势力更是发起猛烈的抨击，洛克警告父母们不要让孩子们接触童话，切斯菲尔德伯爵(Lord Chesterfield)敦促他的教子远离贝洛童话。18世纪80年代甚至有一批作家，包括前文提到的埃奇沃斯，专门创作了几百部说教性质的故事来抵制童话的恶劣影响。19世纪早期，说教派一度完全占上风，童话故事被认为完全不适合儿童阅读。埃奇沃斯很自信地在《实用教育》(*Practical Education*)上说道："我们不需要影射童话故事，因为现在很少有人读那些东西。"[①]但是很快轰轰烈烈的浪漫主义运动便改变了这一境况。

前文已经提到浪漫主义神化儿童，重视儿童独特的审美价值。在《颂诗：忆童年而悟不朽》("Ode: Intimations of Immortality")里，华兹华斯描绘道："年幼时，天国的明辉闪耀在眼前，当儿童渐渐成长，牢笼的阴影便渐渐向他逼近……及至他长大成人，明辉便泯灭。"[②]因此，儿童最具神性，与自然的关系是最和谐的，人类要想重返自然与精神家园，必须借助儿童这一媒介。最重要的一点是浪漫主义拓宽了作家写作的题材，认为现实不仅仅指眼前可触摸感知的物质世界，开始探索梦境、神秘行为、超自然力量等精神世界的元素，因此浪漫主义名家华兹华斯、柯尔律治、兰姆(Charles Lamb)等人都大力推崇童话故事，认为童话故事对儿童有益。

---

① Michelle Eilers, "On the Orgins of Modern Fantasy", *Extrapolation* 41.4(2000), p.320.

② [英]威廉·华兹华斯：《湖畔诗魂——华兹华斯诗选》，杨德豫译，北京：人民文学出版社，1990年，第284—294页。

1823年，德国的格林童话在英国出版，此时浪漫主义运动已经高涨，与贝洛童话的曲折经历不同，格林童话可以说一夜之间风靡整个英国。舒伟教授如此引述著名民俗学家艾奥娜·奥佩(Iona Opie)和彼得·奥佩(Peter Opie)对格林童话的评论：

> 1823年，童话故事几乎在一夜之间成为古籍研究者心目中一项受人敬重的研究活动，成为诗人们的一种灵光，成为少年儿童的得到认可的阅读神奇故事的一个来源。带来这一变化的就是由爱德加·泰勒和他的家人从格林兄弟的《儿童与家庭故事集》翻译而来的《德国流行故事》的发表。[①]

从格林童话开始，道德主义者对于童话故事的顽固抵制开始瓦解。随后，1846年安徒生童话的第一个英译本出版，随后又有其他译本陆续出现，到1870年，英国至少出版了二十一个安徒生童话译本。文学童话创作的道路由此敞开。英国的本土作家们不满足于仅仅引进阅读国外的童话故事，更是将想象的精神与日益成熟的小说艺术结合起来，创作了一大批充满着幻想精神的小说作品，即后世评论家所称的现代奇幻(modern fantasy)。

在《论现代奇幻的起源》中，评论家艾勒斯(Michelle Eilers)认为浪漫主义对现实概念的拓展使幻想(fantasy)的内涵发生了改变。19世纪以前，幻想指头脑对不真实事物产生的幻象，可以说是一个不折不扣的贬义词，而到1825年的时候，它开始成为一个褒义词。[②] 艾勒斯的论述只是点到为止，没有进一步阐述。其实这个时候的幻想(fantasy)已经具有了心理现实主义甚至是现代主义文学的特点，只是当时人们的认识还没有心理学发现的支撑。浪漫主义所追求的精神世界就是心理层面的。当作家们试图用小说写实的手法来描写心理想象的世界时，就形成了幻想小

---

① 舒伟：《从工业革命到儿童文学革命——现当代英国童话小说研究》，北京：中国社会科学出版社，2015年，第108页。

② Michelle Eilers, "On the Orgins of Modern Fantasy", *Extrapolation* 41.4(2000), p. 321.

说。18 世纪晚期 19 世纪早期的幻想狂潮找到了三个出口，一是借助古堡魅影展现内心黑暗的哥特小说，一是借助科学打开未来之门的科幻小说，一是披上童话外衣的奇幻小说。正如约翰·洛威·汤森(John Rowe Townsend)在《英语儿童文学史纲》(*Written for Children: An Outline of English Language Children's Literature*, 1965)中所总结："在理智之名的钳制下被禁锢了许久的想象力，到 19 世纪初终于获得解放。原本只是以口述和廉价书的方式流传的古老童话故事，开始在'被认可'的儿童文学中找到一席之地。"①

第三节　奇幻小说与童话

然而奇幻小说并不等同于童话。西方童话脱胎于民间故事，经贝洛、格林兄弟等的整理逐渐产生，后来形成了以安徒生为代表的创作童话，也称为文学童话、艺术童话等。上文提到的汤森就曾辨析过奇幻小说与童话的差别，国内朱自强、彭懿、韦苇、方卫平等儿童文学研究专家都在不同程度上引述过他的观点：

> 童话故事无论古今，都是魔法的故事，时间是不确知的过去，且含有传统的主题和因素——例如巨人、侏儒、巫婆、会说话的动物和各种异类生物，还有好神仙和坏神仙、王子、可怜的寡妇和最小的儿子。民间故事是流传在民间的传统故事，常常像是童话，但也不尽然；"民间"便指出了故事的来源，"童话"则是指故事的本质。就我看来，幻想故事是近代的发展，属于小说流行后的时代，而且种类极多，可能关于新世界的开创，也可能是某种自然法则的错乱——如时间的转换。要清楚地划分现代童话和幻想故事并不容易；我将篇幅较长的作品视为幻想故事，即使它运用了许多童话的要素，因为我认为

① 转引自朱自强：《儿童文学概论》，北京：高等教育出版社，2009 年，第 210 页。

童话的特色之一便是它的简短。[①]

汤森的概念辨析很有价值，但他最后把童话与奇幻小说的差别归结于长度还是过于简单化，很多创作童话的长度并不简短。前文中提到在原始初民的认识中，超自然力量本身就是现实的一部分，所以对民间故事中的人来说，现实世界和超自然世界是一体的，研究者们称这一点为一次元性。童话故事继承了这一基本特点，所以呈现出模式化、非写实性的特点。尽管后世的创作童话增加了很多个性化的表现，其对待幻想因素的基本态度还是一次元性的。那个超自然的世界就在那里，主人公面对超自然的力量不会产生任何惊奇，在情节安排和人物塑造上都不会过分追求细节。例如安徒生童话《红鞋》中卡伦请求刽子手砍掉自己不停跳舞的双腿时，只是简单写道："她向刽子手坦白了自己所有的罪过，于是刽子手把她穿着红鞋的双脚砍掉了。那双红鞋带着她的双脚跳到了田野里，跳到了漆黑的森林里。"[②]这本是一个相当骇人的画面，骤然砍掉双脚，描述中却没有痛苦，没有鲜血，就像切火腿一样轻松，因为童话故事只需要满足基本的叙事推动功能。而现代奇幻小说却是通过写实的手法主动去创造一个第二世界，即"用小说这种形式，把实际上根本不可能发生的事情像肉眼所见一般地描绘"[③]。例如《冰与火之歌》中关于异鬼袭击的场面，描述十分细致，氛围也恐怖骇人。

尖叫声回荡在深夜的林里，罗伊斯的长剑裂成无数碎片，如同一阵针雨四散甩落。罗伊斯惨叫着跪下，伸手捂住双眼，鲜血从他指缝间汩汩流下。旁观的异鬼仿佛接收到什么讯号，这时一涌向前。一片死寂之中，剑起剑落。这是场冷酷的屠杀，惨白的剑刃切割丝捆般切进环甲。威尔闭上眼睛。他听见地面上远远传来它们的谈笑声，

① 朱自强：《儿童文学概论》，北京：高等教育出版社，2009年，第209页。

② 聂建中等主编：《与世界文豪学英语——安徒生童话选》，延吉：延边大学出版社，2003年，第39页。

③ 彭懿：《西方现代幻想文学论》，上海：少年儿童出版社，1997年，第101页。

尖利一如冰针。[①]

此外，童话故事中的人物通常都没有名字，而以模式化的身份来指代，例如国王、后妈、卖火柴的小女孩、小红帽等。而奇幻小说的主人公通常拥有现实生活中常见的名字，例如爱丽丝、山姆、哈利、彼得、露西等。奇幻小说的幻想世界是二次元的，但是作者相信这个创造出来的他者世界真实存在，也努力通过小说表现的技巧使读者相信它的存在，这也是后来托尔金提出的“第二信仰”的问题，后文中将进一步详述。

由此可见，奇幻小说并不是现实主义小说的对立面，而是现实主义小说的一部分，只是它认为自己描绘的头脑想象出来的幻想世界与感官可以触摸的经验世界都是现实的一种形式。小说的真实性一直是个问题。现实主义小说致力于描写真实，创造真实的感觉，早期很多故事就是以真人真事为基础写成，被称为小说之父的笛福(Daniel Defoe)就宣称自己的小说是记录事实。[②] 但小说本身就是虚构的故事，笛福与他同时代的作家创作的小说中与历史事件本身还是有很多差别。笛福所谓的真实首先是指描写的对象指真实的生活，更重要的是要营造出生活的真实感，即要描写得可信，“真实，并不在于他们与我们相像(尽管他们可能与我们相像)，而在于他们是可信的”[③]。但何为生活的真实？现代主义小说认为内心世界的意识活动、心理感受才是真实的。伍尔夫(Virginia Woolf)1919年发表的著名论文《论现代小说》(*Modern Fiction*)中说道：

---

① [美]乔治·马丁：《冰与火之歌(卷一)——权力的游戏(上)》，谭光磊、屈畅译，重庆：重庆出版社，2012年，第11页。

② 在《鲁滨逊漂流记》的序言中，他声明这部作品是一部由事实(fact)构成的历史(history)，其中不含任何虚构(fiction)的情况。他在《摩尔·弗兰德斯》的序言中也曾作出类似声明，指出由于当时的社会中所谓的虚构故事(novel)和罗曼司(romance)甚为盛行，以至于像这样一部实际是个人历史(a private history)的作品，也会被划为同类。他希望这个作品能像作者所期待的那样被信以为真。在《罗克桑娜》的序言中，他再次指出这是一部以事实真相为基础的作品，不是故事而是一部历史。此外，笛福在《辛格顿船长》《亚历山大·罗姆金斯少校回忆录》等多部长篇或短篇小说的序言中声明，自己这些小说的产生都与真实的现实有直接关系，小说中主人公和故事都是隐去了原名的真人和真事。以上论述参见王卫新、隋晓荻：《英国文学批评史》，上海：上海外语教育出版社，2012年，第71页。

③ 王卫新、隋晓荻：《英国文学批评史》，上海：上海外语教育出版社，2012年，第72页。

> 生活并不是一副副匀称地装备好的眼镜；生活是一圈明亮的光环，生活是与我们的意识相始终的、包围着我们的一个半透明的封套。把这种变化多端、不可名状、难以言说的内在精神——不论它可能显得多么反常和复杂——用文字表达出来，并且尽可能少地掺入一些外部的杂质，这难道不是小说家的任务吗？[①]

现代主义作家把真实搬到了心理空间，表现手法上侧重细致地描绘人物的内心世界，挖掘隐秘微妙的情感。后现代主义小说则彻底走向了现实主义小说的反面，直言现实主义的真实根本就是虚幻的，一切都是幻象，这才是生活的真相。可见真实的概念是不确定的。每一种主义都在以自己的方式阐释真实，表现真实。小说描写的东西不一定真的是真实的生活，但它一定会采用细致的描写手法来描绘它的对象，让读者产生栩栩如生的真实感。奇幻小说的本质是小说，不管它描写的是经验的世界，还是想象的世界，它的终极目的是致力于创造真实。

第四节　奇幻小说的译名演变与本土化

既然这是一个与童话不同的新体裁，那么它就应该有一个属于自己的名称。英文中作为文类的 fantasy 已经与代表童话故事的 fairy tales 区分开了，但它在我国的译名却一直处于不确定的状态中。按照朱自强的说法，最早关注到这个题材的是作家陈丹燕和周晓波。陈丹燕 1983 年的《让生活扑进童话——西方现代童话创作的一个新倾向》和周晓波 1985 年的《当代外国童话“双线结构”的新发展》关注到西方现代童话与传统童话很不同的一面，即其中的现实主义因素。但朱自强指出他们虽然发现了这个不同，却仍然把它们作为童话进行研究，而他自己则认为这些作品已经属于新的文学体裁，应该译为“小说童话”。在文中，他这样阐述道：

---

① ［英］弗吉尼亚・伍尔夫：《论现代小说》，李乃坤编选：《伍尔夫作品精粹》，石家庄：河北教育出版社，1990 年，第 337－339 页。

将 Literary fairy tales 与 fantasy 暧昧地用“童话”来囊括，就不可避免地要掩盖幻想故事型儿童文学作品的文学史的发展阶段性，不可避免地造成幻想故事型作品系列的评论中的概念混乱……我将 fantasy 称为小说童话主要是因为，fantasy 是一种以小说式的表现方法创作的幻想故事，其母体是童话，但又吸收了现实主义小说的遗传基因。①

朱自强的论文发表于 1992 年。1995 年彭懿在《儿童文学研究》第 1 期上发表题为《泛达激的方法》的译文②，提出了“泛达激”这个译名。彭懿从日本文学中接触到这个问题，而日本对 fantasy 采取了音译，他于是借用了日语的音译名。这个译名显然不美，自然也就没有流传开来③。其实 1989 年出版的《世界儿童文学概论》的中译本中就已经把日文的“泛达激”译为“幻想小说”。彭懿自己后来也没有再使用这个译法，而是采用了比较宽泛的“幻想文学”(1997)和“幻想儿童文学”(1998)，并自嘲道“我还是曾天真地设想过引进泛达袭这个靓丽的词语。我曾在一篇公开发表的译文前面大放厥词，蛊惑不妨仿效一下日本，引入泛达袭这个全新的概念”④。朱自强后来对“小说童话”这个名称也不满意，2000 年在《中国儿童文学与现代化进程》一书中使用的是“幻想文学”，2001 年在《中国儿童文学 5 人谈》中又提出应该译为“幻想小说”，后来在 2006 年的《中国幻想小说论》和 2009 年的《儿童文学概论》一直沿用。2018 年最新发表的论文中又采用了“儿童幻想小说”的提法。

国内早期对奇幻小说的介绍大都是通过日本文学转引而来，例如上

① 朱自强：《小说童话：一种新的文学体裁》，《东北师大学报》(哲学社会科学版)1992 年第 4 期，第 64 页。

② 这篇译文是日本学者猪熊叶子与神宫辉夫合著的《英国儿童文学的作家们——泛达激与现实小说》一书的序论。在 1997 年的《西方现代幻想文学论》中，彭懿使用的是“泛达袭”，称 20 世纪 60 年代初日本深谙欧美文学的年轻人为了讨伐陈腐混沌的概念“幻想文学”，于是采用直接音译法创造出这个术语，后来在日本广泛使用，专指幻想儿童文学，而幻想文学则只在成人文学中使用。在 2008 年的《中国儿童文学 5 人谈》中，他又使用了“泛达激”。

③ 梅子涵等：《中国儿童文学 5 人谈》，天津：新蕾出版社，2008 年，第 101 页。

④ 彭懿：《西方现代幻想文学论》，上海：少年儿童出版社，1997 年，第 6 页。

文提到的朱自强和彭懿都是留日学者，主要是转介日本学者对英美奇幻小说的研究。近年来，英美文学研究领域的舒伟教授对这一题材进行了比较全面深入的研究。舒伟教授2008年主持国家社科基金项目《英国童话小说研究》，先后发表了多篇论文介绍分析英国童话小说的源头、时代语境、艺术特色、创作趋势等。他的《从工业革命到儿童文学革命——现当代英国童话小说研究》对英国童话小说进行了全景式的研究与分析。舒伟教授一直使用的是“童话小说”这个术语，他还专门撰文辨析了“童话”的汉语名称。在《历久弥新的艺术，难能可贵的名称——“童话”的汉语名称辨析》中，他明确表示童话对应的是 fairy tale，而用“现代幻想故事”来指 modern fantasy 不如用“童话小说”。后来在《关于西方文学童话研究的几个基本问题》中，他又使用了《牛津儿童文学指南》对 fantasy 的释义来理解英国童话小说的两个特点，并指出：

> 从文体特征看，英国童话小说是传统童话的艺术升华，是历久弥新的童话本体精神与现代小说艺术相结合的产物。一方面，童话小说与儿童文学的渊源决定了它对于儿童具有特殊的意义；另一方面，那根植于传统童话的内涵和艺术特征又使它具有超越儿童文学的潜能。①

可见舒伟教授的“童话小说”指的就是 fantasy。但不论是西方学者还是国内学者，正是由于强烈地感受到这种新的文类与童话的不同才把它重新命名为 fantasy，如果再使用童话，无疑会混淆人们的认识，达不到区分它与传统童话的目的。在同一篇论文中舒伟教授指出，人们应当把童话小说、奇幻小说及科幻小说等类型区分开来，但并没有详细分析三者各自的特点。在第三部分，论文又重申童话小说与奇幻小说（幻想小说）等虽然具有相似的文体特征，相互渗透、相互交叉、但又相互区别。在这里，他在括号里又用“幻想小说”指代“奇幻小说”，而幻想显然是包含了童话、奇幻与科幻等诸多因素，出现了逻辑混乱。在文章的第四部分，舒伟

---

① 舒伟：《关于西方文学童话研究的几个基本问题》，《外语研究》2010年第4期，第89页。

教授又指出“英国童话小说自维多利亚时代崛起以来形成了两种创作走向，即以儿童为本位的儿童文学化趋势和非儿童本位的成人化趋势”①。既然都已经产生了非儿童本位的成人化趋势，仍然用童话去限定这种小说形式显然不合时宜。

以上几位学者在 fantasy 的译名问题上都存在自我否定、自相矛盾的情况。根本原因在于他们没有跳出儿童文学研究的框架。评论家们认为现代奇幻(modern fantasy)是不同于传统童话的新体裁是因为它与童话的故事性质有着本质的不同。虽然幻想性是它们共同的突出特点，但对幻想的态度是不一样的。朱自强认为幻想小说产生于 19 世纪自然科学高速发展、实证主义兴起的时期，幻想小说用一种写实的手法把握幻想，故事描述就像是在读者眼前发生过一样，这个时候人们就进入一种艺术的幻境，觉得这种幻想故事是真实存在的。也就是说现代幻想小说是“运用小说的写实手法，创作一个现实世界所不存在的长篇幻想故事”②，它的目标是营造临场的逼真感。而童话却根本不需要让你相信它所讲的故事是真的，它基本不采用描写手法。这样它们营造出来的世界就有很大的差异，朱自强称之为二次元结构与一次元结构。童话的结构是一次元性的。在童话里面，现实世界与发生魔法与不可信之事的世界处于相同的次元，发生什么异常之事主人公都泰然接受。而读者因为童话开头常常采用的很久以前这种模式，也就直接代入了这种一次元世界，欣然接受故事中出现的一切，因为从一开始你就知道它只是童话。而现代幻想小说的世界则具有二次元性，其中描绘的幻想世界有自己的逻辑和法则，与现实世界平等存在。细致入微的描写正是用来营造对那个想象出来的“第二世界”的信仰。

这里涉及两个关键因素，一是小说的写实手法。所以译名中一定要有“小说”，这一点也是公认的，不存在问题。二就是关于幻想性的问题。

---

① 舒伟：《关于西方文学童话研究的几个基本问题》，《外语研究》2010 年第 4 期，第 90 页。
② 梅子涵等：《中国儿童文学 5 人谈》，天津：新蕾出版社，2008 年，第 94 页。

从前文的论述中可以看出，并不是说有幻想的元素就一定是童话，现代幻想小说与儿童文学都是19世纪新兴起的文类，幻想小说并不是儿童文学的一个分支，它们只是在合适的时机恰好碰到了对方，幻想小说借助童话发迹，童话经由幻想小说复活。在以后的发展中，幻想性故事在儿童文学中占的比重越来越大，而幻想小说却越来越成人化。所以说在fantasy的译名问题上，童话不应该成为一个核心词，虽然它在关键时刻起到了关键作用。幻想才是fantasy的核心要素，而幻想小说中又包含科幻小说，使用幻想小说未免范围过大。与童话结合的幻想小说又常常是传奇故事，充满奇异力量，营造新异感受，因此奇幻小说更能准确地传达这种与童话关系密切又有本质不同的新文类。

实际上，国内非儿童文学领域的研究者更多地倾向于使用“奇幻小说”。1992年台湾奇幻文化艺术基金会的负责人在老牌电玩月刊《软件世界》开设了为期共一年半的“奇幻图书馆”(Fantasy Library)专栏，他采用了“奇幻”这个译名，在网络上普遍被大家接受。笔者检索了近10年来中国知网上发表的论文使用幻想小说、奇幻小说、童话小说、儿童幻想小说的频率，发现童话小说与儿童幻想小说的比例非常低。自2008年1月至2017年12月10年间，篇名中使用童话小说的有10篇，使用儿童幻想小说的有18篇，而使用幻想小说的有63篇，使用奇幻小说的有50篇。以关键词为检索项，童话小说8篇，儿童幻想小说11篇，幻想小说306篇，奇幻小说316篇；以主题为检索项，童话小说93篇，儿童幻想小说24篇，幻想小说381篇，奇幻小说350篇。上海外语教育出版社引进的原版文学入门丛书之*Fantasy Fiction: An Introduction*使用的中文名称也是《奇幻小说》。从数据可以看出，评论界更加偏爱使用幻想小说和奇幻小说，而幻想小说的范围又过于宽泛，所以使用奇幻小说更为准确。

在成人文学领域，奇幻小说则常与魔幻小说、玄幻小说等概念混淆在一起。魔幻小说很多时候是读者的一种误用，学术界使用的较少，陈晓明和彭超戏称“魔幻与奇幻、玄幻混淆，实在是违和”[①]，因为魔幻通常指魔幻现实主义，是一种具体的叙事技巧，而非文学类型。关于魔幻现实主义的发展，陈彭二人的论文中有详细阐述，此处不再赘述。玄幻小说与奇幻小说的混淆主要是随着中国奇幻小说创作的繁荣而出现。2004 年叶祝弟在《小说评论》上发表文章“奇幻小说的诞生及创作进展”，指出受西方奇幻《哈利·波特》和《魔戒》等作品的影响，国内奇幻作品逐渐升温，但还缺少公认的定义。他尝试着描述了一下奇幻小说的一些基本特点，并分出“仿西方奇幻”“日式奇幻”和“本土奇幻”三个类型。紧接着 2005 年就有大量的奇幻图书出版，部分学者称之为“奇幻元年”。随着具有中国特色的奇幻文学的大量涌现，本土奇幻的定名就成了一个问题。韩云波敏锐地在 2007 年就意识到这个问题，他比较了几种说法，认为叫“中国奇幻文学”较好[②]。但经过十几年的发展，中国奇幻也开始分裂，一种是仿西式奇幻，一种“利用本土文化资源，构造全新的幻想世界，这种作品被称为‘玄幻’和‘仙侠’”[③]，并且因为有强大的文化根基和网络平台助推，玄幻文学在中国大陆的发展非常迅速。但“这种分裂并非泾渭分明，也不是一日之功，故而造成部分作品分类的混乱，甚至作者也无法准确定位自己的作品，再加上奇幻和玄幻成为炒作的商业标签，也让读者、媒体和网络文学观察者们难辨雌雄”[④]。

针对这种混乱情况，有学者干脆就将二者等同，使用奇幻(玄幻)、玄幻小说/奇幻小说来表示，或者在文中说明一下自己选择使用奇幻或者玄幻。也有不少学者试图区分这几种表达，滕巍在《中国玄幻文学研究十年述评》中根据自己的考察提出“以期刊、书籍为主要流通手段，艺术手法相对纯熟、高超的作品多称为奇幻；以网络为主要传播手段的作品多称为玄

① 陈晓明、彭超：《想象的变异与解放——奇幻、玄幻与魔幻之辨》，《探索与争鸣》2017 年第 3 期，第 33 页。

② 韩云波：《论 2007 年中国奇幻文学》，《重庆三峡学院学报》2007 年第 6 期。

③ 陈晓明、彭超：《想象的变异与解放——奇幻、玄幻与魔幻之辨》，《探索与争鸣》2017 年第 3 期，第 31 页。

④ 同上。

幻；而西方翻译来的作品称之为西方奇幻或魔幻作品”[①]，这种区分方式看似简单易辨，但现代社会传播渠道交叉融合性非常强，玄幻作品早期依赖网络平台，后期也逐渐以正式的书籍发行，网络传播对所有图书种类的渗透力也越来越强，而西方奇幻的分类原则与前两项又有所不同。陈晓明和彭超认为：“奇幻的故事是发生在架空世界，遵循着预设的虚构规则，内部逻辑严密自洽，诸如《魔戒》中的魔戒……玄幻更为自由，它在武侠衰落之时崛起，对科幻、奇幻、日本动漫、东方神话传说、游戏等多种资源加以利用，并不强求世界设定的严密性与逻辑性，它任由幻想生成变异的逻辑，产生出无法预料的奇妙。”[②]这种说法对奇幻的缘起与发展进程不了解，把它等同于 20 世纪五六十年代流行的高奇幻(high fantasy)模式，缩小了它的文类包含范围，同时又夸大了玄幻小说的范围。随着玄幻文学的发展，确实出现了概念泛化的趋势，有人认为“凡是区别于现实的，具有某种寓言性质，游戏性质的，即为玄幻”[③]；“玄幻所定义的不只是一类具体、特定的文学作品，而是在更广范围内囊括了所有超自然性、不受现实与科学约束的幻想类作品”[④]，但过于泛化却容易失去自己的独特性。

不管是奇幻还是玄幻，始终脱离不了幻想文学的大文类特征。其实尽管大家在具体的区分标准上有所不同，共同认同的一点是玄幻文学是西方奇幻文学影响下的产物，冯琦在 2019 年总结道：“玄幻文学是诞生在改革开放后的先行者们，用笔下的作品承接了外来的幻想(Fantasy)题材，内化糅杂了中国式的价值观的内核，这才有了今天我们所看到的，集外来文化意象、洋为中用的东方玄幻(Eastern fantasy)作品”[⑤]，呼应了韩云波教授早在 2007 年就提出的“中国奇幻文学”。奇幻与玄幻的混用只

---

① 滕巍：《中国玄幻文学研究十年述评》，《重庆三峡学院学报》，2011 年第 1 期，第 41 页。

② 陈晓明、彭超：《想象的变异与解放——奇幻、玄幻与魔幻之辨》，《探索与争鸣》2017 年第 3 期，第 35 页。

③ 黄孝阳：《2006 中国玄幻小说年选》，广州：花城出版社，2006 年第 14 页。

④ 黎慧：《中国玄幻/奇幻小说研究二十年(2000—2019)》，《长江师范学院学报》2019 年第 6 期，第 59 页。

⑤ 冯琦：《网络玄幻小说的特征、发展及其价值》，《网络文学评论》2019 年第 2 期，第 89 页。

限于中国文学界，如果我们像前文中跳出儿童文学研究的框架一样跳出中国文学框架的限制，那么玄幻小说无疑是奇幻小说的一个分支，在世界文学的大家庭里不妨统称为奇幻小说，也便于靠近大文类的核心价值追求，更加关注内涵建设，不纠结于追求玄、虚、幻的表象形式。近年来我国玄幻小说以中国奇幻（Chinese fantasy）的身份在海外的影响逐步扩大，正成为世界奇幻小说大家园的一支生力军。

第五节　奇幻小说的基本特征

从18世纪晚期开始，英国的现代奇幻小说逐渐成为一个独立的文类，并在19世纪下半叶形成一个黄金时代，涌现了一批优秀的作品。20世纪50年代又经由托尔金的打造形成又一座高峰，堪称全世界奇幻文学的典范。21世纪，《哈利·波特》系列又一次风靡全球，引领了新一波奇幻浪潮。而奇幻小说的概念和形式也随着时代的发展而不断发生着变化，这就是为什么几乎所有研究奇幻小说的论著都会有这样的感叹：定义太难下了！其实，为任何文学形式下定义的行为都注定是出力不讨好的行为，更何况是奇幻小说这种弹性很大的概念。讨巧的方式是重点探索其中心特征，这正是评论家们的一贯做法。

奇幻小说的关键自然是对幻想概念的探讨。幻想文学批评家大卫·山德纳2004年出版的《幻想文学批评集》（*Fantastic Literature: A Critical Reader*）中收录了自柏拉图以来学界对于幻想的论述，从其目录可以看出幻想批评经历了从泛指文学的想象力到指文学中的幻想成分，从一个文类到形成理论的发展过程。早期关于奇幻小说的论述主要散见在作家们自己的各种论著中。1868年约翰·拉斯金（John Ruskin）为爱德华·泰勒（Edward Taylor）翻译的新版《格林童话》写了一篇前言，题目是《童话故事》（"Fairy Stories: A Preface to German Popular Stories"）。在这篇前言里，拉斯金肯定了幻想和童话故事的重要作用，呼应了浪漫主义诗人柯尔律治的幻想观。他还亲自创作了被誉为维多利亚奇幻小说开篇之作的《金河王》(*King of the Golden River*),为奇幻小说的繁荣铺平了道路。乔治·麦克唐纳(George MacDonald)1893 年发表的《奇异的想象力》("The Fantastic Imagination")一文也是一篇前言,是他为自己的奇幻小说故事集专门撰写的。文中论述到奇幻力量与未知世界的相遇以及由此产生的惊奇感,对后世的影响巨大,是托尔金"第二世界"与"第二信仰"概念的雏形。在文中,麦克唐纳写道:

> 自然界有自己的法则,任何人不能干涉,不能干涉它的表现形式,也不能干涉它的使用方式;但是人类可以提出别的法则,愿意的话还可以创造一个具有自己法则的属于自己的小世界……他的世界一旦创造出来,接下来最高的法则便是这个新世界赖以生存的法则之间必须关系和谐;而且创造者在创造新世界的过程中也必须遵循这些法则。一旦他忘了这些法则,故事自己的前提就不可信了。要在想象的世界里生存一秒钟我们也必须保证遵守这些法则。法则一旦被破坏,我们就摔出来了。①

在这段话中,麦克唐纳提出通过想象力人类可以创造一个不同于自然界的,拥有自己独立法则的世界,也就是一个与现实世界平行的第二世界。第二世界拥有自己的内在统一性,那些法则不能互相矛盾,必须合情合理,并且能够得到贯彻执行,不管是谁必须始终遵循这些法则。也就是说,不管你的想象力如何天马行空,你创造出来的东西必须是合理的,荒诞也有荒诞的逻辑。麦克唐纳说:"如果这些新创造出来的形式承载了古老的真理,那就是想象力的产物;而如果只是编造出来的新玩意儿,不管多可爱,也都只能是胡思乱想的产物。"②麦克唐纳还进一步谈了童话故事的作用,不是给予人们思考的东西,而是唤醒他们自己内心深处的东西。虽然麦克唐纳的宗教意味比较浓厚,但这实际上是在反对说教,指出

---

① George MacDonald, "The Fantastic Imagination", *Fantastic Literature: A Critical Reader*, *ed.* David Sandner, Westport: Praeger Publishers, 2004, p. 65.

② 同上。

童话故事的启示功能。

维多利亚时代的作家们一边创作一边呐喊，他们使用的词汇还是“童话故事”（fairly tale）。上文已经提到，这个时期的创作已经不是传统意义上的童话故事，托尔金为它起了一个新的名字。1938 年托尔金应苏格兰圣·安德鲁斯大学的邀请做了一个专题学术讲座，题目是《论童话故事》，提出了一个新的术语“奇境”（Fairy 或者 Faerie），并将它定义为“精灵王国”。精灵王国包罗万象，不仅仅是巨人、矮人、巫师、精灵、怪物的世界，它也有江河湖海、酒水米面，还有像我们一样的凡人。托尔金把童话故事中的小写 f 变成大写 F，为童话下了一个新的定义，指出童话故事不是关于精灵的故事，而是“关于精灵王国的故事，不管它是出于讽刺、历险、说教还是幻想的目的”[①]。托尔金进而将这个精灵王国阐发成一个人的思维可以进入的“第二世界”（或称“架空世界”）。“第一世界”是我们日常生活的现实世界，“第二世界”是幻想创造出来的想象世界，它反映第一世界又异于第一世界。但第二世界中描述的一切都是“真”的，有它自己的运行规律。在这个世界发生的事情都具有心理的真实性。一旦你不相信它了，那么魔咒就破灭了，魔法，或者说艺术，就失败了，你又回到第一世界去了。总之，第二世界必须“陌生而可信”[②]，这些都是对麦克唐纳思想的阐发。托尔金还谈到了幻想的几个主要功能，其中第一个现代功能就是“恢复”，也就是经历了幻想之后能更清楚地明白事物的能力，换言之，就是重新获得“清晰视野”。在现实生活中由于人们对身边的事物熟视无睹，万事万物都变得模糊不清了，幻想的“第二世界”则使我们能够跳出“庐山”识得自己的真面目。

依据这一阐述，托尔金将许多经典的童话故事排除在他所定义的范畴之外。他认为像《格列佛游记》（*Gulliver's Travels*）这样的旅行游记之类故事不是童话故事，因为这些故事反映的是我们自己所处的时空中发

① J. R. R. Tolkien, *On Fairy Stories*, London: Harper Collins, 2001, p. 4.
② Ibid., p. 16.

生的事情(即第一世界的事情);类似《爱丽丝漫游奇境记》的梦幻寓言故事也不是童话故事,因为它们只是把神奇的故事附着在现实事件之上,把发生的一切解释为一场梦而已;动物寓言故事也不是童话故事,因为故事中的动物其实是戴着动物面具的人。托尔金的阐述实际上是对自己作品的理论注解。按照这个定义,几乎所有托尔金之前的童话故事都不能称为童话故事,因为它们都没有建立起一个完整而可信的"第二世界",这显然很不公平。为了与传统的带有奇幻成分,却发生在第一世界的童话故事区分,托尔金式的纯幻想世界故事便被称为主流奇幻或类型奇幻(genre fantasy),也称高奇幻。由于托尔金以幻想世界"中土"为背景创作的《魔戒》系列受到包括成人在内的读者和评论界的热烈欢迎,《魔戒》便逐渐被看作奇幻文学的代表作,奇幻故事也慢慢与童话故事区别开来了。随着时间的推移,不断产生了许多其他的变体。海洛德(Diana Tixier Herald) 1999 年出版的《奇幻文学阅读指南》(*Fluent in Fantasy: A Guide to Reading Interests*)中列举了 18 个类别,但大都保持着拥有一个"陌生而可信"的第二世界。

托尔金成了奇幻文学的领军人物,他的童话理论也逐渐演变成了经典的奇幻理论,对后世的奇幻文学创作和批评产生了深远影响。这一点从《牛津文学术语词典》的定义可见一斑。词典中对于奇幻(fantasy)是这样定义的:"指任何一种虚构叙事作品,它决不致力于对我们所熟悉的世界进行现实主义的表现……描述那些具有魔力和奇异的想象天地。"[①]该词典还指出在奇幻小说创造的,与我们的现实世界完全不同的想象世界里,超自然的、具有魔力或其他现实中不可能出现的神奇之事的发生是很平常的,并举了托尔金的《魔戒》为此类作品的代表作。

在麦克唐纳之后托尔金之前,福斯特是专门探讨过幻想这一概念的评论家。在《小说面面观》中,他指出,幻想是指一种暗示超自然之物存在

---

① Chris Baldick, *Oxford Concise Dictionary of Literary Terms*, Shanghai: Shanghai Foreign Language Education Press, 2000, p. 82.

的写作手法，如在日常生活中引入实际上并不存在的生物，将平常人引进一个超常的境地，不论是过去、未来，地球的内部或第四度空间；深入人格的底层及分割人格；或对另外一种作品做嘲仿（parody）或改编（adaptation）的工作。福斯特是从小说的角度来探讨幻想的，他所谈论的幻想不只涉及奇幻小说，是广义的幻想小说概念，还包括了科幻小说、心理小说等，与奇幻小说相关的是前两点，他强调的是超自然之物，可以是现实世界中引入超自然之物，也可以是完全是超自然之物的独立世界。第二种便是托尔金式的“高奇幻”。前文提到，托尔金的定义排他性过强，实际创作中很多作品并非严格的高奇幻作品，不仅如此，还有为数众多的“低奇幻”作品。这一传统由20世纪初期的伊迪斯·内斯比特开创，将魔法引入了现实世界。内比斯特开创的这个“低奇幻”传统一直在托尔金创立的高峰之下潜行，有的评论家就是如此定义奇幻文学的，“奇幻叙述一般描绘像我们一样居住在现实世界中的人，突然遭遇了无法解释的事物”，“奇幻通常是寻常秩序的中断，是怪异之物对于一成不变的日常陈规的一种入侵”[①]。所以高奇幻和低奇幻都可以说是奇幻小说的主流模式，进入21世纪后还出现了二者交叉现象，例如风靡全球的《哈利·波特》就是典型的现实世界与奇幻世界交叉运行。

70年代兴起的奇幻小说批评的阐述都延续了福斯特的观点，围绕“不可能”或者“超自然”展开，例如奇幻就是“关于不可能的文学”；“它的另一极是现实”；“涉及超自然或不可能之物的文学”[②]。这些主要是从内容方面来描述奇幻小说的特点，法国评论家托多罗夫另辟蹊径，从读者的角度来定义奇幻。在他的《奇幻文学导论》第二章中，托多罗夫给出的定义是：“奇幻就是一个只了解自然法则的人在面对明显的超自然事件时所经历的犹疑”，并详细说明，奇幻必须满足三个条件：

---

① [法]兹维坦·托多罗夫：《奇幻文学导论》，方芳译，成都：四川大学出版社，2015年，第18页。

② 以上总结见 Peter Hunt, *Alternative Worlds in Fantasy Fiction*, London: Continuum, 2001, p.10.

> 首先,这个文本必须迫使读者将人物的世界视作真人生活的世界,并且在对被描述事件的自然和超自然解释之间犹疑。其次,某个人物或许也会体验这种犹疑,这样,读者的角色就被委托于人物,而同时,犹疑被文本表现出来,并成为作品的主题之一。在初级的阅读中,实际的读者会把自己等同于人物。最后,读者必须采用特定的阅读态度来对待文本:他要拒绝讽喻的和诗性的理解。①

托多罗夫更多的是从叙事效果来讨论奇幻,他的定义虽然详细,并区分了奇幻与怪诞、神异小说的区别,实际运用起来却很不实用,因为读者的感受更加千差万别,犹疑的感受又是很微妙的瞬间的感受,稍不小心结束了犹豫之感,就进入了怪诞或者神异。如果非要从读者的角度来说,托尔金的"第二信仰"同时包含了作者与读者,更具说服力一些。其实不管是作者还是读者的第二信仰,都有赖于文本内容以什么样的方式呈现。在托多罗夫之后,还有拉布金、欧文(W. R. Irwin)、曼乐夫等批评家尝试对奇幻进行定义,但都各有缺陷,很难确定统一的标准。80年代以后逐渐以描述和分类为主,约翰·克鲁特和约翰·格朗特的1997年编著的《奇幻文学百科全书》给出的定义基本上综合了各派提到的所有方面②,认为奇幻小说是"自我连贯的叙事文本。若故事发生在现实世界,讲述的是我们世界不可能发生的事;若背景设在另外一个世界,则那个世界也是不可能的,但发生在其中的故事从那里看则是可能的"③。

综合以上的论述,我们可以对奇幻小说的基本特征做出这样的概括:

> 一、奇幻小说使用各种各样的超自然元素构建出一个与现实世界不同的世界,即第二世界。
>
> 二、这个第二世界可以独立于现实世界存在,也可以存在于现实

---

① [法]兹维坦·托多罗夫:《奇幻文学导论》,方芳译,成都:四川大学出版社,2015年,第23页。

② 奇幻小说概念定义的演进在任爱红的博士论文中有较详细的综述,本书不再赘述,直接采用广为接受的最新研究成果。

③ John Grant and John Clute, *The Encyclopedia of Fantasy*, London: Orbit, 1997, p. 338.

世界之中。不管存在于哪里，它都具有一套自己的运作法则，即“内在一致性”。

三、因为这套法则的存在，在现实世界看起来不可能的事情在第二世界也是可能的。

这几个特征首先把含有奇幻元素的作品与奇幻小说区分开来。奇幻小说必须要有一个完整的第二世界，而不是只是借用一点魔法或者奇异生物。这个世界不一定是托尔金那种与现实毫不相关的中土世界，它可以是纳尼亚那种与现实世界相连的世界，也可以是爱丽丝那种梦中或镜中的世界，还可以是内比斯特的沙地精带孩子们进入的受限魔法世界。它们的共同点是与现实世界很不一样，但按照自己的规则与现实世界一样运作。它们与现实世界很不一样，因此能够唤起读者的惊奇之感；一切又都栩栩如生，按规则行事，因而又很可信，这就是第二信仰。

根据以上特征描述，本研究认为《柳林风声》(*Wind in the Willows*)、《彼得兔》(*The Tale of Peter Rabbit*) 这类的动物小说不能归入奇幻小说之列，因为故事中的动物世界并不是一个能够让人产生惊奇的具备“内在一致性”法则的第二世界，只是披着动物外衣的人类世界。罗尔德·达尔(Roald Dahl)的很多故事也不属于此列，例如《马蒂尔德》(*Matilda*)、《詹姆斯与大仙桃》(*James and the Giant Peach*)等，它们只是夸张地给现实世界添加了一点魔力。

第六节　再谈奇幻、儿童与现实

进入具体作品分析之前，有两个问题还需要再强调一下。首先就是奇幻小说与儿童文学的关系问题。儿童想象力丰富，爱幻想，也善于独创自己的幻想世界，奇幻小说与儿童具有天然的亲缘关系。很多经典的儿童文学都是奇幻小说，很多经典的奇幻小说也是以儿童为主人公，并为广大儿童所喜爱。奇幻小说研究的领军人物曼乐夫把英国的奇幻小说分为五个类别：“第二世界奇幻小说”“玄奥奇幻小说”“情感性奇幻小说”“颠覆性小说”和“儿童奇幻小说”。这个分类其实很不科学，前四个类别都是根据作品的特征进行分类的，而最后一个却是以对象来划分，显然不符合逻辑，儿童幻想文学完全可以包含前面四类。作为资深的学者，曼乐夫不可能不知道这么简单的逻辑，原因可能在于儿童这个元素过于突出。事实上，大部分的奇幻小说研究都是儿童文学领域的研究者在做。奇幻小说向来难登大雅之堂，一来是因为幻想长期处于被贬抑的地位，二来也是因为儿童的元素过多，而儿童与成人相比，始终是弱者。

而儿童文学本身也是一个争议极大的概念。什么是儿童文学？儿童创作的？以儿童为主人公的？儿童阅读的？面向儿童读者的？儿童文学基本上都是成人创作的，主人公不一定是儿童，很多成人故事为儿童所喜爱，所有的儿童文学都同时拥有成人读者。作家安迪（Micaed Ende）曾经说过：“我反对为了孩子而存在一种特别的文学的说法……据我们的经验，孩子原则上丝毫也不关心的主题，或是孩子完全不理解的主题，是不存在的。问题是你如何用心、用头脑来叙述那个主题。”[①]莱瑞（Seth Lerer）在《儿童文学：读者的历史——从伊索寓言到哈利·波特》（*Children's Literature：A Reader's History，from Aesop to Harry Potter*）一书中指出与其说儿童文学指具体的作品（通常情况下成人也读这些作品）还不如说它是一种信息传递的方式。古希腊罗马的孩子们可能也读《荷马史诗》，只是可能读的是节选本，读的侧重点不同而已。本书无意探讨儿童文学是否应该独立存在这样一个宏大的话题，但至少在奇幻小说研究中不必过多地区分成人奇幻与儿童奇幻，正如彭懿所言：“幻想文学因其独特的本质是可以被比喻为一棵大树的，一棵老橡树或是山毛榉。如果成人的幻想文学是其树身的话，儿童的幻想文学就是满树舞蹈的一簇簇绿叶。不应该把成人幻想文学与儿童幻想文学对立起来。”[②]

前文中已经提出，奇幻小说与童话在19世纪的十字路口相遇源于历

① 转引自彭懿：《西方现代幻想文学论》，上海：少年儿童出版社，1997年，第289页。
② 彭懿：《西方现代幻想文学论》，上海：少年儿童出版社，1997年，第14页。

史的机缘巧合。实际上童话这个词的译名本身也是不准确的，法语中的fairy tales字面意思指仙女故事，最初并不是为儿童创作的，是为路易十四时期的宫廷贵族消遣而创作的成人故事，通常是以平实的语言叙述的命运大反转类的故事，典型如青蛙变王子，最后大团圆登基、结婚等。故事里面也不一定有仙女，故事里面的超自然力量是帮助主人公达成愿望的助手。这些故事的本质其实是在叙说新崛起的中产阶级的经历，表达他们的理想愿望与精神诉求，与笛福的《鲁滨逊漂流记》(*Robinson Crusoe*)在主题上是一致的，只是在浪漫主义的推动下，采用了幻想小说的形式来表现这一主题。童话研究专家齐普斯指出："童话故事(fairy tale)这个词语是由贵族作家和资产阶级共同铸造出来的，它标志着一种新的文学形式的出现，这种文学形式利用了民间传说的各种因素来表现和批判一个正在形成的中层阶级读者群体的渴望与需求。"[①]要说与儿童相关，只是因为里面的主人公常常是儿童，因为儿童主人公更容易相信神奇力量，儿童读者也更容易相信；并且这些故事一般是成长故事的模式，放在儿童主人公身上最为典型、突出，甚至说更为直白，符合当时新崛起的中产阶级的社会地位和心理特点。

事实上，早期的童话故事都是经过简化、改编后才成为儿童文学的。例如格林童话在后来的版本中去掉了许多血腥暴力的内容。被称为经典维多利亚儿童文学的《水孩子》《北风的背后》(*At the Back of the North Wind*)、《爱丽丝漫游奇境记》等故事中显然含有大量儿童无法理解的内容。据1863年的一则评论称，19世纪中期的维多利亚社会兴起一个新潮流，即成人喜欢装得很像儿童，用今天的话说就是"卖萌"，进而试图去创作一些儿童故事，其实都是给成人看的，但名义上却是为孩子们，美其名曰"童心"[②]。最典型的奇幻小说作品《魔戒》最初设置的读者对象也不是儿童，而是成人。进入21世纪后，儿童文学也呈现了从低幼文学直接

---

① [美]杰克·齐普斯：《冲破魔法符咒：探索民间故事和童话故事的激进理论》，舒伟译，合肥：安徽少年儿童出版社，2010年，第35页。

② 见 Review of *Water-Babies*, *The Saturday Review*, 23 May 1863, pp. 665—666.

过渡到青少年文学，甚至成人文学的倾向。当代奇幻也可以说完全属于青少年文学，甚至是成人文学，这可能也是为什么奇幻小说和儿童小说占据了当今出版业最为风光的位置，作家彭懿又一次言中了："当儿童书的倾向与大人书的倾向重叠时，就走向繁荣，反之则衰败，一蹶不振。"①

这就又回到了本章开头提到的幻想与现实的关系。奇幻小说不是用来取悦儿童的小脑袋瓜儿的娱乐读物。首先儿童的小脑袋瓜儿并不低级，其次奇幻小说与现实不是对立的。著名作家曹文轩认为"现实主义是一种精神，不要以为写现实，写当下，就是现实主义。幻想文学一样会具有很强的现实主义精神。现实主义与写现实，写当下，还是写幻想无关"②。想象力和推理能力一样，是人类赖以生存的诸能力的一种延长。这种想象力即便是对现实逃避的一种空想，也没有脱离现实，它实际上是一种相信在头脑中描绘超越现实人生梦想的力量。坚信童话故事具有社会批判功能的齐普斯认为"童话故事里的魔法与神奇之事担当的任务是冲破封建社会现状的限制，并通过隐喻的方式表现下层阶级民众的有意识或无意识的欲望"③。最后无论是批判也好，逃避也好，它们都是对现实的回应。幻想文学的价值在于它映照、重建甚至说腐蚀我们的现实。它加剧了日常和魔术世界之间那道罅裂的扩展，体验与日常的断绝，从而达到重新认识现实的目的。一旦读者了解了他所逃遁到的那个邈远而陌生的世界以后，他也就了解了他原来所在的那个世界。

正如彭懿所言，没有任何一种文学的方法，能像幻想文学那样把每一个时代的弊病暴露无遗。要是把近代幻想文学的潮流和时代的潮流对照来看的话，不难发现，幻想文学往往是它所产生的那个时代的真实再现。所以本书的研究重点不是英国奇幻小说中的童真童趣，也不是那些奇幻世界的新奇怪异之处，而是试图揭开幻想世界背后隐藏的现实主义关怀。

---

① 彭懿：《西方现代幻想文学论》，上海：少年儿童出版社，1997 年，第 89 页。

② 梅子涵等：《中国儿童文学 5 人谈》，天津：新蕾出版社，2008 年，第 90 页。

③ [美]杰克·齐普斯：《冲破魔法符咒：探索民间故事和童话故事的激进理论》，舒伟译，合肥：安徽少年儿童出版社，2010 年，第 40 页。

第二章　从现实穿越到奇境

——维多利亚时代

奇幻小说在18世纪末期19世纪初期借着浪漫主义与儿童文学发展的东风强势崛起，尤其是在英国，涌现了一批优秀的作品。维多利亚时代被公认为英国奇幻小说的第一个黄金时代，此后可以说一直是全世界奇幻小说的领头羊。童话发展史的研究表明，欧洲现代童话的兴起最初是从意大利开始，进而是法国，随后在德国与浪漫主义密切结合，最终在英国遍地开花。这朵奇葩为什么盛开在英国这片花园中呢？

第一节　维多利亚时代的文化焦虑

英国奇幻小说研究专家曼乐夫认为这是因为飞速发展的工业革命催生了强烈的怀旧情绪，浪漫主义又对童年和儿童的价值大加宣扬，于是对逝去的美好往昔的怀念转化为对纯真童年的迷恋，形成一股书写童年的浪潮。另外，儿童文学的吸引力在于它的教育潜能，当时福音主义者、功利主义者和教育主义者的热情锤炼了英国人的心智灵魂。因此，“儿童一下子成了他们长期渴望的逃避责任的自由，成了他们失去的田园生活的象征，是他们担心害怕的蛮荒，又是他们寻求塑造的未来”[①]。后来很多研究都直接照搬了曼乐夫的这个观点，舒伟教授在他的论文《维多利亚时期英国童话小说崛起的时代语境》与专著《走进童话奇境——中西童话文学新论》《从工业革命到儿童文学革命——现当代英国童话小说研究》中将曼乐夫的这一思想进行了详细阐述。简而言之，就是这一时期儿童奇

---

① C. N. Manlove, *The Fantasy Literature of England*, New York: Palgrave, 1999, p. 166.

幻小说异军突起主要是基于一种怀旧情绪,“在多种因素的作用下,怀念过去和重返童年的心理动力汇成了涌动不已的潜流,客观上推动了作家创作儿童文学或书写童年,推动了儿童幻想文学的发展”①。毋庸置疑,工业革命以及进化论等新思想带给维多利亚人巨大的心灵冲击,但英国奇幻小说崛起的社会历史语境复杂多样,一个小小的童年不足以承担起这么大的历史重任。

实际上,17 世纪和 18 世纪都在书写童年,只不过是以道德教化为主的童年。19 世纪 60 年代之后,充满了想象力的新作不断问世,包括查尔斯·金斯利、乔治·麦克唐纳、路易斯·卡罗尔、安妮·科瑞(Annie Keary)、简恩·英格罗(Jean Ingelow)等人的作品。这些新作开始摒弃传统民间故事的意象、母题、叙事模式等,充满了原创的新奇感。如果说这些作品都多多少少表现了一种焦虑情绪,例如爱丽丝跟毛毛虫聊天时对自己不断变大变小产生的疑惑和恐惧,却很难说其中有强烈的怀旧情绪。1863 年一则评论《水孩子》的文章提出,作品中承载了太多儿童难以理解的问题,并指出当时社会的一个潮流,即成人们喜欢想象自己能在多大程度上找到孩子似的感觉,称其为“童心”。很多人尝试写儿童故事,名义上是儿童故事,实际上却是为成人创作的,许多人喜欢这种“人造童年”的感觉②。这就是当下我们社会同样流行的“卖萌”。当科技飞速发展,我们面对太多未知事物时会产生一种恐惧心理,会自然地退缩到幼年时期,装作什么都不懂是可以原谅的。这种心理与其说是怀旧,不如说是焦虑。

与普通人相比,文化精英们除了焦虑之外还在积极地思考解决办法。在这一点上,笔者更认同西方马克思主义批评家齐普斯的观点。他在分析德国浪漫主义童话时指出,浪漫派作家对民间故事和文学童话故事进行了革命性的改造,从而得以描述隐藏在启蒙主义思想、理性主义以及自由企业崛起背后的矛盾本质……他们对这些传统的常见要素进行颠覆和

---

① 舒伟:《维多利亚时期英国童话小说崛起的时代语境》,《外国文学评论》2009 年第 4 期,第 219 页。

② 见 Review of *Water-Babies*, *The Saturday Review*, 23 May 1863, pp. 665—666。

重新利用是为了使读者产生陌生的感觉，使人们熟悉的东西显得奇特陌生，从而使读者不得不采用一种更具批判性和更富创造性的方式对待日常生活①。维多利亚时期英国奇幻小说的崛起也是如此，它是已经成为社会主流的中产阶级借用儿童形象表现他们对当下社会问题的思考与批判的手段。

评论界向来把 19 世纪 60 年代作为维多利亚时代的一个分界线。1851 年，伦敦万国工业博览会历时五个多月，展现了工业革命后，英国技冠群雄、傲视全球的辉煌成果。大英帝国蒸蒸日上，国民自信豪迈。但工业革命的飞速发展同时带来了急剧的两极分化，工人阶级生活状况日益恶化，1836—1848 年间爆发的宪章运动让看似稳定进步的社会充满了动荡与危机。狄更斯（Charles Dickens）的名作《双城记》（*A Tale of Two Cities*）的开头很好地诠释了这种状态："这是最好的时代，这是最坏的时代；这是智慧的年代，这是愚蠢的年代；这是信仰的时期，这是怀疑的时期；这是光明的季节，这是黑暗的季节；这是希望之春，这是绝望之冬；我们的前途拥有一切，我们的前途一无所有；我们正走向天堂，我们也正直下地狱。"此书出版于 1859 年。同年出版的还有影响了整个世界和人类思想的作品《物种起源》（*On the Origin of Species*）。达尔文（Charles Darwin）和他的进化论成了维多利亚人精神危机爆发的导火索。随着经济发展速度放缓，全社会弥漫着一种怀疑主义的情绪，悲观与焦虑成为时代的主题。

许多思想家和作家都在努力寻求解决这些矛盾的方法。汉弗瑞·卡朋特（Humphrey Carpenter）认为这一时期的儿童文学作品分化为两派，一派是展现帝国扩张精神的乐观派，通常是一些现实主义的历险故事；一派是内省式的奇幻故事，采用远离现实世界的方式来表现对人性、社会以及宗教的思考②。这个时期的中产阶级已经稳定地占据社会主流的位

---

① [美]杰克·齐普斯：《冲破魔法符咒：探索民间故事和童话故事的激进理论》，舒伟译，合肥：安徽少年儿童出版社，2010 年，第 83—84 页。

② Humphrey Carpenter, *Secret Gardens: The Golden Age of Children's Literature*, Boston: Houghton Mifflin Company, 1985, pp. 15—16.

置，开拓精神不如从前，加上全社会弥漫的焦虑悲观情绪，所以现实主义的历险故事远不如奇幻故事发达。正是在这样的时代背景下，维多利亚中期才迎来了奇幻小说的大繁荣。外表稳定繁荣的维多利亚社会充满了不确定性，这个时代的主流是新思想的冲击与变化，因而作家们倾向于使用同样具有不确定性的幻想和儿童这两大元素，揭露这个时代的问题，寻求变革或救赎的方案，目标是要超越这个异化的世界，甚至创造一个更能满足其需求的新世界。

本章选择维多利亚时代最具代表性的两部作品来分析这一特性，即查尔斯·金斯利的《水孩子》和路易斯·卡罗尔的《爱丽丝漫游奇境记》。《水孩子》被誉为"英国奇幻小说的标志性作品，是儿童文学第一个黄金时代的第一部作品"[①]；而《爱丽丝漫游奇境记》则被称为"彻底颠覆了维多利亚时代的说教文学，标志着英国儿童文学的幻想话语的最终确立"[②]。形式上，这两部作品的主人公都进入了一个奇境，一番历险后又明确地回到了现实世界，故事的主体发生在奇境。金斯利把肮脏粗野的扫烟囱小男孩扔进了和谐共生的水下世界；卡罗尔把礼貌智慧的中产少女推进了不可思议的洞中奇境。这些奇境虽然还不像托尔金的"第二世界"那样拥有自己独特的历史、文化、语言、种族、文字和历史记载的世界，但都是拥有自己运行法则的独立世界，是典型的奇幻小说。故事中的孩子们都体验到了在自己生活的现实世界中绝对不可能发生的惊异，而两位作者却不仅只是在创造惊奇，他们是以批判甚至改造的眼光来创造这些奇境。彭懿认为，查尔斯·金斯利是有意图地进行批判，而路易斯·卡罗尔则把批判精神隐蔽在了无意识之中[③]。总之，我们可以看出两位作家内心深处试图创造一个能够将现实的扭曲及其矛盾充分凸现的世界的一种渴望。

---

① Peter Hunt, *Children's Literature: An Anthology: 1801—1902*, Oxford: Blackwell, 2001, p. 164.

② 舒伟：《维多利亚时期英国童话小说崛起的时代语境》，《外国文学评论》2009年第4期，第226页。

③ 彭懿：《西方现代幻想文学论》，上海：少年儿童出版社，1997，第94页。

第二节　进化的宗教寓言
——查尔斯·金斯利与《水孩子》

一、社会活动家与作家金斯利

金斯利的《水孩子》最初是为他 4 岁的小儿子创作的。据他妻子回忆，1862 年春天的一个早上，她提醒金斯利已经为前三个孩子创作了《英雄故事集》(*The Heroes*)，而小儿子还没有。他听了之后没有说话，起身直接到书房锁上房门，半个小时后就写出了小汤姆的故事，这就是《水孩子》的第一章，一字未改①。卡朋特认为金斯利夫人显然在夸张，但至少说明整个故事内容金斯利是了然于胸，一切都很自然地倾泻而出。整个故事从 1862 年 8 月到 1863 年 3 月在《麦克米伦杂志》(*Macmillan Magazine*)上连载，1863 年又以书的形式出版。

故事的主人公是一个扫烟囱的小男孩汤姆，受尽师傅的虐待。有一天他随师傅去当地乡绅的哈索沃庄园扫烟囱，在错综复杂的烟道里迷路，失足掉进了小姐爱丽的房间。看到圣洁的爱丽小姐与肮脏的自己之间巨大的反差，汤姆惊恐不已，慌乱中惊动了保姆，只好跳下窗户夺路而逃。仆人们以为他是盗贼，都朝他追去。在仙女的帮助下汤姆最后逃到旺谷学校的老婆婆那里。独自休息时汤姆好似听到了教堂的钟声，他急于清洗肮脏的自己，于是跳进了一条清澈的河里，在水中经历了一系列的奇遇。他先是在小溪中生活，克服恶作剧的坏习惯，懂得助人为乐后游入大海变成了一个真正的水孩子。后来又与其他的水孩子一起来到大海中的一个仙岛上接受教育。在惩恶仙女、扬善仙女以及也变成水孩子的爱丽小姐的帮助下，汤姆渐渐改掉了许多坏毛病，学会了自觉抵制各种诱惑。

---

① Humphrey Carpenter, *Secret Gardens: The Golden Age of Children's Literature*, Boston: Houghton Mifflin Company, 1985, p. 36.

变成一个好孩子之后，汤姆渴望也去爱丽每周日都去的那个美丽的地方。仙女对他说，要想去到那里，首先必须要去不想去的地方，做不想做的事情，帮助不喜欢的人，并要求他去救赎虐待自己的师傅。汤姆克服了对师傅的恐惧和厌恶心理，历尽艰辛，来到海洋造物主卡蕾母亲的闪光墙，在她的指引下到达乌有乡之彼端，最后终于完成了使命，帮助师父悔改，也完成了自己的道德救赎，成为一名大科学家，获得奖赏，同爱丽一起"回家"。

故事还在连载的时候就已经广受欢迎，栩栩如生的水下世界令人耳目一新。故事虽然是传统的寓言故事性质，但它的表现形式却是史无前例的。卡朋特指出："之前从来没有人敢把童话故事与全新创造的东西结合在一起，格林童话、贝洛童话、其他任何童话都没有过这样的水孩子：夹杂着对贫苦劳动阶级工作条件的评论，充斥着对海洋生物生活习惯的专业描写，还有但丁式炼狱的道德与精神教育。"[①]这就是为什么彼得·亨特称它为儿童文学第一个黄金时代的第一部作品。但是评论家们也很快就发现，里面包含了太多儿童难以理解的内容。从大框架上看，它就是一部讲述一个儿童道德成长的故事，具体内容却包含了童工、儿童教育、进化论、工作条件、环境污染、爱尔兰饥荒、美国革命等诸多内容，还有对欧文（Richard Owen）与赫胥黎（Thomas Henry Huxley）大论战以及其他科学家的揶揄。正如曼乐夫所言："整本书里到处都是热门的时事话题……几乎每一个金斯利的兴趣点都在书里有所体现。"[②]可见这并不只是为儿子写的一本儿童书，而且它最初发表的《麦克米伦杂志》也并非儿童读物，在曼乐夫的分类中，它被归入了宗教奇幻，丝毫未提它与儿童奇幻的关系[③]。准确地说，它应该被称为第一部现代意义上的奇幻小说，金斯利只

---

① Humphrey Carpenter, *Secret Gardens: The Golden Age of Children's Literature*, Boston: Houghton Mifflin Company, 1985, pp. 32—36.

② C. N. Manlove, *Modern Fantasy: Five Studies*, Cambridge: Cambridge University Press, 1975, p. 20.

③ C. N. Manlove, *Christian Fantasy: From 1200 to the Present*, Basingstoke: Macmillan, 1992, pp. 183—208.

是借用了儿童故事的外壳和想象的水下世界来表达对维多利亚转型时期价值巨变的文化思索。

如果说最初创作的时候金斯利有可能只是为儿子写个故事，后来的故事情节就不大可能是一时兴起之作了。1863 年成书出版时，金斯利做了很多改动，开头的爱尔兰女人就是后来添加的内容，最后一章也做了许多改动。金斯利创造了许多新的奇幻世界，大大扩展了汤姆的旅程，也充分针砭了时弊，例如劣质出版物问题、垃圾食品问题、乱管闲事不懂装懂的“专家”问题、教育问题等。金斯利是维多利亚时期文化批评的重要角色，与达尔文、赫胥黎、拉斯金、阿诺德（Matthew Arnold）、卡莱尔（Thomas Carlyle）、密尔（John Stuart Mill）等思想家都有交往，有些还是好友；他长期担任牧师，位至威斯敏斯特大教堂牧师，并曾任维多利亚女王的牧师和爱德华七世幼时的私人家教；他是杰出的政治活动家和社会改革家，是基督教社会主义运动的核心领袖；他还是一位博物学家、历史学家、小说家和评论家。多重身份的复合使金斯利的创作内容非常丰富，涵盖了对宗教、社会、教育、卫生、科学、政治等诸多问题的思考，题材形式也多种多样，包括小说、诗歌、戏剧、游记和评论等。创作《水孩子》的时候正值维多利亚传统信仰受到最大冲击的深刻，也是金斯利本人的低谷期。

1847 年伦敦再度爆发经济危机，1848 年宪章运动重新活跃起来，各地举行群众大会的规模越来越大。卡朋特梳理金斯利生平时提到，金斯利表示了对工人阶级恶劣工作环境的同情，但认为采取暴动的手段并不能解决问题，只会带来无处不在的猜忌、停滞与饥荒，认为没有美德就没有真正的自由，没有宗教就没有真正的科学，没有对上帝的敬畏和对同胞的爱就没有真正的工业。他创建《人民政治》（*Politics for the People*）期刊，努力告诉宪章派人士，只要改造自己的灵魂，其他的一切上帝会做出安排。这种“反”革命的论调自然不会受到欢迎。夫人要求他停止这种宣传，但他拒不接受，开始创作小说《酵母》（*Yeast*），试图通过小说表达社会进步不能依靠革命而要依靠仁慈的团契精神。小说的反响并不太好。1849 年伦敦东区雅各岛暴发霍乱，金斯利为控制疫情在街区工作不停，并创作了小说《奥顿·洛克》(*Alton Locke*)揭露当时糟糕的劳动条件和人文环境,但作品却并不太被看好。这个时候他已经开始对基督教社会主义感到厌倦,思想上变得越来越保守。1853—1857年间金斯利转向创作《希帕蒂亚,或旧脸孔的新敌人》(*Hypatia, Or, New Foes with an Old Face: A Novel*)、《格劳高斯,或海岸的奇迹》(*Glaucus, or the Wonders of the Shore*)、《向西去啊!》(*Westward Ho!*)等历史小说,还有为孩子们创作的《英雄,或给我孩子们的希腊童话故事》(*The Heroes; Or, Greek Fairy Tales for My Children*)以及成人小说《两年前》(*Two Years Ago*)。1859年春天他受邀在白金汉宫为维多利亚女王和阿尔伯特亲王布道,秋天又在温莎城堡布道。1860年他再次受到皇室的重视,接受了剑桥大学近代史钦定讲座教授一职。这个时期的金斯利看上去风光无限,但卡朋特认为他接受了剑桥大学教授一职恰恰表现出这个时候的他完全失去了人生方向,因为他或许懂些历史知识,但并不能胜任教授一职。卡朋特引述一位不知名的历史学家的话说:"与其让他当历史教授还不如让他去指挥皇家海军舰队。"[①]与皇室的密切交往表示他的确走上了偏保守的道路。当时他的身体状况也十分不佳,家庭关系也不太和谐,在给友人的信中称自己"处于黑暗的无可名状的不平与恐惧中……什么都不值得去努力"[②]。

总之,创作《水孩子》前夕,金斯利思想与身体都处于临近崩溃的状态,他表面的风光与内心的挫败感与维多利亚社会的情况如出一辙。有人说,奇幻小说总是在时代混乱,人心不古的时候繁荣,这话不是没有道理,乱世总是催人创新。其实,从1853年创作历史小说《希帕蒂亚》开始,金斯顿已经在尝试新的创作形式。《格劳高斯》是一部自然历史学著作,《向西去啊!》是一部以海洋为题材的小说。这些积累使他在创作《水孩

---

① Humphrey Carpenter, *Secret Gardens: The Golden Age of Children's Literature*, Boston: Houghton Mifflin Company, 1985, p. 35.

② 转引自 Humphrey Carpenter, *Secret Gardens: The Golden Age of Children's Literature*, Boston: Houghton Mifflin Company, 1985, p. 36.

子》时能够信手拈来，一气呵成。经过十年的矛盾与反思，金斯利把个人与整个时代的彷徨与苦痛揉到一起，投射到一个想象的纯净世界去探索出路。儿童读到新奇的水下世界充满了欢乐，但它也是面向成人的，“因当时面临的各种问题而创作”①，“是一本针对儿童们的长辈的道德与改革之书”②。

《水孩子》参与的最直接的一个社会问题是扫烟囱童工的问题。小说发表后一年之内，英国国会就通过了《扫烟囱儿童管理法》，禁止雇佣儿童清扫烟囱，一般认为这是金斯利的创作推动社会变革的一个事例③。批评家詹妮·霍特(Jenny Holt)认为这是金斯利凭借名人身份与高超的叙事技巧抢了那些默默无闻的儿童权益活动家的功劳，并指责他其实并不关心扫烟囱儿童的处境，在书中并没有细致地描写汤姆遭受的痛苦，相反却让汤姆觉得挺喜欢自己的工作，渴望有一天他也能轮到像师傅虐待他那样虐待别人④。霍特批判了金斯利的阶级观，认为他是从中产阶级的立场俯视工人阶级，这种看法有一定的道理，但《水孩子》毕竟不是调研报告，对童工的工作状况描述是否细致并不重要。霍特考证说金斯利在创作之前听说雇佣儿童委员会正在针对虐待儿童进行调查，那么他在构思故事时使用这个热门话题也无可厚非，毕竟这并不是一部专门讨论扫烟囱孩子的社会学著作，而是一部关于由扫烟囱孩子引发的一系列问题的小说。

这是一个可以分三个层次阅读的故事，它首先是一个奇幻冒险和成长故事；其次在成长故事的大框架下融入了对各种社会问题的批判和嘲

---

① Arthur Johnson, “The Water Babies: Kingsley's Debt to Darwin”, *English* 12 (1959), p. 215.

② Miachel Levy and Farah Mendlesohn, *Children's Fantasy Literature: An Introduction*, Cambridge: Cambridge University Press, 2016, p. 37.

③ See Beer, Berry, Chitty, ect. Gillian Beer, *Darwin's Plots: Evolutionary Narrative in Darwin, George Eliot, and Nineteenth-Century Fiction*, London: Routledge & Kegan Paul, 1983; Laura Berry, *The Child, The State, and the Victorian Novel*, Charlottesville: University of Virginia Press, 1999; Susan Chitty, *The Beast and the Monk: A Life of Charles Kingsley*, London: Hodder and Stoughton, 1974, p. 216.

④ Jenny Holt, “A Partisan in Defence of Children? Kingsley's The Water-Babies Re-Contextualized”, *Nineteenth-Century Contexts*, 33.4 (2011), pp. 353—370.

讽；最后是面对这些问题如何实现精神成长。作为一个成长故事，又可以分为三个阶段。陆地上的汤姆肮脏污秽，无知粗鄙，但在仙女的指引和爱丽小姐的映照下，他看到了自己的丑陋，投入水下世界，从此开始了重生之旅。第一阶段是在河流里发现自我，第二个阶段是到大海里完善自我，第三个阶段是到乌有乡彼端超越自我，最终到达世外奇境（天堂）。三横三纵结构把维多利亚时代关心的主要话题一网打尽，在作品中得到了完美的呈现，其中最突出的便是道德与科学的关系。

二、《水孩子》中的历险与道德成长

显而易见，《水孩子》是一部道德寓言。故事开篇这样介绍汤姆："这名字很短，以前你也一定听到过这样的名字，所以它很容易记住。"[①]汤姆是个再普通不过的英语名字，它代表了广大普通的劳动者。汤姆的生活环境十分恶劣，被师傅格林姆（Grimes）剥削压迫。Grimes 在英文中的意思就是污秽。从汤姆与师傅的命名中便可看出它与《天路历程》这种传统道德寓言的共通之处，后来进入水下世界的"你怎么待人她就怎么待你（惩恶）仙女""她怎么待你你就怎么待人（扬善）仙女"等就更是在名字上直接点名寓意。

汤姆生活的世界一片污秽，而他并不懂得这种污秽的恶，因为他没受过任何教育，也没有获得过宗教指引，"他不会读书也不会写字，也压根儿想不到那上面去。他从来都不洗脸，因为他住的那个院子根本就没有水。没人教他做祷告，他只在一种话里（骂人的话）听说过上帝和基督"[②]。汤姆的生活一半是哭，一半是笑，挨打受累的时候他哭，玩耍的时候他就忘记了这一切，最大的梦想就是有一天他也变成师傅那样的人，也就是使这种污秽肮脏的罪恶生活周而复始地继续下去。这样的汤姆，这样的民众需要救赎，于是金斯利让仙女化身成爱尔兰女人来引导他们："她背着一

① [英]查尔斯·金斯利：《水孩子》，张炽恒译，北京：中央编译出版社，2015 年，第 1 页。
② 同上。

个包袱，头上包着一块灰头巾，穿着一条深红色的裙子，走路的样子很艰难……可是她很高，很美，灰色的眼睛非常明亮，黑发披散在脸上。”[①]这就相当于基督教里的天使形象，正是从她身上，汤姆第一次看到了美。她为汤姆不会祈祷而难过，激发汤姆对大海的向往，教他用野花扎成漂亮的花束，最后明确地告诉他们“想干净的人会干净，想脏臭的人会脏臭”[②]。在这种“神启”之下，汤姆才通过爱丽小姐的美看到了自己的丑，从而奋不顾身地跳进了冰凉的水中清洗自己的罪恶，这又是典型的基督教受洗意象。汤姆历尽万难躲避追逃的过程也可以看作是《圣经》里《出埃及记》的翻版，最终他在教堂钟声的指引下走进了美丽的水下世界，获得了重生。

进入水下之后，汤姆要经历一系列的考验与努力，进行他的道德进化之旅。汤姆变成了一个身体只有四英寸长的水孩子，他现在已经被洗得干干净净，也已经忘记了过去的痛苦，但“还只是个野孩子，像动物一样，他必须向动物学习”[③]。他身上带着原始的恶，不停地去招惹、捉弄、欺负水里的其他动物，结果弄得自己很孤立，谁也不愿意跟他玩。但是仙女们现在不能去教他，因为“汤姆必须通过刻骨铭心的教训，自己学会一切”[④]。有一天，他害死了一只水蜥蜡，懊恼却又不肯承认自己的错误，继续去做淘气的事情，意料之外目睹了一只蜻蜓从肮脏、丑陋变得美丽漂亮的蜕变过程。这对他触动很大，他不再捉弄周围的小动物们，而是与他们友善地和谐相处。与在陆地上受到爱丽洁白形象的感召一样，蜻蜓的变化激发了汤姆的向美之心，从而懂得了主动克制自己，使自己真正成为水下世界的一员。

获得自我身份之后，汤姆需要更广阔的天地去完善自我，即下海去。从水獭那里得知大海的存在后，汤姆便想出去，到宽广的世界里去，去欣赏所有美妙的风光。在一个雷雨交加的夜晚，汤姆跟随着鱼群顺着奔腾

① [英]查尔斯·金斯利：《水孩子》，张炽恒译，北京：中央编译出版社，2015年，第7页。
② 同上书，第11页。
③ 同上书，第42页。
④ 同上书，第63页。

的溪流越过漩涡冲下瀑布向大海奔去。作者把这段旅途描写得波澜壮阔，连着重复了七遍下海去，营造出一幅雄心万丈的画面。这是典型的历险故事模式，而冒险需要一种向上的精神，这一课是由鲑鱼教给汤姆的。当汤姆问鲑鱼为什么不喜欢鳟鱼时，鲑鱼说："许多许多年以前，他们和我们一样，但是他们变得又懒又馋，又怯懦，不愿意每年下海去看广阔的世界，去长得肥壮一些，而是情愿留在小溪里东游西荡，吃虫子和蛆子。他们得到了应有的惩罚，身体变丑了，变成了棕色，浑身都是斑点。他们的品味变得十分低下，甚至吃我们的孩子。"①鲑鱼与鳟鱼的对比传达出一种强烈的进步欲望与开拓精神，不进则退，也呼应了金斯利在书中反复提的一个观点"精神制造身体"，有什么样的精神就会有什么样的身体，精神堕落身体会退化，精神萎靡，身体也会退化。汤姆的水下之旅就是不断地开拓，不断地获得道德升华的过程，而这正是维多利亚时代需要的时代精神。一方面帝国扩张需要胸怀，一方面道德堕落会导致危机，金斯利通过汤姆传达出了双重隐喻。

接下来汤姆就遭遇了一点小挫折，他看到了师傅格林姆的尸体，内心充满了恐惧，但在仙女的帮助下，汤姆克服了恐惧，保持了大无畏的精神继续前进："可怜的小家伙……他不止一次地恨不得能返回温德尔去……但是这不可能，事情过去了，就一去不复返……如果他们没有灰心，没有半途而废，而是继续勇敢地走下去，到达终点，那就是他们的幸运。"②汤姆坚持了下来，于是感到自己强壮、轻松、精神百倍，满腔热血地投入了大海。可以说，汤姆已经完成了自我意志的考验。

进入大海象征着汤姆长大一步，从个人生活进入了广阔的社会生活领域。他虽然豪情万丈，但感到孤独，因为看不见其他的水孩子。汤姆学会了克制自己，不去侵犯别人的利益，但在社会生活中，这还不够，还需要有互帮互助的精神。机会来了，有一次他发现自己的朋友龙虾被困在了

---

① [英]查尔斯·金斯利：《水孩子》，张炽恒译，北京：中央编译出版社，2015 年，第 85 页。
② 同上书，第 91 页。

一只笼子里，于是便想办法解救它，没想到却招来了想要害他的水獭，结果他们三个混战一团，在龙虾的帮助下汤姆逃了出去。脱离险境汤姆很高兴，但他不愿意抛弃仍然困在笼子里的龙虾朋友，虽然龙虾因为固执而失去了一只脚，但它还是脱离了险境。这个时候奇迹发生了，汤姆一下子就看到了周围的水孩子！当你心生善念，懂得助人的时候就成为一个合格的社区成员了。接下来，汤姆就跟其他水孩子一起到了圣布伦丹的仙女岛接受教育。在这里，恶行受到惩罚，善行得到奖赏，汤姆可以说过上了无忧无虑的日子，但他却又忍不住恶作剧把石子扔进海葵嘴里，结果被惩恶仙女以其人之道还治其人之身，汤姆认识到自己的错误，彻底改掉了这个坏毛病。然而考验还没有结束，汤姆必须要通过自身与外界的双重检验。他做到了克制自己内心深处作恶的欲望，却没能抵制住棒棒糖的诱惑。文中对汤姆的心理描写十分细致：

> ……他越来越喜欢吃海牛眼睛和海棒棒糖了，他那愚蠢的小脑袋里整天想的就是这两样东西，他总是希望能够多得到一些。他整天盘算着那位奇异的女士什么时候再来，带点糖果给他吃……整个白天，除了糖果以外，他什么也不想；整个晚上，除了糖果以外，他什么也梦不见。那么，结果怎么样了呢？
>
> 他开始观察那位女士，想找出她放糖果的地方……终于，他找着了……他很想去打开那只小柜子，但又有些害怕。他一直想着他，慢慢地就不再那么害怕了。最后，他实在忍不住了，就把害怕两个字丢在一边。
>
> ……
>
> 我只碰它们一下。于是，他碰了。
>
> 然后：
>
> 我只是尝一下。于是，他尝了一下；
>
> 然后：
>
> 我只吃一个。于是，他吃了一个；
>
> 然后：

只吃两个，只吃三个……再吃一个就不吃了……然后，又是再吃一个就不吃了……

最后，他把它们全吃了。[1]

这个景象是多么的真实！从馋到偷到吃光，从想到害怕到不顾一切，每一个小孩，甚至每一个成人都有过这种无法抵制诱惑，一步步滑向罪恶深渊的经历。我们当然要为此付出代价。汤姆内疚、害怕，吃到的糖果再也不是美好的甜蜜滋味，浑身长满了海胆一样的刺。仙女并没有惩罚他，而是等他自己感到痛苦悲伤，再也不想要糖果的时候才告诉他只要主动忏悔就会得到原谅。但是身上的刺没有人能帮他拔掉，必须靠他自己努力修身养性才能去除。于是汤姆在仙岛上又上了整整七年课，终于身上的皮肤变得光滑又干净了。基督教中的"七"是个很重要的数字，象征完美，例如上帝创造世界用了七天，第七日为安息日；埃及有七年丰年七年荒年；赎罪节的血要七次洒在施恩座前；耶稣基督在十字架上说七句话等。金斯利在作品中反复使用七的意象，在溪流中让汤姆经历七次召唤下海历险，到达大海又让他经历七年修行，这里的道德寓意相当明显。

而要想到达完美的天国世界，仅实现自己的道德升华还不够。仙女为汤姆安排的老师爱丽小姐每到星期天就要回家，那是一个非常美丽的地方，汤姆非常向往。但是爱丽告诉他去那儿的人必须首先去他不喜欢去的地方，帮助他不喜欢的人。这就上升到了耶稣基督的形象，成为水孩子的汤姆只洗净自己身上的罪恶还不够，还要努力承担起救世主的功能，帮助别人"洁净"，而只做自己喜欢的事情就会像仙女给他展示的人的退化过程一样，变成野兽。人不能随心所欲，而要克己复礼，充满爱心，追求共同进步。这正是金斯利所倡导的基督教社会主义的核心思想。从历险故事角度来说，这也意味着作为英雄的汤姆要开始承担社会责任。仙女告诉他："如果他想成为一个男子汉，现在必须到外面的世界去闯一闯了

---

① [英]查尔斯·金斯利：《水孩子》，张炽恒译，北京：中央编译出版社，2015 年，第 137—138 页。

……必须像每一个降生到这个世界的人一样，完全靠自己在外面闯。用自己的眼睛看，用自己的鼻子闻，自己睡自己做的床，自己玩火就烫痛自己的手指头。”[①]于是汤姆又一次踏上征程，到达闪光墙后，在海底潜行七天七夜终于见到了万物之母卡蕾母亲。这个时候的汤姆已经一点都不害怕了，“他怎么会害怕呢？他是个勇敢的小伙子，他的志向就是出去看看整个世界”[②]。这个时候的汤姆已经是一个羽翼丰满、意志坚定的斗士，所以离开海洋母亲的和平池之后，进入炼狱般的熔浆洞时他丝毫没有表现出畏惧退缩。随后汤姆像格列佛一样，经过了废纸国、污水海、小人国、发明中心、无赖港、愚人村、试金岛、流言蜚语国、空脑国等地，终于见到了卡在烟囱里受惩罚的师傅。在汤姆和仙女的感召下，格林姆终于忏悔了自己的罪恶，靠自己的眼泪洗掉了他脸上的和衣服上的烟灰，然后冲掉了砖头缝里的泥灰，最终获得了解脱，而这是他母亲的眼泪做不到、汤姆和世界上任何人都不能做到的事情。这里重申了书中一直强调的主动向美的主题，唯有依靠内心不断向上的力量才能在外力的帮助下实现道德升华，没有美德就没有自由，没有追求就没有进步。

最后一章的这些地方很多是金斯利后来成书出版时添加上的，每一个地方对应一种社会问题，例如污水海就谈到人们深恶痛绝的食品安全问题：

> 地上到处都是深深的裂缝和洞穴，里面全是风吹落的烂果子、生的醋栗、黑刺李、酸苹果、荆豆浆果、蔷薇果、野山楂等一切有害的东西。这些东西孩子们只要弄得到手，就会吃下去的。但是那个国家的仙女们只要一看到它们，就尽快地把它们藏起来，不让孩子们看见；她们的工作非常辛苦，但却没有什么效果。仙女们藏旧渣滓有多快，那些愚蠢邪恶的人造新渣滓就有多快……他们在那些东西上涂满石灰和有毒的颜料，而且竟然从科学老夫人的大书里偷来配方，根据它们发明出给孩子吃的有毒的事物，在集市和糖果店出售[③]。

---

① ［英］查尔斯·金斯利：《水孩子》，张炽恒译，北京：中央编译出版社，2015年，第151页。
② 同上书，第173页。
③ 同上书，第190页。

这与我们当代的食品安全问题何其相似！据报道，不安全的食品与全球每年约200万人的死亡有关，其中多数是儿童，地沟油、塑化剂等重大食品安全事件历历在目，这些也是飞速发展的维多利亚时代面临过的问题。金斯利让汤姆经历这些，也是为了让他看到社会中的种种问题，并思考解决问题的办法。最后他让汤姆成了一个大科学家，"能够设计铁路、蒸汽机、电报和步枪等，他知道一切事物的原理"[①]。而科学是否能够解决道德问题呢？

三、《水孩子》中的科学批判

维多利亚时期的神学与科学并非完全处于势不两立的状态，大量的牧师致力于在自然界中寻找上帝的存在，进化论是维多利亚时代知识界讨论的主要话题。金斯利就不仅是一名牧师，还是一名博物学家，他是地质学会的成员。对于进化论引发的社会大讨论，他不是一个旁观者，而是积极地参与其中，他认可达尔文的思想，认为它"有一种科学与精神启示共有的内在美"[②]，但同时对科学的方法与观点也有他自己的认识。在《水孩子》中，虽然金斯利让主人公汤姆最终成为一名科学家，并指出科学可能是未来最大的巨人，但汤姆是经历了精神洗礼之后才成为科学家，道德成长先于学习科学知识。在故事中，金斯利反复强调精神创造肉体，一方面强调精神的引领力量，一方面批判僵化的科学理性。

《水孩子》中最突出的科学意象就是进化论的思想，只是金斯利把它变成了退化论，让汤姆由人退化到了动物。在故事中，他借探讨自己创作的水孩子这种生物是否存在这个话题，再现了当时科学与信仰的冲突争端，认为科学并不能证明上帝不存在，进化论说人由猿猴演化而来并不能否定世间万物都是上帝所造。

他首先提出，不要因为你看不到、你没有经历过或者你当前的实验无

---

① [英]查尔斯·金斯利：《水孩子》，张炽恒译，北京：中央编译出版社，2015年，第221页。

② Janet Browne, *Charles Darwin: Vol. 2 The Power of Place*, London: Jonathan Cape, 2002, p. 95.

法证明就轻易说某种东西不可能存在，或者说它违反自然规律，因为我们根本不知道自然是什么，不知道自然会怎样，并明确指出科学家们也一样无法掌握自然的奥妙。他用了长达十几页的篇幅来讨论这个话题：

> ……你不能说这不可能，或者说这违反自然规律。你不知道自然是什么，或者说自然怎样；没有人知道；莫德里克·莫其逊爵士、欧文教授、塞奇维克教授、赫胥黎教授、达尔文先生、法拉第先生、格罗夫先生，还有其他任何好孩子们仰慕的大人物们都不知道。他们是很博学的人；你们应该恭恭敬敬地听他们说的：但即便他们要说，我敢肯定绝对不会说，"这不存在。这违反自然规律"。①

他说，听几场讲座辩论，看几幅图，拿几个臭烘烘的瓶瓶罐罐，就称是什么解剖学、化学，就说什么这不存在那不合理，是孩子的做法。他还举了大象、飞龙、长颈鹿等例子来说明人们只是因为自己无知而拒斥这些东西是多么可笑。"人们自负地认为这样那样的东西不可能存在，只是因为他们没见过，这就如同一个野人认为不可能有火车头这种东西，因为他从来没见过有这种东西在森林里跑过。"②这显然是对科学家们只重眼前实证的嘲讽。

然后他又进一步反讽了达尔文的进化论："既然水里的动物能不断地变成陆上的动物，陆地上的动物为什么有时不能变成水里的动物呢？既然低等动物的变化很奇妙，很难发现，为什么高等动物就不能发生更加奇妙、更加难以发现的变化呢？难道，人这万物之王、万物之花就不可以发生比其余一切生物更加美妙的变化吗？"③通过这些评论，金斯利不仅为汤姆变成水孩子做了合理辩护，也是对超自然力量或者说神的力量的辩

---

① Charles Kingsley, *The Water-Babies: A Fairy Tale for a Land-Baby*, Cambridge: Chadwyck-Healey Ltd, 2000, Nineteenth-Century Fiction Full-Text Database, p. 71. 本书其他中文原文皆出自中央文献编译出版社张炽恒译本，我国大部分译本均为改写编译本，张译本标注是名家全译本，但也只保留了基本的故事情节，一些作者评论时事的内容全部没有译出，因而缺失部分引文为本书作者根据2000年出版的电子书英文原文自译，因而自译出处列英文信息。

② Charles Kingsley, *The Water-Babies: A Fairy Tale for a Land-Baby*, Cambridge: Chadwyck-Healey Ltd, 2000, Nineteenth-Century Fiction Full-Text Database, p. 75.

③ ［英］查尔斯·金斯利：《水孩子》，张炽恒译，北京：中央编译出版社，2015年，第52页。

护。他对科学家们之间的分歧表现出一种中立或者说是超越的态度。1860 年 6 月 28 日，英国科学促进会在牛津大学自然历史博物馆举行年会。理查德·欧文与托马斯·亨利·赫胥黎展开了激烈的争论。欧文公开宣布他拥有可以推翻进化论假说的证据，并举出他之前一份解剖报告为例子，以证明大猩猩的大脑更接近于其他低级的灵长类动物，人类的大脑结构独一无二。赫胥黎当场驳斥欧文的结论，举出其他详细研究报告作为例子，直指欧文的错误。在故事中，金斯利明确地指出哪一位科学家都无法完全参透自然的奥秘："对于大自然，在你知道得比欧文教授和赫胥黎教授加起来还要多之前，请不要对我说不会发生什么，也不要凭空说某样东西太不可思议了，不可能是真的。"[①]我们要做的是保持对大自然的敬畏之心。金斯利的大自然显然是上帝的化身，但他采用了当时人们更喜爱的自然这个相对中立的词，既符合科学讨论的话题，又可以同时明确地承载象征性指涉含义，使批判性内容显得温和易于接受。

另外一个集中体现僵化科学思维的人物是害死爱丽的普滕姆棱斯普尔茨教授。金斯利给他起了这么长的一个名字，还给他安了一个头衔，是某个学科的首席专家，而这个学科的名字长达 48 个字母(Necrobioneopalaonthydrochthonanthropopithekology)，可谓涵盖了各科知识，是一位很伟大的"博物"学家。教授渊博，却毫无想象力，对爱丽提出的水孩子不以为然，并且坚定地认为童话故事里的各种各样的妖魔鬼怪绝不存在，在自己说服不了爱丽的时候干脆就直接用一个"反正就是没有"来搪塞。巧的是，这个时候他的网刚好捞到了汤姆。教授称它是粉红海参，发现他还有眼睛时又称他是乌贼，汤姆抗拒地喊道自己不是乌贼时，爱丽认定这就是个水孩子。这不容置疑，但是"一分钟之前他还说过没有水孩子，这叫他怎么办"？教授其实很想把汤姆带回家进行研究，但是"如果那样，所有博学的人会对他怎么说？爱丽会怎么说：刚才他还对

① [英]查尔斯·金斯利：《水孩子》，张炽恒译，北京：中央编译出版社，2015 年，第 52 页。

她说没有水孩子？”[1]最后教授选择放弃汤姆，漫不经心地对爱丽说：“我亲爱的小小姐，你昨天晚上一定梦见水孩子了，你满脑子都是水孩子。”[2]教授固执、虚荣的形象跃然纸上。作者借此插入评论说：

> 如果教授对爱丽说：“是的，亲爱的，这是一个水孩子，它是一种非常奇妙的东西。它使我明白，对于奇妙大自然，虽然我经过四十年的光荣劳动，但我仍然知道得太少了。我刚才还对你说不可能存在这种动物，可是，瞧！这就来了一个，这一下我明白了，大自然能够创造和已经创造出来的东西，是人的可怜的想象力所远不能及的。”我想小爱丽一定会对他更加坚信不疑，对他尊敬得更加深切，比以往任何时候更加爱他。

通过这段评论，作者批评了科学家们过分重视经验世界，过分狂妄自信的狭隘与机械。这段话的内容放在今天来看仍然不过时，科技越发达人类越发现自己对世界认识的肤浅。人类自文艺复兴以来开始变得越来越狂傲自大，以为自己征服自然的能力越来越强，俨然变成了万物的主宰。金斯利正是借此批判人类甚嚣尘上的工具理性。后文中汤姆看到卡蕾母亲造物的时候又重申了这一主题。卡蕾目前每天不断地用海水制造各种新生的动物，汤姆以为“一定会看到她在裁剪、打洞、配制、缝纫、修补、码线、锉、设计、敲、转、打磨、上模子、测量、凿、修剪等，就像人们动工制造产品时那种样子。但是，她只是坐在那儿，手托着下巴，两只大大的、深沉的、像海水一样蓝的蓝眼睛俯视着大海”[3]。汤姆想象的是典型的人类工业生产的场景，是狭隘的社会创造论，它只停留在具体的形而下层面上，它只能制造没有生命、没有灵魂的产品。而造物主制造的是生命，她“并不会自找麻烦动手去造，只是坐在这儿，让他们自己造自己”[4]。万物有灵，世界是个有机的整体，繁衍生息不是靠外力的作用，而是靠内在的

---

① ［英］查尔斯·金斯利：《水孩子》，张炽恒译，北京：中央编译出版社，2015 年，第 104－106 页。
② 同上书，第 106 页。
③ 同上书，第 177 页。
④ 同上书，第 178 页。

进化更新，即道德的不断重生。

对金斯利来说，科学与信仰根本不是一个层次上的概念，与无所不能的万物之主相比，科学不过是蚍蜉。我们可以认可人是从猴子进化而来，但是仍然不能忘掉德行的约束，"即使他们真的天生就像猴子，喜欢淘气，搞低级、有害的恶作剧，也并没有理由说，他们就应该像猴子，别的什么也不懂，尽管去搞恶作剧"[①]，不然就会像仙女书里说的那样，退化成猿。金斯利并没有直接反对科学的新发现，而是反对狭隘的科学理性。他还充分利用童话故事的形式消解论争的火药味儿，在为水孩子存在合理性辩护完后，他紧接着就说："我说这些话是很认真的吗？哦，不，亲爱的。你难道不知道这是一个童话故事吗？全是在说着玩全是在假设，你一句话也不必相信，即使是真话。"[②]戏谑的口吻加上故事的童话性质，给人造成不必当真的印象，而最后一句"即使是真话"却又明明白白告诉你这就是真话。金斯利在真真假假之间表达了自己对科学的态度，科学不能颠覆信仰，精神永远至上。没有宗教就没有真正的科学，没有对上帝的敬畏和对同胞的爱就没有真正的工业。

今天的《水孩子》主要是作为一本儿童读物流传下来的，故事中很多描写充满了童趣，任何时候读来都让人忍俊不禁。例如对追赶汤姆的每个人的描述，充满了儿童喜欢的恶作剧形象：

> 正在割草的花匠看见了汤姆，把镰刀一丢，却扎在腿上，把小腿划了个口子，害得他后来在床上躺了一个礼拜。可是当时他一点也不觉得，急巴巴地去追汤姆了。
>
> 挤奶妇听到喧闹声，膝盖夹着了盛奶罐，把它碰翻，奶油全洒在地上，但她一跃而起，去抓汤姆了。
>
> 一个马夫正在马厩里为约翰爵士洗涮坐骑，一把没抓住马，自己却扭伤了脚，五分钟后成了瘸子，但他依然跑出去追汤姆了。

---

① [英]查尔斯·金斯利：《水孩子》，张炽恒译，北京：中央编译出版社，2015 年，第 63 页。
② 同上书，第 52 页。

格林姆把烟灰袋弄翻在新铺砂石的院子里，把地上搞得一塌糊涂，但他撒腿便去追汤姆了。

年老的看门人慌里慌张地开门，却把他小马的下巴勾在大门的尖铁上，也许至今它还挂在那儿呢，可他还是拔腿去追汤姆了。

正在耕地的农夫把马丢在田头，一匹跳过篱笆，把另一匹马和犁什么的一股脑儿拽进沟渠里；可是他头也不回地去追汤姆了。

管家正从夹子里取黄鼠狼，失手让它跑了，反而夹住了自己的手指，可他还是蹦起来，跟在汤姆后面拼命追……①

根据里拉·哈珀（Lila Marz Harper）对《水孩子》阅读史的梳理，《水孩子》出版后的热度一直持续到20世纪20年代左右，1907年被改编成电影，1973年还有一部同名音乐剧。总的来说，20世纪50年代之后就已经不怎么流行了，现在流传的版本也多是1928年的删节版，我国目前的译本都是删节版，很多是进一步做了删减的编译版。大家喜爱的还是那充满了想象力的水下世界、历经万难实现自我成长的集体无意识和诙谐幽默的文风，这也是经典文本的魅力，即使脱去地域和时代的特色，仍然能够打动人的心灵。但是把作品放回它产生的语境去探讨其中的内涵使我们能够看到奇幻小说作为文学的一个分支积极参与文化建构，甚至社会变革的一面，它不只是遁世娱乐的消遣之物。同时，历史是现实的一面镜子，它也有利于我们更好地理解当下的社会现实。

第三节　满纸荒唐言，一把辛酸泪
——路易斯·卡罗尔与《爱丽丝漫游奇境记》

一、荒唐的爱丽丝故事与研究

如果说当代读者对《水孩子》已经比较陌生，那么路易斯·卡罗尔的

① ［英］查尔斯·金斯利：《水孩子》，张炽恒译，北京：中央编译出版社，2015年，第18－19页。

《爱丽丝漫游奇境记》大家是再熟悉不过了。自1865年出版以来,它已经被翻译成至少125种语言,到20世纪中期重版300多次,其流传之广仅次于《圣经》和莎士比亚的作品①。2015年是《爱丽丝漫游奇境记》诞生150周年,在剑桥大学举办了题为“古往今来的爱丽丝”国际学术研讨会,大会分了31个议题,涵盖了从文学到影视,从数学到建筑,从文本到理论,从阅读到教育等许多超乎想象的角度,爱丽丝研究、改编、仿写等也已形成多重奇境。

我国的爱丽丝研究也是蔚为大观。1922年上海商务印书馆就出版了赵元任翻译的《阿丽思漫游奇境记》。1928年沈从文仿照它创作了《阿丽思中国游记》,后来陈伯吹又模仿创作了《阿丽思小姐》,最初连载刊登于《小学生》杂志,后来于1932年正式出版。进入21世纪以来,爱丽丝研究更是呈爆发之势。下图为笔者以“爱丽丝漫游奇境记”或“阿丽思漫游奇境记”为主题检索词,在中国知网检索的1981年至2017年发表的文献结果。

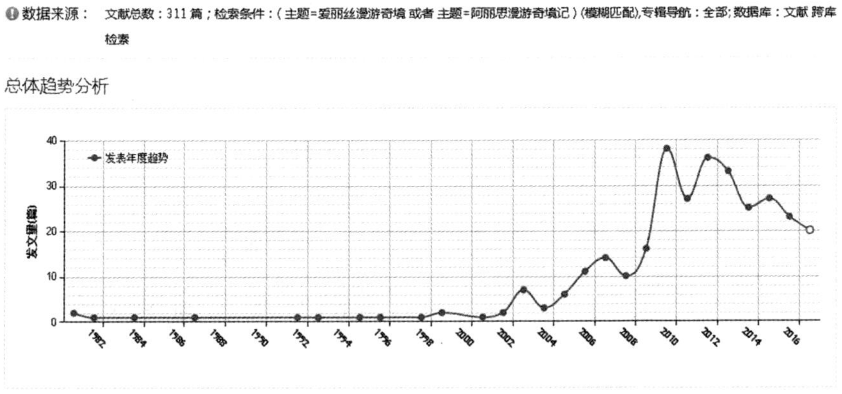

图1 1981—2017年历年发文量总体趋势可视化图谱

从图中可以看出,2002年以前基本保持每年一两篇的发文量,关注

---

① “30本经典外文书”,搜狐新闻,2018年2月16日,https://m.sohu.com/a/222982477_372406.[引用日期2020-08-28]

度不高，2003 年有 7 篇，此后数量呈稳定增长趋势，2010 年呈井喷之势，达到 38 篇，一直到 2017 年每年都稳定在 20 篇以上。

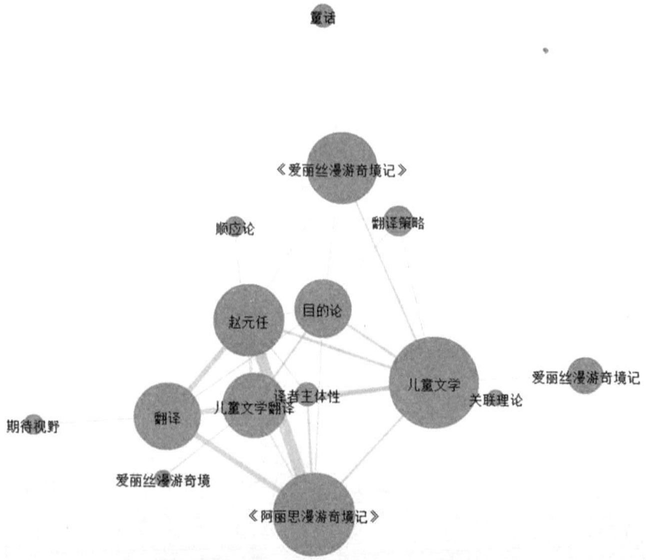

图 2　关键词共现网络可视化图谱

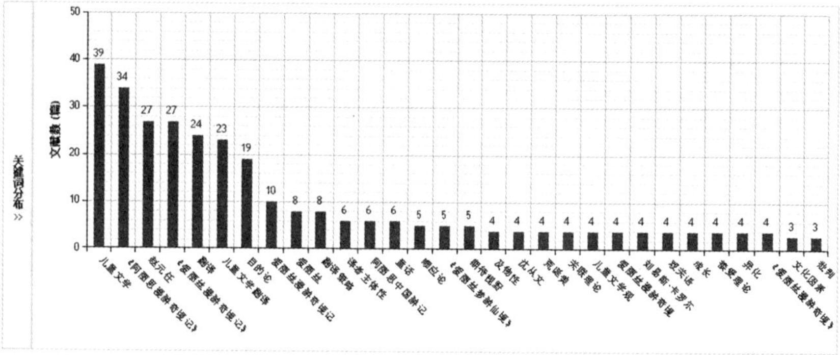

图 3　关键词分布柱状图

但作为一部文学作品，我国的研究内容却几乎与文学不相关。从图 2 与图 3 的关键词分析可以看出，虽然发文量最多的关键词是儿童文学，但这些几乎全是关于中小学儿童文学阅读的，没有深入研究型文章，大都是低水平的情节介绍、阅读感想等。研究类文章主要集中在翻译方向,研究作品的翻译策略、翻译风格、翻译效果等;其次是语言学类,主要研究作品中的一些文字游戏的语言风格、语篇语用分析、系统功能分析等;另有少量爱丽丝在中国的接受研究。此外,这些论文发表的刊物质量都不高。把条件限定为核心期刊与CSSCI后再进行检索,1980年至2017年就只有14条文献,连2010年一年发文量的一半都不到,不得不说是一个惊人的数字。这14篇文献分别是:

[1] 骆应吉.《爱丽丝漫游奇境记》文学改编电影的审美维度[J].电影评介,2017(10):67—69.

[2] 干丽丽,黄国文.英语文学原著与简写本易读度研究的功能语言学研究——以《爱丽丝漫游奇境记》为例[J].外语电化教学,2017(02):58—64.

[3] 林琳.《爱丽丝梦游仙境》的艺术渲染探究[J].电影评介,2016(19):56—58.

[4] 陈瑜敏,邹妍妍.《爱丽丝漫游奇境记》原著与简写本的复合小句关系对比研究[J].外语与外语教学,2016(04):54—62.

[5] 李瑾.目的论视角下的《爱丽丝漫游奇境记》翻译策略[J].语文建设,2016(21):67—68.

[6] 卢丙华.《爱丽丝漫游奇境记》的语言风格阐释[J].语文建设,2015(23):30—31.

[7] 鞠惠冰.现代"爱丽丝"的梦游仙境[J].读书,2015(03):30—37.

[8] 夏玉玲."荒唐"儿童文学在中国的文化误读与接受困境——以《爱丽丝漫游奇境记》为例[J].求索,2014(09):110—114.

[9] 谢全霞.《爱丽丝漫游奇境记》的理论解读[J].语文建设,2014(23):55.

[10] 徐德荣,江建利.儿童文学经典复译研究——以《爱丽丝漫游奇境记》为例[J].中国海洋大学学报(社会科学版),2012(06):100—105.

[11] 徐德荣,江建利.从双关语的翻译检视译者的儿童文学翻译观[J].中国海洋大学学报(社会科学版),2012(02):98—104.

[12] 徐德荣,江建利.儿童文学翻译中的规范——《爱丽丝漫游奇境记》翻译的个案研究[J].中国海洋大学学报(社会科学版),2011(06):85—90.

[13] 彭丽萍,陈进武.试论中国作家对《爱丽丝漫游奇境记》的接受——以沈从文与陈伯吹为例[J].名作欣赏,2010(26):100—102.

[14] 王林."爱丽丝"故事的中国之旅[J].中国图书评论,2003(01):56—58.

从题目看,以上文章中与文学有关系的只有谢全霞的《〈爱丽丝漫游奇境记〉的理论解读》一文,而此篇论文的内容却只是对作者基本信息、作品的荒诞之美与童趣的介绍,总共不足三千字,连一篇学术论文都算不上。爱丽丝研究看似繁荣,实际上有价值的作品寥寥无几。只有近年来致力于西方童话研究的舒伟教授的系列作品对爱丽丝小说进行了比较深入的介绍和研究,他专门撰写过多篇论文①,专著《从工业革命到儿童文学革命——现当代英国童话小说研究》更是给予了两部爱丽丝小说长达10节的篇幅。舒伟老师很全面地翻译、梳理、介绍了国外主要领域的研究成果,对于拓宽和加深国内读者和学者对爱丽丝小说的认识有很大的意义。

实际上国外研究也比较分散,对各种改编、作家以及影响等外部研究的内容大于对作品本身及其产生的时代背景的关注。这可能是由于作品中大量的文字语言游戏使文本意义变得多元,加上卡罗尔本人身份与行

---

① 笔者很奇怪核心期刊检索结果中为什么没有影响较大的舒伟老师的论文,经研究发现是因为他采用的题目是《爱丽丝奇境漫游记》而非常用的《爱丽丝漫游奇境记》。在知网以《爱丽丝奇境漫游记》为关键词检索,只有舒伟老师一人的论文,而他的论文主要内容基本上全都收录在他的专著《从工业革命到儿童文学革命——现当代英国童话小说研究》一书中,对此书本书单独做了评论,故未对检索结果分析进行调整。

为爱好的特殊性，形成了舒伟教授所言的“言说不尽的阐释奇境”，各种研究枝枝蔓蔓，离文本这个中心越来越远。正是由于这种情况，我国在引进介绍爱丽丝的时候，对作品的认识往往停留在外围的皮毛之上，只把它当作一个有趣的儿童故事来解读，例如夏玉玲在谈论荒唐儿童文学在中国的文化误读时就以对《爱丽丝漫游奇境记》的简单解读为基础：

> 生活无忧的牛津学者卡洛尔在阿锡思河上划船时，为同行的教育家亨利·列德尔的三个女儿即兴讲述了一个异想天开的奇妙故事。后来在孩子们的要求下，卡洛尔将这个故事写下来并在1865年出版。他并不想在这个故事中暗示什么意思，对于小读者，他既不训诲他们，也不指导他们。因而，小读者们可以随着流水一般的节律悠然神往，徜徉于愉快的幻想和游戏之中。完全不同的创作动机使得《阿丽思中国游记》和《阿丽思小姐》无法摆脱现实的关照和成人焦虑的投射，因此无法创作出一个纯粹的儿童幻想世界。[①]

只要读过卡罗尔生平就会知道这个故事的出版并没有那么简单，故事内容也远非信口瞎编的用来哄孩子高兴的一个荒唐故事。首先荒唐文学本身并非没有意义，夏玉玲的论文中也提到“它运用丰富而奇特的想象和幽默风趣语言，把荒诞和常识、无稽和逻辑巧妙地融合，荒唐之中蕴含着人生的趣味与感兴”[②]。但我国的很多论文都是这样矛盾，一方面承认作品具有高超的艺术性、蕴含深刻的人生道理，一方面把它斥为简单的儿童故事，没有什么意思。杨静远发表在《读书》上的文章也是一边说这个作品如何有特色，一边说“它的讽刺，只是开开玩笑而已，因为它毕竟是一本儿童读物”[③]。且不说这些评论对儿童文学的偏见，其自相矛盾之处也很让人费解。

---

① 夏玉玲：《“荒唐”儿童文学在中国的文化误读与接受困境——以〈爱丽丝漫游奇境记〉为例》，《求索》，2014年第9期，第112页。

② 同上刊，第111页。

③ 杨静远：《永不消逝的童年的梦——一本老幼共赏的书〈阿丽思漫游奇境记〉》，《读书》，1981年第2期，第119页。

其实，正如曹雪芹的《红楼梦》一样，《爱丽丝漫游奇境记》看似“满纸荒唐言”，实则“一把辛酸泪”。卡罗尔本名查尔斯·路特维奇·道奇森(Charles Lutwidge Dodgson)，患有家族性口吃，在拉格比公学读书的时候体育运动能力也差，常常被人嘲笑，因此不太愿意与外人接触，社交生活比较封闭，但数学成绩优异。他后来考入牛津大学基督堂学院数学专业读书，并留校任教。从19世纪50年代起，卡罗尔迅速掌握了当时新兴的照相技术，为很多名人拍摄了照片。卡朋特认为他痴迷摄影是因为这是一种对于现实人际关系的替代，使他可以只做一个旁观者，而不必置身其中。另一个重要原因是这使他能够通过一种令人敬重的方式去结识小女孩[①]。卡罗尔的“洛丽塔情结”一直是传记作家努力挖掘的点，据说跟女孩在一起时他就不会口吃，他喜爱孩子，了解孩子，因而能够创作出孩子们喜欢的故事。《爱丽丝漫游奇境记》的创作过程已经成为广为人知的人间佳话。1862年夏天一个金色的午后，卡罗尔和朋友一起带着基督堂学院院长家的三个女儿泛舟泰晤士河，一路上卡罗尔为孩子们编故事。泛舟结束后，二小姐爱丽丝要求他把讲的故事写下来。后来卡罗尔便践行承诺，将故事写了下来并配上自己的一些插画，1864年作为圣诞礼物送给爱丽丝小姐，后来于1865年正式出版。事情看上去简单美好，但是卡罗尔对少女的格外偏好、与利德尔一家分分合合的神秘关系、长达两年之久的记录与修改过程等都使这个故事的问世变得复杂起来，它并非简单地记录了一个即兴的儿童故事。

此处因篇幅所限，不展开讨论卡罗尔生平的相关问题，但毋庸置疑的是，与金斯利的《水孩子》一样，《爱丽丝漫游奇境记》起源于为儿童讲述的故事，最终成书时却添加了许多作者认真的思考，例如公爵夫人厨房的场景、疯帽匠的癫狂茶会等都是后来添加的内容。卡罗尔虽然不像金斯利那样，是一位活跃的社会活动家，他也同样认识许多社会名流，但独特的

---

① Humphrey Carpenter, *Secret Gardens: The Golden Age of Children's Literature*, Boston: Houghton Mifflin Company, 1985, p. 51.

经历与性格使卡罗尔在作品中不像金斯利那样明确地表现出对社会问题的关注与批判,而是采用了间接的荒唐文学的形式。彼得·亨特(Peter Hunt)认为它"是一部政治讽刺寓言,是维多利亚道德观念的评注,表达了对维多利亚社会(女性)儿童的同情,还有卡罗尔自我欲望的升凝"[①]。他还指出卡罗尔最终选择著名政治插画家约翰·坦尼尔(John Tanniel)也不是偶然的,其政治隐喻意味非常浓厚。列维(Michael Levy)和门德尔松(Farah Mendlesohn)也认为尽管《爱丽丝漫游奇境记》和它的续集《爱丽丝镜中奇遇记》被称作荒唐小说,两部小说都仍然带有说教性质,"里面有它想教育人的东西,不管是现代礼仪的荒诞性还是棋的荒诞性,两部小说都无情地、不可抗拒地破坏了社会秩序"[②]。卡罗尔也不像金斯利那样乐观地相信神的力量会指引人们实现道德成长,爱丽丝的世界是一个没有上帝的混乱世界,她永远也无法真正到达那个象征着伊甸园的小花园,因为她进入的不是一个纯净和谐的水下世界,而是一个支离破碎的梦境。

根据卡朋特梳理的爱丽丝接受情况,刚出版的时候孩子们并不特别喜欢它,成人与评论界的反响也一般,许多人其实更喜欢的是坦尼尔的插画。等到 1871 年续集《爱丽丝镜中奇遇记》出版时,《爱丽丝漫游奇境记》才声名鹊起。1870 年可以说是维多利亚社会由盛及衰的转折点,这一年伟大的狄更斯去世了,也许这时候人们才从狄更斯式"好人终有好报"的美梦中醒来,认识到在洞中世界迷失的爱丽丝正是他们自己人生的真实写照。

二、爱丽丝的身份迷失与社会失序

在《爱丽丝漫游奇境记》中,爱丽丝因为好奇钻进了兔子洞,掉到一口深井里。掉的过程中,她并没有多少惊慌,最后落在了一个大厅里,然后

---

① Peter Hunt, *Alternative Worlds in Fantasy Fiction*, London: Continuum, 2001, p. 24.

② Michael Levy and Farah Mendlesohn, *Children's Fantasy Literature: An Introduction*, Cambridge: Cambridge University Press, 2016, p. 36.

发现了一个美丽的花园。面对这个陌生的地下世界，爱丽丝充满了好奇。她想到花园里去玩，但是自己个子太大，没法穿过通向花园的小门。接下来，她发现桌上放着一小瓶不明液体，上面写着："把我喝掉！"经过一番思想斗争后，爱丽丝喝光了小瓶子里的液体，结果缩小成了不到 25 厘米高。可是爱丽丝又忘了拿桌上的钥匙，懊恼之际又发现桌子底下有一个小小的蛋糕，上面写着："把我吃掉！"吃了蛋糕之后爱丽丝又开始不断地长高。接下来，摇了白兔的扇子让她又变小了，面对不断变化的身体，爱丽丝不禁要问："那到底我是谁？"[①]她试图用自己的经验和知识来确定自己的身份，结果算数算不对，歌谣也不熟练，还掉进了自己的眼泪池里，莫名其妙地总是会激怒好不容易碰到的一只老鼠，又跟一帮动物进行了一场莫名其妙的赛跑，最后所有的人都赢了。爱丽丝觉得一切都很荒唐，但她还是努力入乡随俗，郑重其事地迎合动物们，可是还是无意识地又激怒了老鼠，吓跑了所有的动物，剩下孤单的爱丽丝茫然懊悔。这是爱丽丝遭遇的第一次身份危机，在地下世界她完全无法把控自己的身体，只能稀里糊涂地去尝试、适应，最终还是落得个被抛弃的下场。

失落的爱丽丝很快就迎来了第二次身份危机。找不到扇子和手套的小白兔把爱丽丝当成了自己的女仆玛丽安。爱丽丝没来得及解释就跑到了兔子家，准备帮他找扇子和手套，进去后又因为好奇喝了兔子家的饮料而变大，吃了小石子变成的蛋糕后又变小了。这个时候的爱丽丝已经不像第一次时那样慌张，而是已经能够冷静地思考要吃点什么喝点什么使自己的身材变得合适。但是这个时候她碰上了毛毛虫，遭到了严肃的质问："你是谁？"[②]这是爱丽丝在经历了自我迷失后遭受到的来自外界的质疑，这时的她完全没有能力回答毛毛虫的问题。她只有说："我……我也不知道。先生，眼下不知道……今早起床的时候还知道的。可打那时起我一定发生了好几次变化……我自己也不明白，在一天之内变大变小把

---

① ［英］路易斯·卡罗尔：《爱丽丝漫游奇境》，黄健人译，北京：中央编译出版社，2015 年，第 14 页。

② 同上。

人都弄糊涂了。"[1]相对于毛毛虫变蛹化蝶的自然成长历程，爱丽丝的变化没有任何规律，没有任何目标，只能让人迷惑。正如爱丽丝对毛毛虫所说，尺寸大小没有关系，但是不要这么变来变去的。爱丽丝的变大变小可以说是维多利亚时代急剧变化，而人们面对巨变无所适从的夸张式写照。

工业革命创造了一个全新的现代社会，层出不穷的各种新发明让各种现代工厂雨后春笋般冒出来，经济快速发展，乡村与小镇人口急剧往大城市涌去，社会经历着巨大变革，整个英国从上至下都受到巨大冲击。人们像爱丽丝对地下世界一样，对一切充满了好奇，也试图通过自己的经验与知识去了解它，却最终陷入迷茫。1859 年达尔文的《物种起源》更是在思想层面掀起了巨浪，在宗教、科学、文化等各界都引起了普遍的争论，人究竟是上帝造的还是由动物进化而来？前文中已经提到，1860 年在牛津赫胥黎与理查·欧文、威伯福(Wilberforce)主教就科学与宗教问题展开激烈争论，这场大争论对当时的知识界影响很大，金斯利的《水孩子》在很大程度上就是对进化论的回应。评论界普遍认为卡罗尔也一定受到了这次著名的大争论的影响。他使用的鸽子意象是达尔文《物种起源》第一章开篇就谈到的物种，并且野生旅鸽这个物种就是在这个时期灭绝的，而渡渡鸟早已经灭绝。豪顿(Hugh Haughton)、诺普夫拉马舍(U. C. Knoepflmacher)、洛威尔-史密斯(Rose Lovell-Smith)等人认为故事中的很多动物都是现代科学研究与描述的对象，它们在很大程度上反映了生物链、自然选择、适者生存等进化论概念，甚至也有退化论在里面，例如婴儿变成了猪，爱丽丝被看作蛇等[2]。与金斯利一样，卡罗尔在作品中融入了许多当时的热门话题，包括进化论、拉斯金美学(Ruskinian

---

① 同上书，第 40 页。

② 见 Hugh Haughton, "Alice's Identity", *Lewis Carroll's Alice's Adventures in Wonderland*, ed. Harold Bloom, New York: Chelsea House Publishers, 2006, pp. 193—203; U. C. Knoepflmacher, *Ventures into Childland: Victorians, Fairy Tales, and Femininity*, Chicago and London: U of Chicago P, 1998; Rose Lovell-Smith, "Eggs and Serpents: Natural History Reference in Lewis Carroll's Scene of Alice and the Pigeon", *Children's Literature* 35 (2007): 27—53.

Aesthetics)、穆勒(Max Müller)的宗教学(Science of Religion)、阿诺德(Matthew Arnold)的文化与无政府主义批判等。《爱丽丝漫游奇境记》基本是以争论的形式呈现的,这也正如卡罗尔所处的时代一样,各种声音不绝于耳。但卡罗尔不像金斯利那样直白,他采用的荒唐文学方式使他的观点以非常微妙的方式隐藏其中,很难确定,或者可以说他可能跟爱丽丝一样处于迷惑的状态。不管他创作的原型是谁,影射的是哪些事,故事中爱丽丝的中产阶级身份毋庸置疑,她在地下世界遭遇的惊奇与迷惑无疑也是维多利亚中晚期人们生活的写照。进化论带给人们的直接疑惑可能就是:我究竟是从哪里来的?我究竟是谁?爱丽丝最终在毛毛虫不太友善的指点下,通过自己的尝试,把握了吃蘑菇的规律,左边吃一点右边吃一点,终于可以按自己的意愿决定自己的尺寸。可是费劲气力将身体调整到与周围环境相适应后,爱丽丝很快发现了地下世界更多的荒诞无稽。

经历形体畸变后的爱丽丝接触的第一项社会生活是茶会。下午茶是一个很突出的英国文化符号。据传17世纪时,英国上流社会的早餐都很丰盛,午餐较为简便,而社交晚餐则一直到晚上八时左右才开始,人们便习惯在下午四时左右吃些点心、喝杯茶。有一位很懂得享受生活的女伯爵每天下午都会差遣女仆为她准备一壶红茶和点心,她觉得这种感觉很好,便邀请友人共享。很快,下午茶便在英国上流社会流行起来,主要功能也从补充体力变成了社交,出现了高茶与低茶之分。下层人民在工作之间为了补充体力吃的叫做高茶,吃的主要都是肉类食物,坐在较高的餐桌和椅子上,方便快吃快走。上层社会的贵妇们招待客人用的叫做低茶,因为客人坐在低矮的沙发上,茶点也摆在较低的茶几上,重点是社交。因为茶叶主要是从东方进口,是很贵重的东西,所以下午茶成了身份的象征。维多利亚时代逐渐形成了许多固定的礼仪,包括恪守固定的茶点时间、茶点的种类和放置方法、食用茶点的顺序等。上层阶级像信奉宗教一样遵守下午茶这一社交习俗。一到下午茶时间,一切活动都要停止下来。长久以来固定的时间、固定的人群和固定内容的谈话最终让茶会沦为没有意义的八卦场所。创建于1706年的英国名茶川宁(Twining)第九代董事会主席曾经说过英国的喝茶文化其实源于势利①。评论家黑泽德(Paul Hazard)也指出:“没有谁认为茶会上的谈话有什么实际意义。一个人如果10年、20年、30年如一日地每天花两个小时喝下午茶,那很有可能变成疯帽匠或睡鼠那样。”②《爱丽丝漫游奇境记》里展示的就是这样一个毫无意义的癫狂茶会。

“癫狂茶会”一章开头这样描写道:“房子前面的一棵大树下摆好了一张桌子,三月兔和帽商正在喝茶。他俩中间坐着只睡鼠,呼呼地睡得正香。其他两位把它当靠垫,胳膊肘压在它身上,越过它的头顶交谈。”③在整个茶会中,睡鼠基本处于呼呼大睡的状态,偶尔醒来插句话,这正是很多维多利亚茶会的状态。很多时候,其实只有一两个人夸夸其谈,其他人不过是无聊的听众,睡着了也未可知。他们三个都挤在一个角上,看到爱丽丝过来大叫:“没地方! 没地方!”这个细节的潜台词也可以解读为茶会上坐满了人,但实际上跟没有人一样,因为活跃的只有那么两个,其他人都是摆设。

那么活跃的这两个谈的是有意义的话题吗?接下来卡罗尔用一系列的文字游戏揭露了茶会上各种谈话和所谓的礼仪实际上都毫无意义。三月兔让爱丽丝喝点酒,而实际上根本就没有酒。爱丽丝指责他没有酒却让她喝酒不礼貌,反过来三月兔指责她自作主张坐下来也不礼貌,接下来的谈话就全是在抠字眼玩文字游戏,完全不传达任何意义。被视为身份与文明象征的茶会礼仪变成了粗鲁的争执吵闹,甚至人身攻击,完全颠覆了人们对茶会的正常认识或者说正常期待。

---

① Rachel Lawton, “Lewis Carroll's Alice: A Quest for Humanity in the Cultural Underground of Social Politics in Victorian England”, Texas A&M University-Commerce Dissertation, 2006, p. 49.

② Paul Hazard, “Alice's Adventures in Wonderland,” *Children's Literature Review*, ed. Carolyn Riles, Detroit: Gale, 1976, p. 31.

③ [英]路易斯·卡罗尔:《爱丽丝漫游奇境》,黄健人译,北京:中央编译出版社,2015年,第60页。

接下来卡罗尔更是针对维多利亚时代人特别重视的茶会时间问题进行了辛辣的讽刺。在爱丽丝感到实在无话可说的时候，疯帽匠突然打破沉默，问她今天几号，并且掏出了自己的表。表很滑稽，有几月几号却没有几点钟。爱丽丝劝他们不要浪费时间，帽匠说她不懂时间。他想随心所欲地安排钟点，却被王后指控为谋杀时间，于是时间就一直停留在了六点钟，茶会也就只能无休止地进行下去。这种对程式化的维多利亚茶会的戏仿深刻揭露了它虚伪的本质。就像帽匠打的比方一样，说句悄悄话，时间就飞快地从上午九点钟转到一点半，跳过上课时间，直接吃午饭，茶会上的人可能很想让时间走得快一些，而实际上时间却像停滞了一样，多么令人煎熬。

据说卡罗尔本人很不喜欢遵循指定的聚会时间，常常拒绝指定具体时间的邀请函，却又表示自己晚些时候会到，但并不明确到达的时间[①]。这或许表现了卡罗尔对维多利亚呆板的社交礼仪程式的厌恶。但卡罗尔本身又是一个很矛盾的人，生活中的他极度古板，过着规律严谨的生活，恪守各种秩序。他的穿着从来都很正式，出门时头上总是戴着高帽，手上戴着黑手套，腰板挺得笔直，直到让人感觉他都要仰过去了。学院聚会时他总是不苟言笑，也不大吃大喝，一生中都骨瘦如柴，每隔一天都要步行18 英里，耗时 5 小时 25 分钟，平均每小时 3.33 英里。同事们都认为他是个墨守成规的人，学生们也觉得他的课枯燥无味，从来没有人注意到他的诙谐、幽默与犀利[②]。有人认为压抑的道奇森在爱丽丝那里变成了自由的卡罗尔，释放了内心的真实欲望，有人认为道奇森看透了维多利亚时代的疯狂，以严苛的自我炼狱来对抗这种混乱，正如故事中的爱丽丝始终想以正常的教养和知识与疯狂的地下世界交流。伟大作家的人生常常是时

① Phyllis Greenacre, "From 'The Character of Dodgson as Revealed in the Writings of Carroll'", *Lewis Carroll's Alice's Adventures in Wonderland*, ed. Harold Bloom, New York: Chelsea House Publishers, 2006, p. 106.

② Jackie Wüllschlager, *Inventing Wonderland: The Lives and Fantasies of Lewis Carroll, Edward Lear, J. Barrie, Kenneth Grahame and A. A. Milne*, London: Methuen, 1995, pp. 33—35.

代的缩影,不管是以哪种方式,道奇森与卡罗尔的双重性正好呼应了维多利亚时代的双重性。表面上秩序井然、稳定和谐的维多利亚社会实际上一团混乱。这种混乱在后面的槌球游戏和审判场景中得到了进一步的展现。

槌球游戏起源于法国,17 世纪又传到意大利和苏格兰。从 1860 年代开始这项游戏在英国普遍开展,成为中产阶级家庭特别钟爱的运动形式。在维多利亚时代,有花园别墅的中产阶级家庭没有槌球用具是很罕见的。槌球是一项平静的体育运动,在修剪整齐的草坪上进行,不像足球和篮球一样需要很快的速度和高度的竞争,这种独有的特性使它成为一项很受欢迎的运动。人们在周末或节假日邀请层次相当的朋友和邻居到自己花园打球,大家遵循相同的礼仪规范,一起放松交流。它是上流社会一种理性的娱乐活动,是一项优雅的交际性活动。槌球颂扬的不是竞争,而是理性和友谊,槌球礼节也是客厅礼节。当时的槌球制造商、槌球手册和杂志编辑都宣称槌球能够促进国家安宁、邻居和谐和家庭的凝聚力[①]。《爱丽丝漫游奇境记》中的槌球可完全不是这样:

> 爱丽丝还从没见过这么滑稽的槌球场,遍地沟沟坎坎,槌球就是活刺猬,木槌就是活火烈鸟。好不容易才把它夹在胳膊下……可刚把它脖子摆直,正要用它的头去打刺猬,它就脖子一扭,看着爱丽丝,一副莫名其妙的表情,爱丽丝忍不住笑起来。等她再次把头扳过去的时候,刺猬又伸展身体打算溜走了。而且,不论她想把刺猬打到哪儿,总有沟沟坎坎碍事。充当球门的兵士则不停地站直身子到处乱走……还相互争吵不休,抢夺刺猬。须臾,皇后怒火万丈,一面跺脚一面大叫:"砍掉他的头!""砍掉他的头!"每分钟都要叫一次。[②]

场地沟沟坎坎,比赛用品全是活物,大家都吵吵闹闹,完全没有任何

---

① 高秀明:《论槌球与英国维多利亚时期中产阶级的价值观》,《扬州大学学报(人文社会科学版)》,2009 年第 3 期,第 103—106 页.

② [英]路易斯·卡罗尔:《爱丽丝漫游奇境》,黄健人译,北京:中央编译出版社,2015 年,第 76 页。

规则，这完全是真正的槌球礼仪的反面。又一项高度代表维多利亚社会礼仪与规范的活动形象被颠覆了。

如果说茶会与槌球游戏只是娱乐，那么后面的审判就真正进入了国家最高秩序的层面。法制本身就是一系列规范，而审判则是对违反规范的惩罚。故事中的审判场景同样荒诞无稽。表面上整个审判严格执行各种程序，但是陪审员们记的东西完全没有意义，证人语无伦次，国王临时就制定一条法律，王后喊着先判刑再裁决，随便就要砍人的头。英国法制常常被称为法律界的典范，维多利亚时代也号称完善了很多法律制度，在戴雪（Albert Venn Dicey）、边沁（Jeremy Bentham）、白芝浩（Walter Bagehot）等主流法学家的笔下，英国法制虽然需要改革但仍然是相对完善的。但在文学家笔下，英国的法律有着无数的漏洞，狄更斯的作品中就涉及许多司法制度及庭审活动的描写，深刻揭露了英国法律界的腐败。在《荒凉山庄》（*Bleak House*）中，被戏谑为“大法官法庭”的废品商店的自燃就象征着英国法律制度和司法体系的瓦解。卡罗尔以荒唐文学的形式有力地呼应了狄更斯。这不是文学家的偏见，当时著名的哲学家、时政评论家卡莱尔也说过：“不要问：法律在哪里？政府在哪里？无处不在，同时也毫不存在。”[①]这是维多利亚时代双重性的又一力证。

三、《爱丽丝漫游奇境记》中的教育批判

《爱丽丝漫游奇境记》对于文学史的意义在于彻底颠覆了维多利亚时代的说教文学，它不仅以荒唐幽默的形式讽刺了虚伪的社会礼仪与混乱的社会秩序，更对枯燥无味的儿童教育进行了戏仿与嘲讽。本书第一章中已经介绍过，18 世纪以来的儿童文学的基本特点就是压制幻想，强调道德训诫与理性说教。在故事中，卡罗尔创作了许多妙趣横生的荒诞诗，都是针对当时非常流行的宗教赞美诗和道德教喻诗的戏仿之作。今天的

---

① 转引自 Rachel Lawton，“Lewis Carroll's Alice：A Quest for Humanity in the Cultural Underground of Social Politics in Victorian England”，Texas A&M University-Commerce Dissertation，2006，p. 14.

读者可能只感受到这些诗的幽默与滑稽,对当时的读者来说,马上就能体会出其中的讽刺与批判意味,因为他们耳熟能详的作品被“恶搞”得面目全非。

爱丽丝掉进洞里背诵的第一首歌谣《小鳄鱼》就是对著名的宗教赞美诗作家沃茨(Issac Watts)的《不能懒惰和淘气》(“Against Idleness and Mischief”)的戏仿。原诗为:

不能懒惰和淘气

你看小蜜蜂,整天多忙碌,光阴不虚度,花丛采蜂蜜。
灵巧筑蜂巢,利落涂蜂蜡,采来甜花蕊,辛勤酿好蜜。
我也忙起来,勤动手和脑。魔鬼要捣乱,专找小懒汉。

卡罗尔把它戏仿为:

你看小鳄鱼,尾巴多神气,如何加把力,使它更亮丽。
尼罗河水清,把它来浇洗,鳞甲一片片,金光亮闪闪。
笑得多快活,露出尖尖齿,张开两只爪,动作多麻利。
温柔一笑中,大嘴已张开,欢迎小鱼儿,快快请进来。[①]

原诗赞美了勤劳的小蜜蜂,不虚度光阴才有所收获,号召孩子们勤动手和脑,不做小懒汉,其道德教诲的主题非常明确。而在卡罗尔笔下,勤劳的小蜜蜂变成了不劳而获的小鳄鱼,张开大口等待鱼儿入口,描绘的是弱肉强食的捕食场景。另外一首沃茨的道德训诫诗《懒汉的话》原诗也是宣扬辛勤劳动,被卡罗尔改编成动物们为了食物你争我抢。虽然节奏仍然轻松愉快,场景也妙趣横生,背后隐藏的却是进化论视角下残酷的社会现实,不再是善有善报恶有恶报的宗教与道德氛围。

爱丽丝背诵的第二首诗《威廉爸爸,你老了!》戏仿的是骚塞(Robert Southey)的宗教训谕诗《老人的宽慰,以及如何得以安享晚年》。原诗主

① 舒伟:《从工业革命到儿童文学革命——现当代英国童话小说研究》,北京:中国社会科学出版社,2015,第187页。

要教导人们要心向上帝、虔诚做人、爱惜时间、珍惜青春，到老了才不会后悔。原诗中的老人青春年少时心中时刻装着上帝，一副循规蹈矩的虔诚模样，而在卡罗尔的诗中，我们看到的是一个老顽童形象，头发都白了还玩倒立，胖得圆滚滚还翻跟头，牙都掉光了还吃烤鹅，眼神不好鼻子上还能顶条鳗鱼，而他年轻时也是一副顽皮样，卖油膏耍嘴皮，完全没个正经，既不虔诚也不讲礼仪。维多利亚时代认为儿童需要教化，孩子们要从书本中学到道理，正如《爱丽丝漫游奇境记》里的公爵夫人对爱丽丝说的，"样样事情都有教训，只要你去找"①，而她总结的那些教训都莫名其妙，毫无用处。历史也证明，卡罗尔戏仿的那些教训诗歌早已为人们所遗忘，而他戏谑的仿作却流传至今。

除了戏仿当时流行的诗歌，卡罗尔还杜撰了假海龟这个形象来讽刺维多利亚的学校教育。假海龟深情地回忆自己小时候在大海里上学的时光，说那是最好的教育，跟老师学法语、音乐、洗衣服、数学、神秘学、慢拉、古典文学等课。这些科目都是对维多利亚学校教育的戏仿。维多利亚时代的教育有两大特点：一是扩充了传统的公学教育内容。二是基础教育覆盖面扩大到普通劳动阶级。传统的英国公学教育主要以人文学科和古典绅士教育为主，19 世纪初开始增加了自然科学和数学的比重。语文和历史的教学也做了改进以适应培养社会活动家的目标。随着德国等后起之秀带来的技术压力增大，维多利亚时期英国也开始增设一些实用的技术类课程。另一方面，随着经济的发展，民主化的进程也加快了，1832 年、1867 年、1884 年的三次改革法案把选举权扩大到广大的工人阶级，而他们的教育问题则需要提上日程。1870 年英国通过教育法案，确立了义务基础教育制度。经济的发展需要更多人受教育，需要更多的实用技术，而教育方法却没有相应地进行改革，以机械背诵为主的灌输式方式效果很差。教育资源也不够充分，尤其是大量工人阶级孩子入学，与传统的精

---

①　[英]路易斯·卡罗尔：《爱丽丝漫游奇境》，黄健人译，北京：中央编译出版社，2015 年，第 80 页。

英教育教学效果不可同日而语，总体上看教育覆盖面扩大了，但质量却产生了大滑坡。

在这一部分卡罗尔设置了许多文字机关，只有在原文中才能体会到其中的讽刺意味。例如古典文学的两门课“笑”(Laughing)和“伤心”(Grief)显然指的是拉丁语(Latin)和希腊语(Greek)。“慢拉”课，英文是drawl，老师是条老海鳗，教学生蜷作一团，慢慢拉，伸展，再晕倒。这里可能指的是维多利亚时代的“绘画”draw课，一字之差把所谓的艺术教育变成了滑稽的身体秀。“旋转与滚动”课程可能暗指下层阶级扫烟囱的小男孩在烟囱里旋转、滚动的样子，“洗衣服”课则可能与有些思想家推动女性入学有关。数学课的四个分支“野心”“发狂”“丑化”“嘲弄”可能指学习先进的科学技术带来了更多的环境与社会问题。关于上课的时间也是用了一个双关语 lesson，爱丽丝问它们一天上几节课，答头一天十小时，第二天九小时，依次类推，这里取的就是 lesson/lessen 的双重含义，一层指课程，另一层指越来越少，所以说上课的时间越来越短，也暗指课程的质量越来越差。

对于这些问题，卡罗尔的表现方式比较隐晦，金斯利在《水孩子》中的描述就比较直接。故事中讲到汤姆到了无托底子岛，意思是只有脑袋，没有身体。这里禁止携带玩具，孩子们努力去记各种各样的知识，因为用脑过度脑子都流水了，每天唱的歌都是：“我学不会功课呀，考官要来了呀！”在这种情况下，他们的父母还要责怪孩子不求上进。后来一根老手杖告诉汤姆说：

> 从前，他们是一些要多么可爱就有多么可爱的孩子。要是让他们像正常人一样成长，然后交给我，那么到现在他们也还是可爱的孩子。但是他们的父母太愚蠢，不让他们做小孩子做的事情，比如采采花儿，做做泥饼，捉捉蚱蜢，在醋栗丛里跳跳舞什么的，而是一个劲儿地管束他们，逼他们做功课，做啊，做啊，做啊，上学的日子做上学的功课，礼拜天做礼拜天的功课，一天也不歇着。
>
> 每一周有周末考试，每个月有月底考试，每一年都年终考试。每

门功课至少考七遍，好像一次还不够，不够他们享受似的。最后，他们的脑袋越长越大，身体越长越小，全变成了萝卜大头菜，里面什么也没有，只有一泡水。

但是他们的父母还嫌不够，只要他们的叶子一长出来，马上就给拔了，不让他们身上有一点带绿意的东西。①

这是时代变革的产物。工业革命以来为了适应社会发展的需求形成了现代学校教育的模式，老师站在讲台前授课，学生们被动地做笔记、应付考试，学校则根据考试成绩给学生打分。教育的使命是向工人阶级教授工作所需要的技能，向经营阶层传授管理政府、企业和军队的能力。这与古典教育的“博雅教育”(liberal arts)思想大相径庭。在机械的工业文明控制下，个体的人越来越失去了自由。维多利亚时代的关键词就是变革，工业革命带来的物质变革和进化论带来的思想变革引发了全社会的各种混乱、虚伪与焦虑，也激发了有识之士的深刻思考。积极参与社会改革的牧师金斯利和深居简出的数学教师道奇森都以他们独特的方式反思了这个让人又爱又恨的伟大时代。

① [英]查尔斯·金斯利：《水孩子》，张炽恒译，北京：中央编译出版社，2015年，第202页。

第三章　让时光停下脚步
——20 世纪初

1901 年 1 月 22 日，82 岁的维多利亚女王去世，历时 64 年的维多利亚时代落下了帷幕，爱德华七世即位。这注定是一个矛盾与变革的时代，人们爱戴维多利亚女王，却又感到压抑的社会与道德风尚需要变化，而继任的爱德华七世是一位不折不扣的老顽童形象，虽然已经年过花甲，却依然任性贪玩。他的冒险进取精神却又带些花花公子色彩的风格让人们既期待又担忧。经济上，英国已经放慢了脚步，德国和美国的工业正在迅速超过英国，而新的科学发明却仍在层出不穷，不断刷新着人们的认识。政治上，工人阶级与女性崛起于政治舞台，开始打破传统的阶级与性别格局。世纪之初的文学面临的显著问题是：如何应对一个变动中的世界？

第一节　世纪之交的心理迷惘

变革并不是瞬间发生的，"世纪末的矛盾与混乱是整个 19 世纪晚期积聚而来的"①。从 70 年代开始，经济就陷入了萧条，悲观与焦虑成为社会的基调。从维多利亚晚期开始，随着新的科学发现和各种社会哲学思潮的出现，各种主义盛行，包括象征主义、印象主义、表现主义、颓废主义、自然主义、新浪漫主义、唯美主义等。在英国影响最大的是唯美主义运动。维多利亚晚期随着中产阶级的不断壮大，其功利主义价值观与文化庸俗主义价值观的影响也越来越大，整个社会物欲横流，贪婪成了人们的

---

① Thacker Deborah and Webb Jean, *Introducing Children's Literature: From Romanticism to Postmodernism*, London and New York: Routledge, 2002, p. 50.

生活动力，生活越来越平淡乏味。思想敏感的知识界与艺术界的理想追求与公众的缺乏审美情趣形成矛盾，最终发展成为唯美主义运动。唯美主义者认为艺术不应具有任何说教的因素，而是追求单纯的美感。艺术家的任务不是去改善道德行为，而是帮助人们享受生活，获得尽可能多的自我满足。这一运动既代表了有思想的人对混乱和奸诈的维多利亚文明所感到的困惑和反抗，也是他们为逃避这种文明所做的努力。[①] 唯美主义运动在 19 世纪 80 年代势头开始变弱，到 90 年代基本已经销声匿迹，一般认为以晚期代表人物王尔德被捕为标志，但它的影响却持续到 20 世纪初期，尤其是爱德华时代。王尔德的作品展现的伤感、厌倦和忧愁的情绪都是他那一代人的突出特点。杰基·伍尔施勒格尔（Jackie Wüllschlager）认为，道连·格雷那种永葆青春的少年形象迷人又可怕，不朽却又在劫难逃，而这种永不衰老的意象是从 19 世纪 90 年代到 1914 年 30 年间英国文化的核心，除了道连·格雷外，他还列举了霍斯曼（A. E. Housman）的西罗普郡少年、巴顿（Baden-Powell）的童子军以及绘画领域里的一些表现[②]。

这一时期科技继续飞速发展，1901 年，马可尼从英国南部的康沃尔纽芬兰发送了第一个电磁信号；1903 年莱特兄弟发明了飞机；电话越来越受到欢迎，汽车和摩托车越来越多，伦敦街道上开始出现机车巴士，1900 年横贯伦敦的中央线地铁也已经建成。本应使生活更加便捷幸福的科技发展与英国的颓势形成鲜明对比，人们对未来呈现了既期待又害怕的矛盾心理。爱因斯坦相对论的诞生，极大地动摇了古典物理学的物质宇宙观，科学世界变得微妙、复杂、难于把握。相继诞生的电子论、控制论和信息论进一步毁灭了传统的形而上学观点。哲学领域，唯意志主义盛行，叔本华的悲观主义对人生采取了虚无主义的逃避态度；尼采的上帝

---

① 常耀信主编：《英国文学通史》（第二卷），天津：南开大学出版社，2011 年，第 362 页。

② Jackie Wüllschlager, *Inventing Wonderland: The Lives and Fantasies of Lewis Carroll, Edward Lear, J. Barrie, Kenneth Grahame and A. A. Milne*, London: Methuen, 1995, p. 109.

已死论断则彻底将犹疑中的人们推向虚无。弗洛伊德的精神分析学说、柏格森的心理时间等概念在理论上也推动了文学的心理转向，20 年代终于形成了现代主义文学的勃发。

表现形式上，现代主义小说青睐意识流，致力于遵循心理时间表现人物的意识流动，尤其是潜意识的活动。这与诗歌领域的“瞬时性”美学一样，强调的都是当下的、瞬间的认识。这种美学思想其实是人们面对巨变时的一个保护反应。时代瞬息万变，我们跟不上时代的发展就只有缩回自己内心的小世界，让时光停住，留在当下或是怀念过去。在笔者写作的 2017 年，网络上关于 90 后青年的标签层出不穷。正处于大好青春年华的他们以“佛系”“中年少女”自居。年末的时候适逢电影《芳华》热映，而最后一批 90 后也终于迈入了 18 岁而在全社会掀起了一股怀旧思潮，人们纷纷晒出自己年轻时的照片，慨叹一代人的芳华已逝。这与 19 世纪末 20 世纪初的情况如出一辙，映射出人们身心不一的心理现实与心理矛盾。如果说 19 世纪的小说主要关注物质困顿，努力寻求社会进步的路径，20 世纪的小说则更加关注人类精神所遭受到的冲击、创伤与摧残，作家们努力表现的是人们的心理迷惘。

在奇幻小说领域，这一状态的表现则是对顽童形象的狂热。维多利亚中期奇幻小说刚刚兴起的时候，儿童是纯洁的象征。受浪漫主义的儿童观影响，童年具有成人已经缺失的纯真、快乐、丰富的想象力和感受力等，儿童是拯救肮脏的成人社会的纯净力量。所以早期作品中的儿童往往只是道德教诲的载体，典型的作品如金斯利的《水孩子》、麦克唐纳的《北风的背后》等，作家们关注的并不是儿童本身。《爱丽丝漫游奇境记》被称作第一部摆脱了道德说教的故事，虽然成人读者还是很容易读出其中的社会讽刺意味，但其游戏性已经是突出的特点。可以说从爱丽丝开始，儿童观开始慢慢转向关注童年本身的趣味性，儿童不再是承载社会使命的工具，人们开始把儿童真正当做儿童来看。

这与 19 世纪 50 年代以来，维多利亚家庭规模的变化有很大关系。19 世纪早期的家庭规模普遍较大，常常有十几个孩子，但 19 世纪最后的

25年中，英国的出生率开始下降[1]，家庭规模发生重大变化，从以前的平均六个下降到三四个。爱德华时期几位主要作家中，彼得兔的作者碧翠丝·波特（Beatrix Potter）只有一个弟弟，《柳林风声》的作者格雷厄姆（Kenneth Grahame）和《小熊维尼》（*Winnie the Pooh*）的作者米尔恩（A. A. Milne）也都只有一个孩子。出生率的下降使儿童越来越成为家庭的焦点，父母对孩子投入更多情感。这些家庭通常都是有一定经济条件的中产阶级，他们慢慢形成了比较强烈的童年意识，相信童年有自己的独特性。曼乐夫认为从19世纪90年代开始，儿童奇幻小说变得非常幽默轻松，道德已经不是主要话题，取而代之的是体现儿童本位的各种幻想与游戏，并且这种放纵性态度一直延续到第二次世界大战之后。他认为，除了少数几个特例，从1900到1950年间的奇幻故事都不再是学习或成长的场所，而是一个想象力可以无拘无束地释放的第二世界，那是一个可靠的港湾，童年时光永驻，魔法随处可见，危险只是用来增加趣味的，因为困难总会被克服[2]。践行这一思想的典型作家是内斯比特和巴里（J. M. Barrie）。内斯比特让无聊的五个孩子遇到了魔法，巴里则干脆让彼得·潘永不长大。然而，如杰奎琳·罗丝（Jacqueline Rose）所言，并不存在真正意义上的儿童小说，成人是儿童小说的创作者，相对儿童读者而言，"童年"对于成人具有更加现实的哲学与心理意义[3]，"成人通过书写儿童小说，得以保存自身的种种疑虑、困惑与渴望，也由此释放了成人而非现实中儿童读者的意愿"[4]。20世纪初期奇幻小说中对童年的眷恋实际上反映了当时中产阶级对未来的恐惧，对现实的回避和对过去的怀念。

---

① 转引自 Humphrey Carpenter, *Secret Gardens: The Golden Age of Children's Literature*, Boston: Houghton Mifflin Company, 1985, p. 17 对 Rosalind Mitchison 的 *British Population Changes since 1880* 一书的引述。

② C. N. Manlove, *From Alice to Harry Potter: Children's Fantasy in England*, Christchurch: Cybereditions Corporation, 2003, pp. 36—40.

③ Jacqueline Rose, *The Case of Peter Pan, or, The Impossibility of Children's Fiction*, Basingstoke: The Macmillan Press Ltd, 1984, pp. 1—2.

④ 张军平：《谁是〈彼得·潘〉的读者：儿童小说之成人书写》，《外国文学评论》2017年第4期，第181页。

第二节　帝国想象与家庭回归
——伊迪斯·内斯比特与《沙地精三部曲》

一、创新与保守的内斯比特

在我国内斯比特是个相对陌生的名字，但在英国却是家喻户晓的人物，被誉为"第一位为儿童写作的现代作家"[①]，日本出版的《英美儿童文学》称她"不仅是英国儿童文学史上第一个黄金时代的巨星，也是20世纪儿童文学的伟大源泉"[②]。可以说在她之后的儿童文学作家没有一位没受到过她的影响，《哈利·波特》的作者罗琳曾说过："内斯比特的作品，一直是我行文风格临摹的对象……她是我最欣赏的儿童文学作家。"[③]马克斯·克拉奇(Marcus Crouch)在他的《内斯比特传统》中指出：

> 伊迪斯·内斯比特挺立在19世纪与20世纪相交的大门口。她在很大程度上传承了维多利亚时代的风格，虽然不乏对它诚挚的揶揄。她把那些坚实的好金属打造成了纯金。在她手中，维多利亚道德不再刻板自私；其真知灼见更加犀利，更加关注造成幽默效果的差异与不协调之处；更重要的是，她摒弃了那种坚决、严肃、书卷气十足的文风，采用了非凡的口语化风格，既灵活又充满真情。这是她对儿童文学的独特贡献。内斯比特之后，儿童文学可以探索各种新思想新主题，再也不会回到19世纪那令人窒息的封闭育婴房了。[④]

评论界通常认为内斯比特有三大创新之处。首先是"日常魔法"的引入。第二章提到维多利亚中晚期产生的奇幻小说的典型形式是从现实世

---

① Julia Briggs, *A Woman of Passion*, London: Hutchinson, 1987, p. xi.

② 转引自彭懿：《西方现代幻想文学论》，上海：少年儿童出版社，1997年，第116页。

③ 转引自蒋风主编：《外国儿童文学教程》，杭州：浙江大学出版社，2012年，第155页。

④ Marcus Crouch, *The Nesbit Tradition: The Children's Novel in England 1945—1970*, London: Ernest Benn Limited, 1972, p. 16.

界进入幻想世界，但内斯比特却反其道而行之，把魔法引入现实世界中来，平淡无趣的日常生活中就产生了奇迹。这一创新的影响巨大，它打破了现实世界与幻想世界的界限，拓宽了奇幻小说的表现形式，也增强了奇幻小说的现实批判力度。第二个创新是颠覆了以往家庭小说的模式。她的作品不是《水孩子》那种惩恶扬善的模式，主人公也不再是完美、理想化的少年，而是有着各种缺点，甚至喜欢恶作剧的顽童，洋溢着真实的现实感。第三个创新是"集体主人公"形象的创立。内斯比特作品中的主人公通常不是一个孩子，而是兄弟姐妹几个一起，他们个性不同，但承担一个叙事行动元的功能，这个名称是著名儿童文学批评家玛丽亚·尼古拉耶娃(Maria Nikolajeva)提出来的，她认为这种做法拓宽了作品表现的视角与深度[①]。后世作品如《随风而来的玛丽阿姨》《纳尼亚传奇》等都采用了集体主人公的形式。其实她的《护身符的故事》中使用的时空穿梭主题影响也很大，通常认为她可能受了威尔斯《时光机器》(*The Time Machine*)的启发，但她比威尔斯更进一步，在故事中反复强调"时间不过是一种思维形式"，应该也有柏格森的影响成分。

生活中的内斯比特也是一个特立独行的女性。她与休伯特·布兰德(Hubert Bland)结婚时已有7个月的身孕；婚后也没有改随夫姓，对外投稿时通常署名缩写E，而不是全称Edith，故意让人看不出性别；她会抽烟、剪短发，穿衣风格宽松随意。她与布兰德都是费边社的成员，经常参加各种社会活动，一度与萧伯纳(George Bernard Shaw)热恋。但看似先锋的内斯比特却又在很多方面表现得非常保守。她明确表示反对当时人们热议的女性获得选举权问题。在与布兰德的婚姻生活中更是表现出了不同寻常的隐忍。她不仅抚养了闺蜜爱丽丝·侯特森(Alice Hoatson)与丈夫布兰德的两个私生子，还抚养了丈夫与另一女人的私生子，并都视如己出。对家庭的重视可能与内斯比特年少时的经历有关。她1858年

① Maria Nikolejeva, *The Rhetoric of Character in Children's Literature*, Lanham, Maryland, and Oxford: The Scarecrow Press, 2003.

生于伦敦，在家中五个孩子中排行最小。但三岁时父亲就因病去世，只剩母亲独自支撑整个家庭。后来由于大姐体弱多病，一家人先后辗转法国、德国等地居住。1871 年，她们返回英国，在肯特郡乡下一座住宅里短暂地度过一段轻松自在的日子，后来又由于经济原因返回伦敦。与布兰德结婚以后，由于丈夫生病，经济拮据，内斯比特也只好写小说来赚稿费。这些经历在她的作品中都有所体现。

内斯比特总共出版过包括各种文体在内的一百多部书，最有影响的都是儿童小说，主要分为两类：一类是写现实生活的家庭冒险故事，代表作有描写巴斯塔布尔一家的《寻宝的孩子们》（*The Story of the Treasure Seekers*，1899）以及《铁路边的孩子们》（*The Railway Children*，1906）等。另一类是奇幻小说故事，代表作是《沙地精三部曲》，包括《五个孩子与沙地精》《凤凰与魔毯》与《护身符的故事》[①]。著名批评家卡朋特认为内斯比特写作的主要目的就是为了养家糊口，认为她不过是个聪明的工匠，作品粗制滥造，拼凑前人故事片段，就连公认为她开创的“日常魔法”，安斯蒂（F. Anstey）的《反之亦然》（*Vice Versa*，1882）和《黄铜瓶子》（*The Brass Bottle*，1900）也已经用过。她参加费边社支持社会主义事业的行为也被指肤浅，并不真懂社员的主张。而关于她的广泛影响，卡朋特也认为那只是因为她的方法相对简单，容易复制，是否对儿童文学有益还值得商榷[②]。

卡朋特对内斯比特的评价罕见地偏激，令人难以理解。实际上他选择将她与金斯利、卡罗尔、格林厄姆、巴里、波特、米尔恩比肩评论已经表明了她的历史地位。虽然卡朋特因为名气较大而影响了很多人，但也有很多尤其是当代学者认为细读作品之后，会发现她的笔触非常细腻，文本

---

① 后两部作品任溶溶的译本分别采用的名字是《五个孩子和凤凰与魔毯》、《四个孩子和一个护身符》与原文差距较大，正文也有删节，本书认为此译名不太妥，故论述时采用自己的译名《凤凰与魔毯》和《护身符的故事》，但原文引文除删节外仍然使用正规出版的任溶溶版本，故脚注与参考文献中的名字按出版信息列。

② 以上观点参见 Humphrey Carpenter，*Secret Gardens*：*The Golden Age of Children's Literature*，Boston：Houghton Mifflin Company，1985，pp. 126－137 的评述。

中蕴含着丰富的象征意义。苏珊·安德森(Susan Anderson)指出内斯比特作品通常都是同时面向成人与儿童的[1]。成人读者很容易从作品中读出作者对诸多社会问题的反映、批评与期待。而内斯比特作品经久不衰的畅销性更加说明了她的魅力。大部分内斯比特的儿童小说都被改编成了影视作品,有些还被多次改编重映,例如1970年的《铁路边的孩子们》、1979年的《魔法城堡》、1991与2004年的《五个孩子与沙地精》等。这些改编基本都保留了爱德华时代的风情,儿童读者或观众从中获得新奇感,成人则体会对逝去童年的怀念感。其实这也是所有儿童文学作品的共性。影视改编进一步巩固了内斯比特作品的经典地位,而这些改编的成功恰恰源于作品本身所具有的那种既新奇又温暖的多重性,最典型的代表作品便是《沙地精三部曲》。

二、《沙地精三部曲》中的冒险与帝国想象

《沙地精三部曲》的第一部《五个孩子与沙地精》讲述了五个孩子在沙坑里玩的时候,幸运地遇上了沙地精。沙地精能帮助孩子们实现任何愿望,但每个愿望只能实现一天,太阳一落山,法力便消失。第一天,孩子们要变得漂亮;第二天他们希望有很多金币;第四天他们希望有双翅膀;第五天他们想要个城堡;第六天罗伯特因意外的争执变成了巨人;第七天把小弟弟变成了大人;第八天招来印第安人的围攻,最后第九天希望能让妈妈高兴。结果每次的愿望都给他们带来了意想不到的麻烦:因为变得漂亮了,保姆把他们赶出了家门;因为使用金币,被马车店老板叫来了警察,差点被警察押进疯人院;因为长了翅膀,他们飞得太远,太阳落山时只好停在了教堂顶上,忍饥挨饿地过了一夜……时间一天天过去,每一天的愿望都给孩子们带来震惊、欣喜,最后是懊悔。故事的结尾孩子们决定再也不找沙地精许愿了。

---

① Susan Anderson, "Time, Subjectivity, and Modernism in E. Nesbit's Children's Fiction", *Children's Literature Association Quarterly* 32.4 (2007), p. 310.

第二部《凤凰与魔毯》延续了第一部的风格，但这一次满足孩子们愿望的是一条有魔力的地毯。孩子们玩烟火把儿童室的地毯弄坏了，妈妈买来一条新地毯，里面竟然有一只蛋。这只蛋滚到了火炉里，孵出了一只会说话的凤凰，告诉他们那条地毯是一条会飞的魔毯，能实现人的愿望。于是孩子们和凤凰一起乘坐飞毯到世界各地历险。与第一部的情形一样，凤凰和魔毯带给孩子们的不只是刺激与兴奋，也让他们吃了不少苦头。他们曾被困在没有顶的塔楼里；把厨娘留在南方海滨做了土著女王；到印度去帮妈妈搞的东西在义卖市场中引起了纠纷；地毯还弄来 199 只波斯猫和一头母牛，弄得他们手忙脚乱……

第二部把孩子们的冒险活动空间扩展到了国外，第三部《护身符的故事》则进一步拓展了时间范围，把孩子们送进了历史空间与未来空间。故事一开头，孩子们在宠物商店偶然遇到了第一部中的沙地精，他们从宠物店老板那里把它救了出来。孩子们希望能和爸爸妈妈以及小弟弟团聚，但按第一部结尾的约定，沙地精已经不能再满足他们的愿望。但是它让孩子们去买了一件有魔力的护身符，可惜买来的护身符只有半个。半个护身符无法实现愿望，但可以带孩子们去找另外那遗失的半个。于是孩子们开始了寻找另外半个护身符的历险，他们回到了 8000 年前的远古埃及和后来的古埃及；回到了 2500 年前的古巴比伦；还到了已经沉入海底的亚特兰蒂斯，公元前 55 年的不列颠和高卢以及古推罗等地。他们还到过未来的伦敦，最后终于找到了完整的护身符，他们的愿望也实现了——爸爸、妈妈和小弟弟都回来了。但这个愿望实际上并不是护身符帮他们达到的。除了同样带给孩子们各种刺激和麻烦之外，护身符最终努力传达的是作者的一个玄奥的理念：“时间不过是一种思维方式。”

三部曲采用的是典型的场景化重复式结构，孩子们的每一次历险都可以单独成为一个小故事，连在一起又成为一个大故事。魔法的力量使这些历险活动充满了惊奇与乐趣，而且由于成人的不在场，孩子们的行为常常令人啼笑皆非，充满了童真童趣。那么，这是否如曼乐夫所言①，只是逗孩子们开怀大笑的搞笑故事集呢？仔细分析每次历险的内容，就会看出作者并不是如卡朋特所说只是机械地复制一种模式，而总是有潜在的政治关怀。

从第一部到第三部，魔法所及的范围分别代表了日常的国内生活、海外疆域以及古今文化，暗合了英国的扩张路径。而与殖民扩张时期的帝国思维不同，在英国江河日下的 20 世纪初期，内斯比特不宣扬鼓励年轻人到世界各地去探索、征服、统治的进取意识，而是“去暴露这个帝国的政治和社会危机，提倡退回国内、回到平凡、回到熟悉的世界”②。或者说她表现出了一种模糊的矛盾心理，一方面暴露出一些根深蒂固的阶级和帝国意识，另一方面又试图去协调阶级之间、英国与异域的关系，而这正是 20 世纪初期许多作家共有的特性。

我们每个人可能都有这样的体会，在平淡无趣的生活中，常常想要是这样那样就好了，当真有这样的机会时，很难能够有清楚的头脑，说清楚自己真的想要什么。在第一部中，孩子们得知沙地精可以满足他们的愿望时，一时间也想不出来自己想要什么。书中说，“现在机会突然摆到面前，他们却又拿不定主意了”③。结果安西娅匆忙中想起了自己和简的一个秘密愿望，即“变得特别漂亮”。这恐怕是每个女孩子心中的梦想。当愿望实现后，他们发现变得漂亮并不如想象中的那么美好，小弟弟不认识他们了，女仆也不认识他们了，他们被赶出了家门，饿了一顿。美貌并没有使他们获得那种人人仰慕的快乐，他们自己也“觉得这太可怕了”，因为“他们看见的只是完美的陌生人的漂亮眼睛，而不是自己兄弟姐妹的同情

---

① 与卡朋特一样，曼乐夫对内斯比特的评价很低，认为她的作品很少有中心思想，只是一些故事的简单组合。原文参见 C. N. Manlove, *The Impulse of Fantasy Literature*, London: The Macmillan Press Ltd, 1983, p. 51.

② Lori M. Campbell, *Portals of Power—Magical Agency and Transformation in Literary Fantasy*, Jefferson, North Carolina and London: McFarland &Company, 2010, p. 71.

③ [英]伊迪斯·内斯比特：《五个孩子和沙地精》，马爱农译，北京：人民文学出版社，2014 年，第 14 页。

的、友好的、普通的、欢快的、闪闪发亮的小眼睛”①。这里传达的信息是，人人都追求的美貌不实用，更重要的是它是陌生的，而不是熟悉的。孩子们对魔法带来的结果不是感到新奇刺激，而是害怕恐惧，这与主张冒险开拓的帝国精神显然背道而驰。

接下来孩子们又希望变得特别有钱，比做梦还有钱。这是每个普通人都想要实现的梦想，也是早期殖民活动的最大驱动力。结果同样是愿望得到满足，却没有给他们带来幸福，反而是麻烦。后来孩子们又希望获得自由(获得翅膀)，拥有权力、可以摆脱烦心事等，无一例外都以各种麻烦告终。如果说第一部中孩子们初次接触魔法，能想到的只是日常生活中一些内心深处不切实际的欲望，第二部的地理范围大大扩大，孩子们走出平常的生活圈子，到了欧洲大陆、南部海滩和亚洲，也即帝国的海外殖民活动。第二部开头，孩子们为了治好小弟弟的咳嗽，许愿到南方海滨，因为无法摆脱厨娘，只好把她也带了来。孩子们对岛上土著人的看法充满了帝国式殖民偏见，害怕他们是吃人生番，跟他们打交道时准备假装成传教士，认为他们“野蛮人总是……不爱洗澡”②。坎贝尔(Lori M. Campbell)将这一点与内斯比特的另一部作品《魔法城堡》的叙述相联系，认为这是对英帝国主义殖民行为的批判③。在《魔法城堡》中，主人公没有像现实生活中深入亚洲、非洲的殖民者那样，假装是带去光明与知识的人文主义者，而是直接点出自己的目的是挣钱。此处罗伯特提出要假装是传教士来欺骗当地的土著人时，凤凰赶紧建议不要那样做，因为“那不是事实”④。原文中特意在此处加了强调，把凤凰所指的传教士“那”(that)大写，不能说不含有特殊的意义。最后厨娘留了下来，被奉为土著

① [英]伊迪斯·内斯比特:《五个孩子和沙地精》，马爱农译，北京:人民文学出版社，2014年，第17页。

② [英]伊迪斯·内斯比特:《五个孩子和凤凰与魔毯》，任溶溶译，上海:上海译文出版社，2015年，第58页。

③ Lori M. Campbell, *Portals of Power—Magical Agency and Transformation in Literary Fantasy*, Jefferson, North Carolina and London: McFarland &Company, 2010, p. 73.

④ [英]伊迪斯·内斯比特:《五个孩子和凤凰与魔毯》，任溶溶译，上海:上海译文出版社，2015年，第55页。

人的女王。而后来孩子们又坐魔毯去印度为妈妈的义卖市场搜集了一些廉价的东方产品，这些东西在市场上都卖了好价钱。评论家巴耶瑟夫(Eitan Bar-Yosef)认为魔毯成了一个运输工具，把国内的劳动阶级出口到国外，把国外的廉价劳动力生产的商品进口到国内。这一来一往，二者都得到了升值，厨娘变成了女王，货品卖出了好价钱[①]。但有时候魔毯运来的也不一定都是好事，199 只波斯猫就给大家带来了不少麻烦，不过最后结局还是不错，把帮孩子们处理猫的好小偷送到了南方的岛子上与厨娘做伴去了。这些可以看作是帝国的对外贸易活动。而地毯最终磨损厉害，可能也与大英帝国的世界贸易额大幅下降有一定的关系。

第三部作品《护身符的故事》不仅在空间上也在时间上大大扩展了叙事的范围。其实早在第二部作者就已经表现出了对历史的关注。凤凰说到魔毯的时候指出，“这不是一条无知的普通地毯，它是一条很有历史——波斯历史——的地毯”[②]。爱德华时期考古研究取得了重大发现，出土了很多古代的艺术品，尤其是古埃及。19 世纪晚期以来许多作家都在作品中描写了开发非洲的主题，作家汉格德(H. Rider Haggard)甚至亲自参加了一些考古活动。内斯比特本人也对古埃及非常了解，并且《护身符的故事》原版扉页上写道，“仅以此书献给英国国家博物馆的沃里斯・巴奇(Wallis Budge)博士，感谢他对此书一直以来的帮助与关心”[③]。大卫・亚当斯(David Adams)认为这些旅行故事“探索了帝国统治造成的忧虑，表现了对帝国分崩离析的焦虑感”[④]。在爱德华时期，考古学界存在两种不同的声音，一种不承认古埃及的非洲性，认为古埃及曾经产生辉煌的文明是因为它被白人征服统治过，努力通过各种研究论证古埃及

---

① Eitan Bar-Yosef, “E. Nesbit and the Fantasy of Reverse Colonization: How Many Miles to Modern Babylon?” *English Literature in Transition*, 1880—1920 46.1 (2003), p. 9.

② [英]伊迪斯・内斯比特:《五个孩子和凤凰与魔毯》，任溶溶译，上海：上海译文出版社，2015 年，第 162 页。

③ Edith Nesbit, *The Story of the Amulet*, SMK Books, 2010, 电子书。翻译版没有扉页，引用中文为本书作者自译。

④ David Adams, *Colonial Odysseys: Empire and Epic in the Modernist Novel*, Ithaca: Cornell University Press, 2003, p. 3.

的“白人性”。另一种声音则认为古埃及的风俗习惯都与其他非洲文化而不是欧洲文化更加接近，因此埃及的精英统治阶层很有可能是黑皮肤或者混合种族的人。巴奇博士是英国国家博物馆埃及和亚述馆的馆长，他是后一种观点的代表人物。内斯比特显然是巴奇的支持者，在《护身符的故事》中，她通过孩子们的时空旅行颠覆了传统的帝国话语，批评了当下英国存在的社会问题，并提出了自己理想的多元文化社会模式。

在故事中，孩子们刚刚进入公元前6000年的埃及时一言一行都充满了帝国的偏见。他们首先看到一个女孩，对她的描述是“虽然她的皮肤给太阳晒得黑黑的，但是可以看出，如果不晒，也是很漂亮的”。对姑娘肤色的描述很明显地表现出一种白人视角，如果不是因为皮肤被晒得太黑，她还是很漂亮的，暗含的意思也就是白才是美的。接下来对姑娘的歌声是这样描述的，“她一路走一路哼着只有两个音的单调声音”。对此，安西娅禁不住想，“这女孩大概认为这声音就是唱歌”[①]。安西娅显然觉得自己更懂音乐。接着简又害怕地认为他们会是吃人生番，而安西娅拿了手上的一个假银手镯就哄得那个姑娘非常开心了。当发现周围的人对他们身上穿的纺织品非常感兴趣时，安西娅摘下简的花边领圈递给一个女人看，然后马上就可以用一种权威的口气说话了。隐藏在孩子们无意识中的种族和文化优越感暴露无遗。

最明显的是西里尔介绍自己的那段话。他一时找不到话说，想起来在爸爸办公室看到的《每日电讯》上的话，于是说道，“我们来自日不落的世界……我们是伟大的盎格鲁·撒克逊人，或者说我们是伟大的征服者”。他很快意识到这些话并不合时宜，赶紧又加了一句，“不是说我们要征服你们”，尤其强调了你们。但这种优越感很快便被作者消解，当罗伯特感叹“我们可以教会他们多少东西啊”时，西里尔马上说道，“我倒以为

---

① ［英］伊迪斯·内斯比特：《四个孩子和一个护身符》，任溶溶译，上海：上海译文出版社，2015年，第52—54页。

他们也可以教会我们一些东西”[①]。的确，孩子们带着强烈的大国沙文主义情绪进入了历史，他们对过去的看法带有一种“强烈的殖民意味”[②]，但是随着故事情节的推进，孩子们慢慢发现，过去与现在没有太大的差别，甚至比现在更加发达，他们的帝国优越身份也慢慢被颠覆成卑微的他者。

第二次时空旅行时，他们一进入古巴比伦就发现那里“跟家里一样，只是一切更蓝、更白、更绿、花也更大”[③]。进城门的时候，虽然西里尔还是习惯性地对守卫说“我们来自日不落国，我们要见你们的国王”，安西娅赶紧补上一句礼貌用语“如果方便的话”。进了城之后，所有人服装光鲜美丽，市场上各种东西应有尽有，孩子们连一半都没见过。与上一次相比，他们的身份已经发生了逆转。求见王后时，西里尔又重复了那句“我们来自遥远的日不落国”，但王后显然对日不落国不存有任何敬畏之心，她说：“从日不落国来的三个小朋友！不要害怕，放心过来吧。”在王后眼里，日不落国代表的不是光辉与权力，她面对的不过是三个害怕的小朋友，孰强孰弱一目了然。后来在法老的宫廷里，他们沦为了“日不落国臣服的卑微国王的子女的子女”[④]。最后一次冒险到推罗的时候，他们已经变成了“从外国黑暗世界来的蛮人”[⑤]。这种对帝国形象的颠覆表现最突出的是巴比伦王后到访伦敦的时候。伦敦号称现代巴比伦，而与古巴比伦相比，它显然相形见绌。

评论家布兰特里格（Patrick Brantlinger）和阿若塔（Stephen D. Arata）等认为维多利亚晚期流行一种“逆殖民”（reverse colonization）叙事，即“野蛮”力量入侵“文明”世界，反过来殖民殖民者，剥削剥削者。他们认为这种倾向是对英国霸权的忧虑，担心由于种族与道德上的衰退，英

---

① Edith Nesbit, *The Story of the Amulet*, SMK Books, 2010，电子书，p. 43. 注：中译本删掉了原文这一节，故采用英文原文出处。

② Susan Anderson, “Time, Subjectivity, and Modernism in E. Nesbit's Children's Fiction”, *Children's Literature Association Quarterly* 32.4 winter (2007), p. 316.

③ ［英］伊迪斯·内斯比特：《四个孩子和一个护身符》，任溶溶译，上海：上海译文出版社，2015 年，第 84 页。

④ 同上书，第 184 页。

⑤ 同上书，第 219 页。

国难以抵抗那些野蛮行为的进攻，而那些野蛮行为不过是效仿英国曾经的做法[①]。巴耶瑟夫则认为这不仅是忧虑，也有文化内疚感，并认为《护身符的故事》是对"逆殖民"叙事的修订，内斯比特并不忧虑帝国的政治与社会危机，而是很高兴去暴露它们[②]。集中表现伦敦各种问题的情节便是巴比伦王后到访。

孩子们带着巴比伦王后到了英国国家博物馆后，她说玻璃橱里那些项链、耳环和其他东西都是她的，并且还打碎玻璃真把它们拿了出来，因此引发了一通混乱，招来了警察和古代的卫兵。这里的场景作者描述得非常幽默诙谐，但在看似吵吵闹闹的搞笑故事背后，反映的正是英国对其他文明的掠夺。而在全世界各地的殖民掠夺并没有使伦敦成为一个完美的城市。王后发现这里条条道路通监狱，奴隶（工人）们贫穷可怜无人关心。不仅过去的巴比伦王国比现在的伦敦好，连英国自己的过去也比现在要好。靠着魔法的力量，孩子们把无家可归的小女孩伊莫金送到了公元前 55 年的英国，为她找到了爱她的母亲。当安西娅问为什么要到公元前 55 年时，作者借沙地精之口说出了对当下英国的批判："在你们的时代……在你们的城市，你总不会以为有人会要一个这样的孩子吧？你们那个国家弄得那么乱七八糟，连你们在内有一半的孩子都多出来了——没有人会要他们。"[③]而从未来到访的那位太太则直接点出了伦敦的种种问题，它是"多么讨厌、阴暗、难看的地方！……天空是灰色的，街上雾蒙蒙，一个凄凉的街头手摇风琴师正站在他们对面，一个讨饭和一个卖火柴的正在人行道边上吵架，路人正在油腻的人行道上急急忙忙走过，赶着回家"[④]。总之这里的人不快活，脸上布满了疲倦、悲惨与邪恶。在第三部

---

① 见 Patrick Brantlinger, *Rule of Darkness: British Literature and Imperialism*, 1830—1914, Ithaca: Cornell University Press, 1988; Stephen D. Arata, "The Occidental Tourist: *Dracula* and the Anxiety of Reverse Colonization", *Victorian Studies*, 33.4 (1990), pp. 621—645.

② Eitan Bar-Yosef, "E. Nesbit and the Fantasy of Reverse Colonization: How Many Miles to Modern Babylon?" *English Literature in Transition*, 1880—1920, 46.1 (2003), p. 6.

③ [英]伊迪斯·内斯比特:《四个孩子和一个护身符》,任溶溶译,上海:上海译文出版社,2015 年,第 161 页。

④ 同上书,第 206 页。

中，内斯比特对伦敦的揭露与鞭挞可谓越来越直白，孩子们通过一次次时空穿梭慢慢看到越来越多的社会问题，他们的历史殖民行动最终被消解在逆殖民的叙事之中。

除了批判之外，内斯比特也提出了自己的理想社会模式。孩子们进入未来后，走出博物馆大门，发现外面的环境非常优美，作者用了一大段话来描写那和谐美丽的场景：

> 博物馆对面的房屋没有了，现在那里成了个大花园，只见花木和碧绿平整的草地，没有一块指示牌叫人不要在草地上走，不要毁坏树木，不要摘花什么的。到处都是舒服的椅子，布满玫瑰花的凉棚，花格长拱道，拱道上面也布满了玫瑰花。喷泉沙沙地把水洒落到水很满的白色大理石池子上，白色雕像在叶丛间闪现，鸽子在枝头间飞来飞去，或者在很平很松的细石子地上啄食，它们不像现在博物馆那种鸽子，而是光亮洁白得像银白。许多人坐在长椅上和草地上，婴孩们在打滚、踢脚和游戏——穿的衣服实在很少。男男女女像在看护着它们，和它们一起玩。[①]

这是一幅美丽的图画，自然与人类和谐共处，一幅其乐融融的场景。简不由得希望他们活在未来。评论界认为这是内斯比特所在的费边社社会主义乌托邦思想的体现，在这样的环境中，人人都很安详从容，没有人像爱德华时代的人们那样焦虑烦躁，虽然有人似乎显得悲伤，但是没有人担惊受怕。这是因为他们实现了社会公平，每个人都是平等的劳动者，而社会道德又高度完善，正如儿歌中唱道：

> 不拿别人一点东西，
> 自己挣来，才属自己。
> 我会工作，我会游戏，
> 每天都使事物美丽。

---

① ［英］伊迪斯·内斯比特：《四个孩子和一个护身符》，任溶溶译，上海：上海译文出版社，2015年，第199页。

对人必须和和善善，
残忍的事绝对不干。
必须勇敢，必须大胆，
受一点伤不哭不喊。
我要总是嘻嘻哈哈，
高兴自己日长夜大，
我要工作，养活自己，
帮助别人，尽心尽力。[①]

在三部曲中，大家公认《护身符的故事》最明显地体现了作者的社会批判精神，实际上第一部到第三部是一个渐进的过程，在第一部中孩子们轻率地许愿主要反映的是个人层面上的殖民精神，第二部地域上走出了帝国本土，主题上也拓展到了阶级与种族，而第三部则既超越了空间又超越了时间，挖掘了帝国崛起、衰落与历史以及其他文明的关系。三部的魔法载体也越来越复杂，护身符显然比沙地精与魔毯更复杂，因为它涉及极为抽象的时间概念。

三、《沙地精三部曲》中的时间观与家庭回归

在《护身符的故事》中，作者使用了一个很具哲理性的新时间概念，与常规意义上的时间概念不同。其实早在第二部的时候，凤凰就指出，“时间是用心跳来衡量的……时间只是为了方便而虚构出来。没有时间这么个东西”[②]。在第三部中，刚接触到护身符的孩子们很难理解到“过去”去找另外一半丢失的护身符的含义。沙地精不高兴地指出：“时间和空间只是一种思维的形式……只要你们有办法，可以到同一地方、同一时间看到

① [英]伊迪斯·内斯比特：《四个孩子和一个护身符》，任溶溶译，上海：上海译文出版社，2015年，第204页。

② [英]伊迪斯·内斯比特：《五个孩子和凤凰与魔毯》，任溶溶译，上海：上海译文出版社，2015年，第198页。

每样事情发生。”[①]这是一种多维的时间概念，可以看出它与柏格森的心理时间和爱因斯坦的相对论有一定的关系。时间不是我们通常认为的线性概念，过去、现在与将来可以同时存在于一个时空之中。其实只要是作为一种思维形式，它就可以以任何形态出现。而孩子们还不懂这一点，所以从公元前6000年的埃及战斗中逃回来后发现太阳与他们昨天离开的时候一模一样时以为自己已经离开24小时了，匆匆忙忙赶回家怕老保姆会责怪他们，结果保姆反而惊讶他们为什么回来得这么快。这时候沙地精又来向他们解释：“你们进出护身符是在同一个时间，也就是说，你们穿过护身符拱门回来就是你们穿过它出去的同一个时间。现在可不是第二天……不用把‘现在’和‘过去’混在一起。”[②]孩子们这才认识到自己冒了那么大的险，实际上却一点时间都没花。时间何其珍贵，如果能够畅游古今却一点时间都不花费，这是多么令人兴奋的一件事情！仅这一点就可以让无数慨叹时光飞逝的人们迷恋，我们不仅可以让时光慢些走，而且可以让它停下脚步，让我们尽情享受。

在内斯比特的故事中，孩子们从来都不长大。与《哈利·波特》中每一集主人公长大一岁的模式不同，内斯比特故事中的孩子们永远都停留在一个年龄上，小羊羔永远是个婴儿，孩子们永远是孩子。在第一部中，西里尔一气之下希望小弟弟现在就长大，结果小羊儿突然以迅猛的速度长大了。长大对孩子们来说“真是太可怕了”，不光是小羊儿的外形变得他们无法接受，更主要的是他的行为。作为一个成人，小羊儿拒绝被称作小羊儿，拒绝哥哥姐姐们的管教，他要追求自己的生活，在故事中这被描述得非常可怕。在第三部中，孩子们到了未来看到了自己长大后的照片，简悄悄地说：“我们长大起来是那个样子吗？可怕极了！”而安西娅则认识到：“你要知道，你一点点变化，你会慢慢一点点看惯自己的样子。我们现

---

① ［英］伊迪斯·内斯比特：《四个孩子和一个护身符》，任溶溶译，上海：上海译文出版社，2015年，第42页。

② 同上书，第74页。

在是……太突然了,因此似乎觉得那么可怕。”[①]孩子们不愿突然长大,不能接受飞速变化的现实。

据内斯比特的传记作家多丽丝·兰利·穆尔(Doris Langley Moore)记载,作为成人的内斯比特外形和性格都很孩子气,她身体柔韧性非常好,生了四个孩子之后仍然能够做各种有难度的舞蹈动作。穆尔称她的举止跟孩子一样可爱,无拘无束,并且面对人生中的种种挫折时总能像儿童一样快速忘掉不快[②]。曼乐夫认为内斯比特始终保持活跃的反传统生活方式表现了她想一直保持年轻的愿望,她的时间观踢开了所有与丧失、成长、死亡等相关的因素,是对时间的蔑视[③]。这种将现在与过去并行的心理时间观是现代主义主观性的一个体现,表现了人们面对飞速发展的新世界时渴望分身有术、渴望时光停滞、渴望回到过去的心理焦虑。

孩子们不断回到过去的原因是去找寻丢失的另外一半护身符,因为不完整的护身符不能实现愿望,而他们内心最渴求的愿望便是爸爸妈妈和小弟弟回家,合家团聚。护身符象征的是一种分离焦虑。可以说,内斯比特所有的故事都是围绕着家庭成员分离的苦痛与重逢的渴望展开的,不管是现实主义的《铁路边的孩子们》还是奇幻性质的《沙地精三部曲》。虽然父母的不在场是孩子们获得刺激的魔法体验的前提条件,但他们内心深处最深的渴望还是家的温暖,渴望妈妈回来,渴望能够使妈妈高兴。

在基调最为轻松的第一部中,孩子们的每次历险最终都陷入麻烦之中,而他们最大的麻烦便是吃的问题。沙地精第一次实现了他们的愿望,每个人都变得特别漂亮,结果厨娘因为不认识他们把他们赶了出来,孩子们饿了一个下午,感叹:“如果你饿得像个猎人,渴得像块海绵,特别漂亮

---

① [英]伊迪斯·内斯比特:《四个孩子和一个护身符》,任溶溶译,上海:上海译文出版社,2015年,第210页。

② Doris Langley. Moore, *E. Nesbit* (2nd edition), London: Ernest Benn Ltd, 1967, p. 127.

③ C. N. Manlove, *From Alice to Harry Potter: Children's Fantasy in England*, Christchurch: Cybereditions Corporation, 2003, p. 43.

又有什么用呢?”[①]第二次孩子们得了无数的金币,但是换不来一口吃的,最后走投无路只好去偷了糕饼店的小圆面包。后来孩子们获得了翅膀结果却被困在教堂的塔楼上,只好去偷了牧师的食品。后来他们在城堡被围攻的时候,干脆题目就是“城堡,没有晚餐”。可以说孩子们的历险过程充满了新奇与刺激,但与之相随的却总是饥饿。内斯比特的故事模式以一条线索串联不同的历险故事,在第一部中,这条反复重复的线索就是“我想回家吃饭”。食品在儿童文学中是反复出现的意象,有评论家认为这相当于成人文学中的性意象,象征着人物内心的欲望。这种对食物的渴望其实就是对家的渴望,因为家是提供食物的地方。外面的世界充满着不确定性,孩子们的历险总是给他们带来麻烦,只有家才是一个温暖的港湾,三部曲的每一部都以阖家团圆告终。

而一个家庭的核心人物便是母亲,所以故事中反复强调妈妈这个意象,虽然妈妈总是不在场。事实上,正是对妈妈的渴望推动着故事情节的发展。第一部中强调孩子们最后一个愿望“必须是一个能让妈妈高兴、而不是让他们自己高兴的事情”[②]。第二部则特别强调“妈妈真是再亲不过的人了”,孩子们想念妈妈于是乘着魔毯来到妈妈和小羊儿在的地方,当妈妈看不到他们的时候,孩子们难过极了,因为“觉得好像妈妈不爱我们”[③]。安西娅因为不能给妈妈弄来印度义卖市场的东西难过得要哭了。得知妈妈要回家的时候,简吃了早饭就一直在重复儿歌:“好啊!好啊!好啊!妈妈今天回家!妈妈今天回家!好啊!好啊!好啊!”[④]连凤凰都为此洒下同情和爱的泪珠,感叹子女的爱心。而整个第三部中所有的冒险活动都不是因为无聊与好玩,而是因为孩子们渴望爸爸妈妈与小弟弟回家!最后当护身符的两半合二为一时,孩子们的愿望也得到了满足,爸

---

① [英]伊迪斯·内斯比特:《五个孩子和沙地精》,马爱农译,北京:人民文学出版社,2014年,第19页。

② 同上书,第172页。

③ [英]伊迪斯·内斯比特:《五个孩子和凤凰与魔毯》,任溶溶译,上海:上海译文出版社,2015年,第72页。

④ 同上书,第176页。

爸妈妈和小弟弟终于回家了！三部曲中帝国批判话语力度不断增强，同时对妈妈的渴望也不断加强。可以说社会问题越严重，对家庭的渴望就越强烈。

曼乐夫认为这种对家的敏感性是爱德华时代的典型现象，在小说家福斯特、吉卜林(Rudyard Kipling)、诗人布鲁克(Rupert Brooke)等人的作品中都可以找到，并且常常含有神圣或神秘的意味①。在奇幻儿童小说中这种现象尤其突出，包括内斯比特的作品与《彼得·潘》。无论是对时光停滞的渴望还是对家庭的渴望，都是 20 世纪初期缺乏安全感的社会心理的典型反应。巴里在表现这一点上可以说比内斯比特更进一步。

第三节 不能长大与不想长大
——詹姆斯·巴里与《彼得·潘》

一、戏里戏外的巴里

1904 年 12 月 27 日，《彼得·潘》在伦敦约克公爵剧院公演，一夜之间轰动整个英国，从此成为每年圣诞节期间必演的经典剧目，永不长大的彼得·潘已经成为一个文化偶像。前文中曾经提到，经典如《爱丽丝漫游奇境记》这样的作品都是经过了一段时间才得到公众的认可，而《彼得·潘》的成功却是既突如其来又恒久不变。卡朋特认为它不仅只是一个人的一件想象的作品，而是一种公众现象。② 伍尔施勒格尔则认为它是巴里个人心理与气质的外化，而他个人的境况恰好与时代精神相契合。③

---

① C. N. Manlove, *From Alice to Harry Potter: Children's Fantasy in England*, Christchurch: Cybereditions Corporation, 2003, p. 50.

② Humphrey Carpenter, *Secret Gardens: The Golden Age of Children's Literature*, Boston: Houghton Mifflin Company, 1985, p. 170.

③ Jackie Wüllschlager, *Inventing Wonderland: The Lives and Fantasies of Lewis Carroll, Edward Lear, J. Barrie, Kenneth Grahame and A. A. Milne*, London: Methuen, 1995, p. 110.

众多巴里的传记作家与评论家都发现了彼得・潘与詹姆斯・巴里之间的相似性。我们不能断言彼得就是詹姆斯，文学人物毕竟是许多原型的综合，在我们每个人身上都可以找到彼得的影子，但巴里的个人经历无疑对其创作影响巨大，而巴里则是少有的把自己也活进了戏里的作家。他的人生如戏，他的戏如人生，二者纠缠不清。

巴里生于童年概念已经深入人心的1860年，度过了六年快乐的儿童时光。六岁那年，父亲不幸因病去世，留下母亲独自抚养十个孩子。真正毁灭性的打击是第二年，二哥戴维不幸在溜冰时摔死，他们的母亲不能接受这个打击，连续数月躲在自己的房间里不肯出来。为了安抚母亲，詹姆斯穿上哥哥的衣服，模仿哥哥吹口哨的样子，假扮成哥哥的样子。他与母亲的关系一直很亲密，他每天都给母亲写信，而母亲则要枕着他的来信入眠，但其实母亲心中的那个他始终是那个死去的哥哥，二十多年后她睡梦中的话都是对着那个死去的孩子说的。巴里在为母亲写的传记中写道："戴维死后，她苦苦挣扎了二十九年，她不相信这是真的。多少次我从门缝向屋里看去，发现她独自一人坐在椅子上低声抽泣。"詹姆斯内心也深知在母亲心中自己始终是那个死去孩子的替代品，他写道："当我已经长成一个大人的时候，他仍然是个十三岁的男孩。"[①]可以说从七岁开始，詹姆斯就失去了自我，变成了那个永远停留在十三岁的哥哥。故事中的彼得・潘因为想回家时发现母亲已经关上了窗户而选择不去长大，这正是巴里内心深处难以言说的痛。母亲因为哥哥的死而关上了心门，把其他的孩子都关在了窗外，尤其是对年幼的詹姆斯而言，为了赢得那份虚拟的母爱，只能装成永不再长大的哥哥，他已被剥夺了长大的权利，不能长大。因而在故事中他让彼得报复性地选择不想长大，而其实他内心深处多么渴望母爱，因此他要不停地寻找温迪。这种内心的渴求始终伴随着彼得，也伴随了巴里一生。

小詹姆斯的悲剧不仅停留在精神上的阉割与失落，上中学的时候，他

---

① J. M. Barrie, *Margaret Ogilvy*, New York: Charles Scribner's Sons, 1897, pp. 12—13.

患了一种罕见的“心因性侏儒症”，从此也停止了生理上的发育，身高只有五英尺（约一米五），身材瘦小，嗓音尖细，始终是一副娃娃脸。这一缺陷进一步阻碍了他的恋爱与婚姻生活，使他永远失去了弥补生命中缺失的母性力量的机会。他六十岁的时候写道：“六英尺三英寸，要是我长得有这么高，人生就大不相同了。我就不会费劲去出版什么玩意儿……要是有两条大长腿，我就该去想法跟女士们打交道了。”[①]这里面的无奈之情显而易见，但青春期的巴里却没有这么豁达，他跟彼得・潘一样选择讨厌长大，以叛逆之心掩盖内心的失落感。他说十二岁以后的人生没有什么意思；他说这世上有远比爱上一个女孩并赢得她的心更高贵的事情；他说梦到结婚吓得尖叫；他说想到长大成人再也不能玩弹子游戏了就觉得可怕。身体上的缺陷加剧了巴里的失落心理，妨碍了他的社交生活，与男人在一起他感觉不自在，与女人在一起则会舌头打结。虽然 1894 年他终于与女演员玛丽・安塞（Mary Ansell）结为夫妻，但他们婚后一直膝下无子，尽管玛丽非常渴望孩子。后来他们因玛丽的婚外情而离异，坊间一直猜测他们之间并无夫妻之实。伍尔施勒格尔认为早在 1900 年创作的《汤米与格里兹》（*Tommy and Grizel*）中就已经暗示了这一点。故事中写道：

> 啊，让一个小男孩去爱不是很残忍吗？……他不爱她。“不像我爱他那样，”她对自己说。“不像结了婚的人应该爱的样子”……他是个不能长大的男孩……她活了很久，到去世的时候已经是个中年妇女了。我想，上帝最不能原谅他的一点应该是格里兹一直没能有个孩子。[②]

巴里的汤米系列一般被认为是他与妻子之间感情纠葛的真实写照。

---

① 转引自 Andrew. J. M. Birkin, *Barrie & The Lost Boys: The Love Story that Give Birth to Peter Pan*, New York: Crown Publishers, 1979, p. 21.

② 转引自 Jackie Wüllschlager, *Inventing Wonderland: The Lives and Fantasies of Lewis Carroll, Edward Lear, J. Barrie, Kenneth Grahame and A. A. Milne*, London: Methuen, 1995, p. 121.

到了1904年的《彼得·潘》，不仅不要长大的男孩已经成为主旋律，性压抑或者性无能也已经几乎成为显性话语。彼得并非是完全对性无知的小男孩，他对叮叮铃与虎莲的爱并非没有感觉，只是他选择无视她们，而对温迪，虽然在永无岛上他们俩实际上承担了父亲与母亲的角色，但他要特意强调那只是假装，他只要做儿子，而不要做父亲。在书中的“快乐家庭”一章，彼得与温迪扮演孩子们的父母时，他们有如下的对话：

> “亲爱的彼得，”温迪说，“养育了这么一大家子，我的青春已过，你不会把我扔下换一个吧？”
>
> “不会的，温迪。”
>
> 彼得当然不想换一个，可是他不安地望着温迪，眨巴着眼睛，你说不清他究竟是醒着，还是睡着了。
>
> “彼得，怎么回事？”
>
> “我在想，”彼得说，有一点恐慌，“我是他们的父亲，还是假装的，是不是？”
>
> “是啊。”温迪严肃地说。
>
> “你瞧，”彼得有点抱歉似地接着说，“做他们真正的父亲，我就会显得很老。”
>
> “可他们是咱们的，彼得，是你我的。”
>
> “但不是真的，温迪？”彼得焦急地问。
>
> “你要是不愿意，就不是真的。”温迪回答说，她清楚地听到了彼得放心地叹了一口气。“彼得，”她努力镇定地说，“你对我的真实感情究竟怎么样？”
>
> “就像一个孝顺的儿子一样，温迪。”
>
> “我早就料到了，”温迪说，走到屋里最远的一头，独自坐下。
>
> “你真怪，”彼得说，坦白地表示他迷惑不解，“虎莲也正是这样。她想要做我的什么，可她又说不是做我的母亲。”

“哼！当然不是。”温迪语气重重地说。[①]

也许是为了弥补没有孩子的遗憾，巴里与妻子玛丽养了一条圣伯纳犬，从此他每天都要到肯辛顿公园去遛狗，在此期间结识了戴维斯一家的五个小男孩，并逐渐获得了彼得·潘故事的灵感。正如故事中的彼得飞入达令家的窗户抢走他们的孩子一样，巴里从此开始了从羡慕到介入别人的生活。如果说之前的他是心中充满了创伤的小男孩，现在的他则一步步开始扮演照顾小男孩的母亲形象，可惜命运弄人，最终他又重蹈了自己童年的覆辙，结局仍是无尽的孤独。

巴里首先遇到的是戴维斯家的乔治和杰克两个男孩。1898 年的一天他在公园里看到两个孩子扮演搏斗游戏，忍不住加入，成为孩子们的好朋友，经常在公园一起进行各种历险游戏。后来又结识了他们的父母，成为戴维斯一家的常客。接下来五年中，戴维斯家又添了三个男孩。五个男孩都同他们的父母一样，生得俊俏迷人，非常符合巴里时代的人对完美小男孩的想象。巴里景仰孩子们的母亲西尔维娅，她美丽动人，热爱自己的丈夫，与巴里也志趣相投。虽然巴里似乎与西尔维娅的丈夫亚瑟关系不太好，但他仍然频繁出入戴维斯家，并经常与他们一起度假。在此期间，巴里创作了《小白鸟》(*The Little White Bird*)，灵感就来自于他与乔治之间的友谊。1902 年，《小白鸟》出版后大获好评，巴里声名鹊起。这时候的巴里已经年过不惑，伍尔施勒格尔认为他的生活模式已经固定：一个文坛名人，可是情感上却依靠别人的家庭来维持，是个局外人。他理想化了母亲，却无法与自己的妻子产生共鸣或生出自己的孩子。他把自己的梦想、希望和恐惧都投入《彼得·潘》之中[②]。1904 年戏剧《彼得·潘》公演，不论大人还是孩子都疯狂地喜欢这部作品，评论界也好评如潮。

---

① [英]詹姆斯·巴里：《小飞侠彼得·潘》，杨静远译，北京：中国画报出版社，2013 年，第 120—121 页。

② Jackie Wüllschlager, *Inventing Wonderland: The Lives and Fantasies of Lewis Carroll, Edward Lear, J. Barrie, Kenneth Grahame and A. A. Milne*, London: Methuen, 1995, p. 126.

1911年巴里又把剧作改编成了小说《彼得与温迪》。这期间巴里还零星创作了其他作品，但都没有超过《彼得·潘》的影响。巴里对永恒的童年、对母亲、对别人家庭的向往都在这部作品中得到了自由的释放，多年以后，他才意识到创作《彼得·潘》的真正意义——“疯狂地努力长大却不能”[①]。巴里把他的真实人生故事与情感融入了《彼得·潘》中，而从此以后，《彼得·潘》里的故事开始变成现实，侵入他的真实人生。

《彼得·潘》戏剧上演那一年，戴维斯一家搬离了伦敦，巴里与他们的关系可能变得不那么密切了。但厄运很快降临到这个家庭。1906年，父亲亚瑟患了癌症，1907年去世。妻子西尔维娅不堪打击也病倒了，三年后也离开了人世，留下五个七到十七岁的孩子。据伍尔施勒格尔记载，巴里抄写西尔维娅遗嘱时把詹妮(Jenny)写成了戴维斯一家对自己的昵称杰米(Jimmy)。詹妮是孩子们的保姆兼管家的妹妹，西尔维娅本来的意思是请她到家里来照顾孩子们。这样一来，巴里就成了孩子们的合法监护人。这个时候的巴里已经与妻子离婚(1909年)，他的人生从此由一个不幸的怪物已婚旁观者变成了一个照顾五个失落男孩的单身大男孩[②]。这不正是永无岛上的彼得·潘吗？或许彼得·潘就是巴里长久以来的一个梦想，此时他终于梦想成真了。

巴里尽心尽力地照顾几个孩子，尤其是第四个孩子迈克尔。他受母亲去世的打击最大，对巴里的依赖也最强。1913年迈克尔去伊顿公学读书，期间他们每天写信给对方，到毕业的时候积攒了两千封之多，与巴里当年与母亲的通信情况非常相似。巴里每次都充当了那个抚慰者的角色，上一次是扮作永不长大的小男孩，这一次是抚慰还没长大的小男孩。这也许是巴里的宿命，注定要做守护童年的彼得·潘。但时光又肯放过谁？1914年第一次世界大战爆发，乔治和彼得报名参军，1915年乔治阵

---

① 转引自 Andrew. J. M. Birkin, *Barrie & The Lost Boys: The Love Story that Give Birth to Peter Pan*, New York: Crown Publishers, 1979, p. 297.

② Jackie Wullschlager, *Inventing Wonderland: The Lives and Fantasies of Lewis Carroll, Edward Lear, J. Barrie, Kenneth Grahame and A. A. Milne*, London: Methuen, 1995, p. 135.

亡。乔治是巴里在肯辛顿公园遇到的第一个戴维斯家的孩子，他的死对巴里形成了巨大的打击。1921年，巴里最爱的迈克尔在牛津大学洗澡时与最好的朋友一起溺亡。这一次的打击对巴里是致命的，他与当年的母亲一样，把自己关在屋子里，不见任何人，可是这一次再也没有一个长不大的小男孩来抚慰他了。在给朋友的信中他写道："对我来说，整个世界都不一样了。迈克尔曾经就是我的世界的全部。"[①]此后的巴里一直郁郁寡欢，常常目光呆滞。他的最后一部戏剧作品叫做《男孩戴维》(*The Boy David*)，仍在回忆年少时离去的哥哥，也是给他的一生套上"永不长大的男孩"魔咒的人。

晚年的巴里接受了许多世俗的光环。1922年他获得了皇家的荣誉勋章(Order of Merit)；1928年接替哈代担任英国作家协会主席；1930年担任母校爱丁堡大学的校长。年过七十他仍然受新一代孩子们的欢迎，伊丽莎白女王二世的妹妹玛格丽特公主三岁时宣称他是自己最棒的朋友，而自己也是他最棒的朋友。1937年6月19日，巴里在伦敦逝世，享年77岁。从7岁到77岁，他一生都生活在"长不大的小男孩"的阴影之中，或许应该说是"不想长大的小男孩"的梦想之中，正如卡朋特所说，"他毕生都在努力把这无法避免的状态变成自主选择的状态"[②]。他想成为那自由自在的彼得，"他的乐事数也数不清，那是别的孩子永远得不到的。但是，只有这一种快乐，他隔窗看到的那种快乐，他却被关在了外面，永远也得不到"[③]，那便是母亲与家的温暖，而这一种快乐，才是那数也数不清的快乐变成真实的条件。二十多年后，一直被戏称为彼得·潘的戴维斯家第三个孩子彼得，在中年时选择卧轨自杀。

---

① 转引自 Andrew. J. M. Birkin, *Barrie & The Lost Boys: The Love Story that Give Birth to Peter Pan*, New York: Crown Publishers, 1979, p. 295.

② Humphrey Carpenter, *Secret Gardens: The Golden Age of Children's Literature*, Boston: Houghton Mifflin Company, 1985, p. 173.

③ [英]詹姆斯·巴里:《小飞侠彼得·潘》，杨静远译，北京：中国画报出版社，2013年，第185页。

二、《彼得·潘》与现代主义话语构建

卡朋特说彼得就是巴里曾经的样子，也是他后来变成的样子。他既不是一个小孩也不是一个大人，而且他是完全没有性征的。[①] 虽然评论界对此有争论，但彼得·潘显然迎合了巴里所处时代的集体无意识。自维多利亚晚期以来流行的怀旧主题实际上是信仰危机的表现，"它意味着家庭归属感的缺乏所带来的个人精神信念的缺失，或是人际关系缺乏真诚感之后，个体自由与自足感的缺失与本真、本性、自然情感的消逝"[②]。现代社会的动态性与超前性导致了个人价值的贬低与梦想的幻灭，对永恒的童年的渴望不仅是对成年的恐惧，更多的是对人类繁殖力与文化延续力的忧虑，这也是以劳伦斯、艾略特等为首的现代主义作家努力表现的主题。彼得是一个难以捉摸的不确定主体，他不仅是一个孤独的个体，又象征了一种救赎的力量。除了抒发自我的人生苦痛外，巴里与他的作品无疑也参与了现代主义的时代话语构建。

前文第一节中提到了 19 世纪 80 年代以来的社会风尚是以王尔德为首的崇拜不朽青年。19 世纪 80 年代的文化偶像已经不再是爱丽丝那样的小女孩，而是变成了小男孩。画家米莱斯(John Everett Millais)以自己五岁的孙子为模特创作的《气泡》(*Bubbles*)随着利华兄弟公司(联合利华的前身)的肥皂广告走进千家万户。这幅描绘了一个小男孩瞅着美丽的肥皂泡的名画象征着生活的美与脆弱。1885—1886 年连载的《小爵爷》(*Little Lord Fauntleroy*)掀起了一股方特洛伊时装风。这是一款适合三到八岁男孩的套装，天鹅绒圆角礼服配长至膝部的短裤，内衬宽大的蕾丝或荷叶边领的花式衬衫。漂亮小男孩形象是当时社会的审美主流。同时，以王尔德为首的唯美主义者们极力宣扬花花公子形象，及时行乐，

---

① Humphrey Carpenter, *Secret Gardens: The Golden Age of Children's Literature*, Boston: Houghton Mifflin Company, 1985, p. 177.

② 张军平:《谁是〈彼得·潘〉的读者:儿童小说之成人书写》,《外国文学评论》2017 年第 4 期,第 186 页。

追求青春的不朽。他们的故事模式通常是完美的青年早亡，往往是通过自杀来保存永恒的完美的青春形象。伍尔施勒格尔认为这主要是受法国的影响，但法国青年的特点是偏放纵与艺术，而英国则更多地强调荣耀与爱国主义精神。他列举了大量表现这种夹杂着爱国主义与怀念童真情绪的作品，并指出巴里处于这种情绪的中心。[①] 在《彼得·潘》中，孩子们与海盗决一死战时，胡克让温迪与孩子们最后诀别，温迪很庄严地说："我觉得，你们真正的母亲有句话要我转给你们，那就是：'我们希望，我们的儿子要死得像英国绅士。'"[②]这种风气显然对当时的青年有很大的影响。给巴里带来毁灭性打击的迈克尔的死就一直被怀疑是自杀行为，因为目击者看到二人在水中并未挣扎，只是紧紧地拥住对方。其实就在迈克尔发生意外的前一年，以怀旧情绪著称的《柳林风声》的作者格雷厄姆的儿子也死于一起酷似自杀的意外。他们都是生于1900年的青年，没有参加一战，却同样早早死于意外或者说自杀。伍尔施勒格尔认为或许潜意识中他们怀有对那些在战场上失去性命的同龄人的愧疚。这一说法不太站得住脚，战争爆发时生于1900年的青年才只有14岁，没有参军很正常。笔者认为，更为可能的是战争打碎了青年人的所有希望，他们看不到未来，加上颓废怀旧的文化风尚的影响，只有选择壮丽地保存青春的

John Everett Millais *Bubbles* 1886

① Jackie Wüllschlager, *Inventing Wonderland: The Lives and Fantasies of Lewis Carroll, Edward Lear, J. Barrie, Kenneth Grahame and A. A. Milne*, London: Methuen, 1995, pp. 114—118.

② ［英］詹姆斯·巴里：《小飞侠彼得·潘》，杨静远译，北京：中国画报出版社，2013年，第158页。

美，正如彼得·潘所说，“死亡不过是一场伟大的冒险”[①]，这本是大无畏的精神，但他们主动选择死亡却是源于信仰的缺失，或者说对再生的渴望。

1922年，著名的《荒原》(*The Waste Land*)发表。艾略特引用了古罗马讽刺家佩特洛尼斯(Petronius)所著的《风流韵事记》(*Satyricon*)里的一段话作为序诗：“因为我亲眼看到古米的西比尔吊在一只玻璃瓶里，当孩子们问她：‘西比尔，你想要什么？’她总是回答：‘我想死。’”根据古希腊神话，西比尔是著名的女先知，神庙的女祭司。阿波罗爱上了她，答应满足她的任何愿望。西比尔就随手抓起一把沙说要求获得和手里沙数一样多的生日。因此，西比尔得到了永生，但她忘了向太阳神要永恒的青春和健康。随着时光流逝，西比尔日渐憔悴，终成躯壳，却依然求死不得。艾略特用西比尔的故事做序诗是暗指西方文化已经失去活力，与追求青春永恒的社会心态同样表达了对精神荒原的绝望。

关于《荒原》的题目与象征，艾略特说是受益于弗雷泽(James Frazer)的《金枝》(*Golden Bough*)和魏士登女士(Jessie L. Weston)的《从仪式到传说》(*From Ritual to Romance*)。弗雷泽指出，古代民族把四季交替及年景丰歉同繁殖神的健康相连。繁殖神健康，性能力强，便春光明媚、风调雨顺、大地丰茂；神如死亡或性能力减弱，便冬寒、干旱、万物凋谢。古人每年象征性地杀死和埋葬繁殖神，然后再庆祝他的复活，以祈求五谷丰登，这便是祈丰仪式。魏士登女士主要考证圣杯的传说，认为它是祈丰仪式的变种。圣杯的传说有很多种，大意是古代有渔王冒犯天威，上帝动怒，伤其阴部以示惩罚，王国遂成荒芜不毛之地。《荒原》就是得名于渔王受伤，王国变做荒原的情节。不仅艾略特，劳伦斯、海明威等其他主流的现代主义作家都喜欢用性失意来表现现代生活的无力感，因为性代表着繁殖力与活力，失去了和谐的性生活，人类就没有繁衍下去的希望。《彼

---

① ［英］詹姆斯·巴里：《小飞侠彼得·潘》，杨静远译，北京：中国画报出版社，2013年，第110页。

得·潘》是以儿童为主人公的作品，属于“永不长大的小男孩”审美派，对性的描写与隐喻不像主流的成人文学那样明确，但并非没有。彼得·潘的名字来自古希腊神话牧神的名字。在神话中，潘（Pan）掌管牧羊、山林和自然，他腰部以上是人体，腰部以下是山羊体，头上长有一对羊角，双脚是一对羊蹄。潘生活在山林和草场湿地，是个出色的芦笛演奏家，每天领着山林精灵们嬉戏打闹，快乐和顽皮是他的典型特征。同时，潘还极其好色，经常藏匿在树丛之中，等待自然宁芙（nymph）们经过，然后上前求爱。潘是创造力、音乐、诗歌与性爱的象征，同时也是恐慌与噩梦的标志。潘神以音乐与性能力而闻名，巴里的彼得·潘保存了潘神快乐顽皮的特征，却阉割了他的性意识。故事中仙子叮叮铃、印第安女人虎莲和温迪都对他频频示爱，但他却装作不懂，气得叮叮铃总是骂他：“你这个笨蛋！”这种对神话原型的颠覆与艾略特的渔王受伤、大地荒芜的意象异源同流，指向的都是对未来的绝望感。永不长大的男孩与永恒的青春看似保留了最美好的时光，实际上因为无法面对未来而选择让时光停滞，从而失去了成熟、死亡、再生的机会，与古米的西比尔沦落到相同的境地。正如卡朋特所说，虽然“它[《彼得·潘》]从某种意义上说在颂扬不长大，但同时它在严重警告那些选择不长大的人”[①]，因为彼得的不想长大是源于对母亲的怨恨与报复，身上始终散发着挥之不去的自我异化与孤独感。

在永无岛上，彼得·潘、迷失的男孩、海盗、印第安人和野兽形成了一个环形结构，“迷失的孩子守望着彼得，海盗守望着迷失的孩子，印第安人守望着海盗，野兽守望着印第安人。他们全都绕着岛团团转，可是，谁也碰不上谁，因为他们行动的速度是相等的”[②]。岛上的一切似乎形成了一种恒定不变的平衡，这个队列必须无穷尽地进行下去，但最终这个永恒还是被时间打破了。时间是一条滴答滴答的鳄鱼，因为它吞了一个时钟。

---

① Humphrey Carpenter, *Secret Gardens: The Golden Age of Children's Literature*, Boston: Houghton Mifflin Company, 1985, p. 179.

② [英]詹姆斯·巴里：《小飞侠彼得·潘》，杨静远译，北京：中国画报出版社，2013年，第62页。

它始终追逐着胡克，最终将他吞噬。作为彼得的头号敌人，胡克并非完全是负面形象，卡朋特认为他是《失乐园》里的撒旦，是“仍在维持尊严的堕落天使”[①]。他外形英俊，头发弯成长长的卷，眼睛蓝得像勿忘我的花，透着一种深深的忧郁。说到举止，身上还残留着某种爵爷气派，以前还是个出了名的会讲故事的人，即使赌咒的时候也要使用文雅的词句。他不仅是一个骁勇无比的人，还要保持良好的风度。胡克的形象正是一个完美的英国绅士，他的堕落象征着传统的没落。作为海盗头子的胡克“感到极端孤独，他的下属越是围绕在他身旁，他越感到孤独”，因为“他们的社会地位，比他低得太多了”[②]。英国小说中的海盗书写经历了从英雄化到妖魔化的转变。早期作品如笛福的《辛格顿船长》(*Captain Singleton*)、司各特(Walter Scott)的《海盗》(*The Pirate*)等中的海盗形象通常都相貌英俊，举止中表现出“航海者具有的真挚、坦诚、机敏、恰当的幽默、自信，以及冒险精神”，“像英雄人物一样才华横溢”[③]，都是“勇敢而坚强的人”[④]。19 世纪中后期之后，海盗开始变得凶暴残忍。海盗文化始终伴随着英国殖民扩张的历史，这一变化实际上反映了帝国的衰落。胡克的死也象征着英国绅士文明的衰落，他的孤独是现代文明的异化感。当然，胡克的死首先是因为无法抵抗时间的侵袭，是彼得·潘的胜利。在最后时刻，他问彼得：“潘，你到底是谁，到底是什么？”彼得回答：“我是少年，我是快乐，我是刚出壳的小鸟。”[⑤]我们无法逃避时间的追逐，但永不长大的少年却最终取得了胜利。如此一来，巴里又神奇地使彼得成为救赎的力量，

---

① Humphrey Carpenter, *Secret Gardens: The Golden Age of Children's Literature*, Boston: Houghton Mifflin Company, 1985, p. 183.

② [英]詹姆斯·巴里：《小飞侠彼得·潘》，杨静远译，北京：中国画报出版社，2013 年，第 153 页。

③ Water Scott, *The Pirate*, (Vol. I), Edinburgh: Pr. For Archibald Constable & Company, 1822, pp. 309—313.

④ Daniel Defoe, *The Life, Adventures, and Pyracies, of the Famous Captain Singleton*, ed. S. K. Kumar, London: Oxford University Press, 1969, p. 143.

⑤ [英]詹姆斯·巴里：《小飞侠彼得·潘》，杨静远译，北京：中国画报出版社，2013 年，第 172 页。

它不仅是童年对成人的救赎，也是现代主义作家们普遍追寻的文化救赎。

贯穿《彼得·潘》全书的核心意象就是信念。故事一开头，作者就指出永无乡存在于孩子们的信念中，而成人则由于不再相信则再也无法抵达那里。当约翰问彼得怎么才能飞起来时，彼得告诉他只要想些美妙的、奇异的念头就可以，这些念头就可以把你升到空中。孩子们相信他的话，就真的飞起来了。而等到他们从永无岛回到家后，便发现他们渐渐失去了飞的本领。他们说，这是因为缺少练习，但实际上，“这话真正的意思是，他们不再相信这一切了”[①]。相信，是彼得与他的永无乡存在的前提。其实作者在书中不止一次地表示永无乡并不存在，从其名字便可见一斑，但是它可以存在于你的信念之中。这种信念的构建不仅针对书中的人物，也同样针对读者与观众。

每年演出最高潮的部分是叮叮铃复活的情节。叮叮铃为了救彼得，喝下了有毒的药水，生命奄奄一息之际，她表示只要孩子们相信有仙子她就会好起来。于是彼得大声喊：“你们信不信有仙子？要是你们相信，就拍拍手，别让叮叮铃死去！”据记载，1904年剧本第一次上演时，剧组人员不敢确定是否能够得到观众的呼应，于是计划到时由乐队人员领头拍手，带动气氛。事实表明，这个方案完全没有必要，从开演以来，这个时候从来都是观众最激动的时刻。对于成年观众来说，他们完全知道舞台表演的虚幻性，但故事的张力使他们心甘情愿一起合谋建立起这个信仰。从这个意义上讲，巴里对信仰重建的影响力远远超过了现代主义大师们创作的精英之作。

故事中的成人也经历了信仰的洗礼而产生了变化。故事中的达令先生是个可笑的死板商人形象。他有着成人的虚假理性，完全是彼得的反面，没有孩子般的想象力却不乏孩子气。他吹嘘自己学问高深，懂得股票和红利，生活中斤斤计较，虚荣心极强，家境不佳却非要事事向邻居们看

---

① ［英］詹姆斯·巴里：《小飞侠彼得·潘》，杨静远译，北京：中国画报出版社，2013年，第190页。

齐，所以他只能请一条狗做保姆。在尽职尽责的狗保姆面前又非要端出主人架子，不仅把自己的药偷偷倒到狗食槽里，还把狗拖到后院锁了起来。达令先生不相信彼得的存在，而正是由于他的任性才使彼得有了可乘之机，偷走了孩子们。发生这件事之后，变化最大的便是达令先生。他抛开虚荣，承认娜娜比自己聪明，并且选择四肢着地，钻进狗窝，并且发誓孩子们一天不回来，他就一天不出狗舍。他也坚持这样做了，每天早晨叫人连狗窝一起抬到车上，拉到办公室，下班了再运回家。他忍受着极大的痛苦，在外人说三道四的时候保持镇静，坚持自我惩罚。虽然这里的描写有诙谐幽默的成分，但与之前的孩子气相比，达令先生此时的可笑是一种崇高的自我修炼。当然，只有达令先生的忏悔还不够，真正的救赎还需要信仰的力量。在达令先生要求妻子关上窗户的时候，达令太太说道，"千万不叫我关窗子。窗子永远是要开着的，好让他们飞回来，永远，永远"，并且一直重复不断地唱着曲子"回来吧，温迪，温迪，温迪，温迪"①。而孩子们也正是由于坚定地相信母亲的爱，才能够最终飞回父母的身边。温迪说："你们瞧，亲爱的弟弟，那扇窗子还开着呢。由于我们对母亲的爱有崇高的信念，我们终于得到了报偿。"②彼得是促成了这一切的人物，他偷走孩子们的行为促成了达令先生的转变。虽然他不想失去温迪与其他孩子们，但当温迪坚持要回家的时候，他答应让她带走所有孩子，并护送他们回来。在孩子们到达窗口之前，他和叮叮铃提前到达，把达令太太的窗户关上了，这样温迪就会像自己一样对母亲失望而回到永无岛。但是他最终被达令太太的眼泪感动，又打开了窗户。如卡朋特所说，彼得是一个类似于耶稣基督的角色③，带领孩子们体会快乐，引领成人的救赎之路。但是他自己选择做那个永远孤独的彼得，也许是为了一代一代，周而复始地保存那份珍贵的快活与天真。

---

① ［英］詹姆斯·巴里：《小飞侠彼得·潘》，杨静远译，北京：中国画报出版社，2013年，第181—182页。

② 同上书，第127页。

③ Humphrey Carpenter, *Secret Gardens: The Golden Age of Children's Literature*, Boston: Houghton Mifflin Company, 1985, p. 182.

《彼得·潘》是个含义多元的动态文本。如曼乐夫所说,“它不仅继承与改写了大量的文学传统文本,其自身文本也经历了多重改写”[①]。它最初的雏形来自1902年出版的《小白鸟》,1904年上演了戏剧《彼得·潘》,1906年《肯辛顿花园的彼得·潘》是《小白鸟》部分章节的扩展版,1911年又补充章节出版了《彼得与温迪》。每年演出之后,巴里都会进行一些修改,这个文本不仅蕴含了巴里本人的生活故事,也融入了整个爱德华时代的文化母题与集体无意识,是现代主义文学的先驱之作。

从传记作家们的笔端来看,内斯比特与巴里都是既保持着童颜又保持着孩子气性格的人,金斯利与卡罗尔也都是充满着童心的人。他们生活的时期恰逢儿童几乎被奉为神祇的年代,作家们不约而同地通过表现儿童世界展现人生理想。不管他们是焦虑还是迷茫,心中始终对童年的救赎力量抱有一定的信心,爱丽丝处于混乱的地下世界中始终努力保持礼仪,孤独的彼得·潘始终坚持着大无畏的荣誉感。但接下来的两次世界大战打碎了这一切,英国的经济地位与民族自尊从此荡然无存,纯真的过去一去不复返。可以说《彼得·潘》象征着儿童文学黄金时期的结束,儿童已经不再是社会理想的载体,成人作家们不再聚焦于童年来表现自己的追求与思想。奇幻小说与儿童文学这对在维多利亚中期牵手的恋人开始分道扬镳。随着儿童识字率大幅提高,此后的儿童文学倾向于真正的“儿童”文学,主要以娱乐为主,形式上多采用连载的喜剧漫画、历险故事等。克拉奇(Marcus Crouch)称“此时的儿童文学更多地是用来逗孩子们发笑而不是反映人生体验”[②]。奇幻小说也同样走进了低谷,战争的阴影使想象力受到很大的抑制,两次世界大战之间的文学以讽刺性的现实主义为主,幻想文学主要以相对悲观的科幻小说与反乌托邦小说为主。二战之后,从50年代开始,满目疮痍的英国百废待兴,此时以托尔金为首

① C. N. Manlove, *Scottish Fantasy Literature*, Edinburgh: Canongate Academic, 1994, p. 146.

② Marcus Crouch, *Treasure Seekers and Borrowers*, *Children's Books in Britain 1900—1960*, London: Library Association, 1962, p. 42.

的高奇幻才开始复兴。两次世界大战尤其是第二次世界大战促使人们重新反思善恶争斗主题，这一宏大的主题已经不是童年与纯真这样的文化意象可以承载，并且纯真的童年概念也已经一去不复返。奇幻小说开始越来越成人化，即使采用儿童主人公也会更偏向于青少年。

第四章　飞越现实、抵达远古

——50 年代

从文化意义上来说，内斯比特与巴里仍然可以归为维多利亚小说家。虽然经历了魔法侵入现实与心理眷恋的转向，但与维多利亚晚期奇幻小说一样，他们仍然找到了某种安全感。而 20 世纪上半叶的两次世界大战以及中间的经济大萧条彻底粉碎了这种安全感。英帝国彻底分崩离析，再也找不回往日的尊严与威风。两次世界大战之间的奇幻小说创作与文学艺术的大潮流一样走向了低谷，基本上都在延续内斯比特开创的现实魔法模式，局限在家园空间中以片段式的情景剧模式呈现，内容上变得越来越平庸化、日常化，甚至走向了肤浅的无厘头闹剧，这些都折射出了这一时期现实生活的无趣。二战之后，百废待兴，文学艺术承担起了重建英国民族性的重任，奇幻小说也迎来了新的黄金时代，通过回到远古神话构建宏大的史诗来重塑帝国形象，开启了现代高奇幻模式。

第一节　50 年代的恐惧、勇气与现代奇幻模式

如果说维多利亚晚期的民众情绪是焦虑，20 世纪初期是迷茫，30 年代是讽刺，四五十年代则是恐惧与勇气并存。文学史家布拉德伯里(Malcolm Bradbury)指出第一次世界大战使人们陷入了支离破碎毫无目标的虚无世界，而 1929 年大萧条则使政治气候发生了变化，将世界推向了极权、独裁、重整军备与灾难[①]。德国的纳粹开始形成，意大利墨索里

① Malcolm Bradbury, *The Modern British Novel 1878—2001*, Beijing: Foreign Language Teaching and Research Press, 2004, pp. 194－197.

尼的法西斯主义也已经崛起。英国也面临着巨大的危机，1932年失业人口达到280万，右翼分子莫斯利（Oswald Ernald Mosley）也组建了英国法西斯联盟。第一次世界大战后“迷惘的一代”所面临的碎片化世界集结成了不同的团体，但却是充满了危险与恐惧的聚集。阴霾笼罩在每个人心头，第二次世界大战终于爆发，希特勒的铁蹄踏遍欧洲，直到全世界61个国家和地区，20亿以上的人口被卷入战争。第二次世界大战是人类历史上最惨绝人寰的战争，使用了各种各样残忍的武器，总伤亡人数达到7000余万人，人性中丑陋邪恶的一面在战争中得到了淋漓尽致的展现。战争于1945年结束了，但它在人们心中留下的心灵创伤却并没有结束，并且冷战随之开始，铁幕又在欧洲降临。奥威尔（George Orwell）的《一九八四》（*Nineteen Eighty-Four*）和《动物农庄》（*Animal Farm*）充分展现了对极权的恐惧。诺贝尔奖获得者戈尔丁（William Golding）的《蝇王》（*Lord of the Flies*）则深入探索了人性的恶。

英国人性格中有一种低调的悲壮与坚韧。在第二次世界大战期间，伦敦和许多城市遭到了大规模的残酷轰炸，但英国却一直坚挺到胜利。政府制作了三张鼓舞士气的海报，“保持冷静继续前行”“自由正受到威胁，尽你所能来保卫它”和“你的勇气、你的乐观、你的决心将为我们带来胜利”。其中“保持冷静继续前行”影响深远，已经成为一句至理名言，被认为是英国人性格的典型写照。首相丘吉尔在下院的演讲表达了英国人民打到底的决心，他雄辩滔滔地讲道：

> 胜利，不惜任何代价；胜利，不怕任何恐怖；胜利，不怕路途怎样漫长，怎样艰难；没有胜利，就没有生存。①

当主流小说止步于描绘轰炸的残酷、人们的疑惧、生活的荒诞等内容时，这种精神在奇幻小说中得到了充分的展现。托尔金的《魔戒》三部曲和路易斯的《纳尼亚传奇》七部曲以宏大的史诗叙事扛起了战胜邪恶、重建家园的大旗。正如《彼得·潘》作为一个流行文本，比精英文学更好地

---

① 转引自王佐良：《王佐良全集》第5卷，北京：外语教学与研究出版社，2016年，第460页。

体现了普罗大众的现代主义情绪一样，当50年代的主流小说忙于宣泄情绪时，奇幻小说起到了抚慰大众心灵、重建民族特性的作用。

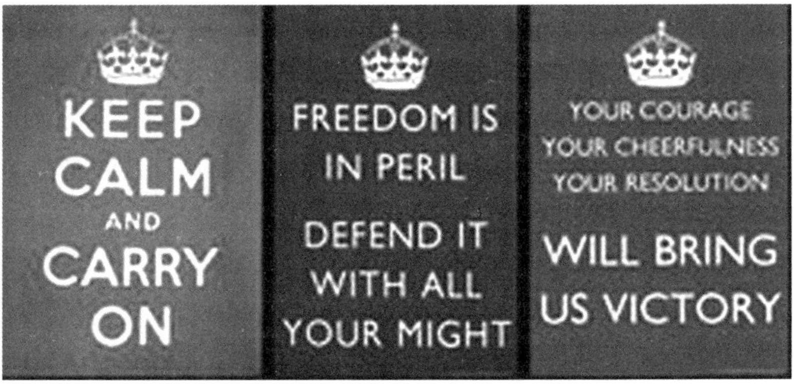

在这样的时代背景下，50年代奇幻的第一个转变是回归走出家园的冒险主题。20世纪前半叶的奇幻小说作品在内斯比特和巴里的影响下主要以家庭为核心，魔法冒险被限制在家庭花园的小范围之中。而两次世界大战让人们看到，家已经不是一个安全的地方，它会被炸得灰飞烟灭。蜷缩在自己的小世界里行不通，每个家庭、整个国家与全世界都陷入了危机之中，你别无选择，必须参与到这场声势浩大的善恶争斗中去。这就回归了传统的英雄历险模式，世界处于灾难之中，需要英雄出征救人民于水火之中。英雄历险需要广阔的天地，于是便创造出宏大的第二世界。这个第二世界是一个完整的世界，要有自己的地理、历史、政治与文化。作家们不约而同地从神话中寻找灵感。著名评论家列维与门德尔松发现，两次世界大战之间的奇幻小说创作虽然处于低潮期，但却萌生了整理与改写民间故事与童话故事的新潮流，并且这一潮流一直持续到70年代[①]。本书第一章中已经提到，奇幻小说与民间故事和童话故事有着亲密的血缘关系，《格林童话》《贝洛童话》《安徒生童话》传入英国后促发了奇幻小说这种新的艺术形式。这一次民间故事整理浪潮又一次促进了现

① Michael Levy and Farah Mendlesohn, *Children's Fantasy Literature*, Cambridge: Cambridge University Press, 2016，第4—7章。

代奇幻的诞生。上一次整理的民间故事主要来自欧洲及《一千零一夜》等东方童话，这一次不同的是，作家们的目光投向了英国本土以及英联邦成员的民间传说，包括罗宾汉的故事、爱尔兰故事、印度故事、新西兰故事等。列维与门德尔松认为这些文本培育了一种新“英国性”，它找回了盎格鲁-撒克逊特性，建立起英伦诸岛各民族的共通性，并吸取了其他故事的营养，从而培育起一种新的奇幻形式。50 年代的英国四分五裂，百废待兴，这种凝聚国家力量，打造新的国家形象的努力更为突出。战后奇幻小说家开始大量地从古代英国历史传说中寻找素材，故事场景也从他域转向了英国本土，内容上则以讲述英国故事为主。

50 年代奇幻小说的另一特点是主人公形象的变化。前文中提到，奇幻小说与儿童文学在 19 世纪中叶相遇，开启了儿童文学与奇幻小说的第一个黄金时代，因为儿童的纯真形象恰好承载了浪漫主义的社会理想。经历了两次世界大战的 20 世纪中叶社会环境发生了巨大的变化，美好童年的文化意象已经难以承载善恶争斗的宏大主题，因此这一时期奇幻小说的主人公开始偏向成人。托尔金的《魔戒》从来就不是为儿童创作的，就连被认为是儿童文学的《霍比特人》其主人公也并非儿童。路易斯的《纳尼亚传奇》虽然仍然是以儿童为主人公，但这一时期的儿童主人公形象已经与维多利亚时期大不相同，他们不再是内斯比特式的游戏冒险，而是要承担拯救世界的使命。在故事中，孩子们虽然也会展现人性的弱点，但很少有孩子气的行为，相当于承担了成人的角色。这与当时的社会环境密不可分。从 18 世纪中产阶级崛起，儿童作为独立的个体越来越受到重视，并且随着生活水平的提高童年期越来越延长。第一次世界大战虽然有很多十四至十七岁的青少年参战，但他们依然被看作是孩子，大部分儿童的生活并没有受到影响。但第二次世界大战却在很大程度上改变了孩子们的命运，促使他们不得不快速长大。

1938 年 11 月，德国和奥地利发生了臭名昭著的“水晶之夜”事件，成千上万的犹太人开始遭到纳粹有组织的迫害，随后，英国的犹太人向首相发出呼吁，恳请英国政府接收举目无亲的犹太儿童，之后的 1938 和 1939

年间，许多犹太儿童在世界犹太人救济组织等机构的帮助下从欧洲大陆前往英国，被英国家庭接收和抚养。战争爆发后，大量的英国儿童为躲避轰炸不得不辗转海外、北部地区、乡下等。孩子们亲身经历并参与了战争，了解时代对他们的期待和要求。战争同样打破了英国的阶级界限。1945 年工党政府上台执政，大力推行全民福利化社会。1944 年《教育法案》颁布，中下层青少年受教育机会大大增加，英国社会越来越平民化，小人物开始成为社会的主流。因此这一时期的英雄史诗虽然仍然延续了神话的预言模式，但主角们却不再是出身高贵的王公贵族，而是坚韧向善的普通人，并通常以群体斗争的形式出现，与传统英雄单枪匹马拯救天下的模式有所区别。

以托尔金和路易斯的创作为代表的奇幻模式影响深远，后世作家基本延续了这种形式，它与维多利亚奇幻有着很大的区别，因此也被称为现代奇幻。现代奇幻的基本特点是：一、完整的第二世界构建。因其与现实世界完全不相关（例如中土世界），或者与现实世界有连接口，但不受现实世界的任何干扰（例如纳尼亚），也被称为高奇幻，而内斯比特式发生在现实世界的魔法故事也被称为低奇幻。二、浓重的神话与传说色彩。这种以英国本土传说为核心，融合周边文化元素的新神话故事为打造新的大英帝国民族形象做出了很大的贡献。三、小人物的英雄历险传奇。权威的倒塌是 20 世纪 60 年代以来的时代主流，书写小人物传奇的模式一直延续至今。

第二节　神话想象与民族身份构建
——约翰·罗纳德·瑞尔·托尔金与《魔戒》

一、托尔金神话与托尔金研究

在 21 世纪的今天，每当提起奇幻文学时，托尔金与他的《魔戒》系列故事一样，都已经成为神话。20 世纪末，英、美不同机构针对不同人群所做的“20世纪最伟大的5部书”或“对你影响最大的10部作品”五次调查中，托尔金的《魔戒》四次居榜首，另外一次排在《圣经》之后居第二[①]。托尔金位列2008年《泰晤士报》评选的“1945年后50位最伟大的英国作家”榜单第6位。《魔戒》已被翻译成六十多种语言，并衍生出插画、音乐、电影、电视剧、广播剧和电脑游戏等产品。2001年至2003年，由彼得·杰克逊(Peter Jackson)执导的《指环王》系列电影上映，该系列电影共荣获17项奥斯卡金像奖，其中《指环王3：王者归来》荣获11项奥斯卡金像奖，成为奥斯卡历史上获奖最多的影片[②]。正如舒伟教授所言，这种情形恐怕是托尔金本人始料未及的[③]，但这一切与他的经历显然有密切关系。

托尔金1892年生于英国的殖民地南非，三岁时随母亲返回英国，后来他的父亲因风湿热死在南非，母亲就带着他和弟弟在伯明翰定居下来。托尔金的母亲很有语言天赋，自己教孩子们拉丁语和法语，并给他们讲了许多民间故事和童话故事。童年时期的托尔金也表现出对语言的热爱，经常自创一些语言玩，他曾经说过，“有的人天生就有音乐天赋，我天生就有语言天赋”[④]。1900年，托尔金进入爱德华国王学校读书。后来因其母笃信天主教，亲戚们与之疏远，停止支付孩子们的学费。1902年，托尔金和其弟弟离开爱德华国王学校，进入圣菲利普文法学校读书，但托尔金的表现大大超出其同龄人，母亲于是继续在家教授孩子们。10岁时托尔金已经学习了希腊语，并对词源学表现出浓厚的兴趣。后来托尔金获得爱德华国王学校奖学金，得以重返学校。在校期间，他又深入了解了希腊语与拉丁语历史，开始学习德语，并接触了盎格鲁-撒克逊入门书以及哥特

---

① 祝平：《21世纪英美托尔金研究综述》，《苏州科技学院学报(社会科学版)》2014年第2期，第90页。

② “《霍比特人3》曝‘告别中土’版预告中土传奇将落幕”，东方网2014年11月27日 http://news.eastday.com/eastday/13news/auto/news/enjoy/u7ai3053104_K4.html.［引用日期2018－03－21］

③ 舒伟：《走进童话奇境——中西童话文学新论》，北京：外语教学与研究出版社，2011，第250页。

④ “Tolkien Talking”, *Sunday Times* (27 Nov. 1966), p. 9.

语语法。不仅如此，他还自己创造了好几种语言的符码。1911 年，托尔金考入牛津大学，主修古典文学。1912 年暑假，托尔金接触到芬兰语，受其语音启发，创造了一种新的语言，也就是后来的“昆雅(Kuenya)”语。1913 年中期考核后，他发现自己的兴趣所在是北欧与凯尔特民族，于是改修英语语言文学，这为他今后的道路打下了基础。1915 年毕业后托尔金奔赴第一次世界大战的战场，后来因战壕热而离开。在伯明翰的战时医院期间，他又创作了许多故事片段及语言符码。根据托迷们的总结，托尔金熟悉的语言包括：古希腊语、拉丁语、哥特语、古挪威语、古冰岛语、瑞典语、挪威语、丹麦语、盎格鲁-撒克逊语(古英语)、中古英语、德语、荷兰语、法语、西班牙语、威尔士语及芬兰语。自己发明的语言有 15 种。

从 1918 年开始，托尔金进入了他的学术生涯。11 月，他参与了《牛津英语词典》(*Oxford English Dictionary*)的编纂工作，负责 W 部分的词源。1920 到 1925 年间，他在利兹大学教授英语语言，1925 到 1945 年间担任牛津大学盎格鲁-撒克逊语教授。1945 到 1949 年间担任牛津大学默顿学院英语语言文学教授。这期间，托尔金的学术成就主要在中古英语方面，撰写了一些相关的学术论文与专著，影响最大的是关于《贝奥武甫》的研究。这一时期的托尔金以一位优秀的中古英语学者的形象出现，但他的学术研究也并非与日后的创作毫无关系。他闲暇时创作了很多诗歌、散文以及小说片段。最传奇的一段便是关于《霍比特人》诞生的故事。那是大约 1930 年的某天，托尔金在批阅学生卷子的时候，顺手在一个学生卷子空白处写下“地上有个洞，洞里有个霍比特人”[①]。但是直到五年以后，他才开始创作了这个故事。起初他并没有想到出版，只是讲给孩子们听，并且借给一些牛津的朋友们看了。其中一个朋友又把书借给一个后来在埃伦与埃文出版社(Allen and Unwin’s)工作的学生，她建议以儿童故事出版该书。1937 年 9 月 21 日，《霍比特人》出版，反响很

---

① Stuart D. Lee, *A Companion to J. R. R. Tolkien*, Oxford: John Wiley & Sons, Ltd, 2014, p. 15.

好，出版社要求托尔金继续出续集，他于是开始创作《魔戒》系列，但其实它的构思和素材早在《霍比特人》之前就已经有了。

这一写就是14年。1954年7月第一部《魔戒再现》(*The Fellowship of the Ring*)出版，11月第二部《双塔奇兵》(*The Two Towers*)出版，1955年10月最后一部《王者归来》(*The Return of the King*)出版。1955年当年托尔金就拿到了3000英镑的版税，相当于现在的64000英镑。1965年美国爱思出版社(Ace Books)发行了盗版的删节版《魔戒》三部曲，这促使托尔金授权巴兰坦出版社(Ballantine Books)发行完整版的作品，随后在美国掀起了一股狂潮，各种各样的托尔金协会、期刊、标语、口号等如雨后春笋般涌现。美国人的热情也进一步带动了英国读者。1966年英国的出版商也重新推出了三卷本精装版，并增加了前言、附录，作品中的一些歌曲也制作成了音乐作品，托尔金逐渐成为文化偶像，学术界也开始关注托尔金及其作品，托尔金研究已经成为一门显学，形成了庞大的研究体系。

我国学者祝平[①]对英美的托尔金研究进行了详细的分析与总结，认为英美80年的托尔金研究史可以分为四波高潮：1968年前后是第一波；1977年《精灵宝钻》(*The Silmarillion*)出版后是第二波；1992年托尔金诞辰百年是第三波；2001年彼得·杰克逊电影《指环王》公映后是第四波。在第一波浪潮中，1954年至1956年主要是书评，总的来说褒大于贬，1957至1964年，严肃学者开始接受托尔金。从1964年到托尔金逝世的1973年被称为狂热的十年，这期间英美两国共发表相关评介文章上千篇，出现了专门的研究专著和博硕士论文。1966年托迷们还创办了

---

① 国内诸多托尔金研究中，只有祝平的综述全面成体系，他主持了江苏省高校哲学社会科学基金指导项目“托尔金小说的伦理之维”，共发表四篇系列论文，分别是：“英美托尔金研究之发轫”，载《安徽文学》2014年第5期，36—41页；“英美托尔金研究的第一波高潮”，载《英美文学研究论丛》2014年秋第21辑，34—43页；“英美托尔金研究的第二、三波高潮”载《当代外语研究》2014年第4期，58—62页；“21世纪英美托尔金研究综述”，载《苏州科技学院学报(社会科学版)》2014年第2期，90—95页。本节主要采用祝平教授的总结，另外参考舒伟教授的一点内容，并添加了一些补充信息。

《托尔金学刊》(*Tolkien Journal*)。这一时期作品评介的深度和广度都有很大发展,涉及主题、人物、语言、故事来源、心理、文体风格等各个方面,尤其是关于其史诗性的研究。林·卡特(Lin Carter)指出托尔金糅合了史诗、萨迦式的叙事、传奇、莫里斯式的英雄奇幻以及历史小说的元素,甚至预言,托尔金将对20世纪下半叶的奇幻文学作家产生最大的影响[①]。历史证明,他的预言是正确的。托尔金的奇幻模式已经成了现代奇幻小说的标准,在他的影响下,七八十年代产生了一大批优秀的作家作品,并一直延续到90年代及21世纪。也正是由于《魔戒》的杰出贡献,奇幻小说才得以从相当边缘的位置演变为文学市场一个不可或缺的部分,屡登畅销书排行榜首,近年来也入围一些主流文学奖。

托尔金逝世后十年间,他的儿子克里斯托弗·托尔金(Christopher Tolkien)整理出版了他的遗作十余部,又掀起了新一波研究浪潮。从1974年到1984年这十年的关注点与上一个时期类似,但专著专论变多,严肃研究明显增多。著名奇幻评论家汉弗雷·卡朋特不仅写作出版了托尔金授权的《托尔金传》(*Tolkien: A Biography*,1977)还编辑出版了《托尔金书信集》(*The Letters of J. R. R. Tolkien*,1981),为托尔金研究提供了翔实的实证资料。此外,还出现了有关"中土"的指南专书。1992年托尔金百年诞辰,又呈现一波阅读和研究高潮。1983—1996年,克里斯托弗又整理出版了12卷本的《中土历史》(*History of Middle Earth*),为广大研究者进一步提供了背景研究资料。随着中土历史的出版,对托尔金作品的探讨逐渐超越善恶争斗主题,走向哲学与神话构建等既宏大又深刻的话题,托尔金的地位日益巩固,他已经完全从一个不被重视的边缘文类作家变成了经典大师。简·钱丝·尼采(Jane Chance Nitzsche)1979年出版的《托尔金的艺术:一部英国神话》(*Tolkien's Art: A Mythology for England*)首次提出"英国神话"的概念,从此以后"英国神话"便成为许多

---

① Lin Carter, *Tolkien: A Look Behind The Lord of the Rings*, New York: Ballantine Books, 1969.

论文和著作的主题。2001 年该书修订后再版，可见其影响力。2001 年电影《指环王》公映再次激发了阅读和研究托尔金的热潮。进入新世纪之后，托尔金研究除了延续经典的话题外，还与各种新的理论视角结合，包括生态批评、酷儿理论、后殖民批评、女性主义批评等，这也是作品经典化的一个反映。托尔金已经成为一座宝藏，研究者可以从各自的侧面寻找自己的财富。

我国的托尔金研究是从电影热开始的。2001 年译林出版社趁着电影的热度出版了《霍比特人》与《魔戒》的中文版，使托尔金一下子成为广大中文读者耳熟能详的名字。近 20 年来托尔金研究呈稳步增长的趋势，但总的来说研究质量不高，深度不够，基本都停留在电影以及一些主题和意象分析层面，除祝平的文献综述比较全面外，大部分研究并未深入理解作品本身，也不了解国外的托尔金研究。即使祝平教授也只停留在综述层面，并未深入发掘阐释作品。舒伟教授有四篇论文围绕托尔金的神话观以及童话观进行了一些研究，但基本都处于综论阶段。总体上，虽然在我国托尔金是个大众辨识度很高的作家，但人们对他的认识却仅限于电影，这也与文化差异有一定的关系。托尔金自创的中土世界对于英美人来说既能唤起他们依稀的文化记忆又能激发好奇心，从托迷的各种协会、刊物、网站可以看出，他们最热衷的就是研究中土历史与地理的细节，不仅是实际所指的内容，而且包括词源上与神话的关系，中国读者在这一层面的探索少了语言层面上的乐趣。不管是英美还是国内的托尔金研究，其核心都是围绕中土世界的构建展开的，因此我们首先要了解托尔金创造的这个亦真亦幻的第二世界。

二、中土世界与民族神话

托尔金生前身后著作等身，可以说前前后后所有的研究与创作都离不开中土世界。那么这究竟是一个什么样的世界？1938 年托尔金在圣·安德鲁斯大学做的讲座《论童话故事》中明确提出“奇境”的概念，也称为“第二世界”。奇境包含很多东西，除了仙子、精灵、巨人、矮人、巫师、怪物、火龙，也有日月山川、江河湖海、酒水米面，还有像我们一样的凡人。第二世界其实是一个完整的想象中的第一世界，并且不仅仅是空间层面上的平行世界，第二世界也有自己的历史与文化，包括语言。要进入这样的第二世界需要“第二信仰”，即不管这个东西物理上的存在是否可以验证，你仍然选择相信。就跟《彼得·潘》剧场里叮叮铃复活的场景一样，相信仙子的存在就拍拍手，那么叮叮铃就会复活。剧场里发生的一切都可以说是虚构的，但演员与观众共同做出的选择决定了一切。有了这个第二信仰后，奇幻的第二世界才能起到它的作用，即恢复、逃避与慰藉。托尔金的恢复指的是重获“清晰视界”，即能够拨开笼罩在事物表层的重重迷雾，看到事物的本原。在这一点上，托尔金与浪漫主义的回到童真观是一致的。恢复了纯真的本能后，人就可以获得逃避与慰藉。这里的逃避并非贬义的消极遁世，而是避开俗世纷扰，获得心灵的净化。托尔金最后特别强调大团圆结尾的重要性，并提出了“优劫”(Eucatastrophe)的概念。托尔金认为悲剧是戏剧的最高形式，而奇幻的最高形式是优劫。因为没有词与悲剧完全对应，他就自己造了一个词，字面意思是“好的灾难”，也就是说在灾难与浩劫之后，结尾必须向好，让读者产生快乐，邪必不压正[①]。

《魔戒》就是一部全方位实践托尔金以上思想的作品。故事中的第二世界就是中土世界。众所周知，这是一个宏大完整的世界，不仅在《魔戒》三部曲中有详尽的描写，还附带有地图以及长达 12 卷的《中土历史》。托尔金从一山一水一穴开始，构造了中土大地的全部，从神到人，各个王国，整个家族树，细到每个种族的来龙去脉、宗教的传承发展、历史大事的转承启合，全都精确创造。这片土地已经存在了三个纪元，魔戒的故事发生在第三纪元，但源头可以追踪到第二纪元 1200 年。这一年，黑暗魔君索伦以“天赋宗师”安纳塔的身份出现在伊瑞詹。伊瑞詹领主凯勒布理鹏受

---

① 以上为托尔金讲座的基本思想总结，见 J. R. R. Tolkien, *On Fairy Stories*, London: Harper Collins, 2001.

索伦的欺骗，铸造了十九枚统御魔戒——精灵三戒、矮人七戒和人类九戒。1600 年，索伦暗中铸造了至尊魔戒，以控制其他的统御魔戒。凯勒布理鹏识破了索伦的阴谋，他将精灵三戒交给吉尔加拉德和凯兰崔尔保管。1693 年，索伦率军入侵伊利雅德，精灵与索伦之战爆发。索伦的前锋部队被凯勒布理鹏击败，但他还是于 1695 年率军抵达伊瑞詹。凯勒布理鹏试图据守奥斯特恩艾特希尔，但他被索伦击败并被生擒。他没能经受住索伦的拷问，被迫透露了矮人七戒和人类九戒的下落，最终被索伦杀害。索伦得到了人类九戒，他将它们赠给九位努曼诺尔的贵族，最终这九位贵族堕落成戒灵。第二纪元 3261 年，努曼诺尔帝国皇帝亚尔-法拉松来到中土大陆，他率军向魔多进发，迫使索伦向他投降。亚尔-法拉松俘虏了索伦，并将他带回努曼诺尔。索伦用三年的时间腐化了亚尔-法拉松，成为他最亲近的国师。在索伦的煽动下，亚尔-法拉松于 3319 年悍然出兵远征维林诺。这一举动激怒了伊露维塔，他将阿尔达由平面世界重塑为球形世界，将阿门洲移出阿尔达，并将努曼诺尔沉入海底。在努曼诺尔贵族伊兰迪尔和他的两个儿子埃西铎、安那瑞安的率领下，一部分努曼诺尔人流亡到中土大陆，建立了亚尔诺和刚铎两个王国。第二纪元 3429 年，索伦对刚铎发动战争，占领了米那斯伊希尔。次年，吉尔加拉德和伊兰迪尔为抵抗索伦而结盟，史称精灵及人类最后同盟，最后同盟战役由此开始。3441 年，索伦在巴拉多之围中先后杀害了伊兰迪尔和吉尔加拉德。埃西铎捡起纳西尔圣剑的碎片，斩下了索伦戴有魔戒的手指，索伦的肉体因此消亡。埃西铎夺取了魔戒，但他拒绝销毁它，并将它作为自己的传家之宝。第三纪元 2 年，埃西铎在格拉顿平原被半兽人杀害，魔戒掉入安都因河，从此被人们遗忘。

第三纪元 1000 年前后，索伦以死灵法师的身份重新出现在中土大陆，建立了多尔哥多。维拉派出五名与索伦实力相当的迈雅，以巫师的身份前往中土大陆，帮助精灵和人类对抗索伦。第三纪元 2463 年，魔戒被霍比特人德戈发现，他的好友史麦戈被魔戒诱惑，将他杀害并夺取了魔戒。史麦戈后来被族人逐出家乡，他藏身于迷雾山脉的洞穴中，并被魔戒转变为一个名为“咕噜”的扭曲而堕落的生物。2941 年，霍比特人比尔博·巴金斯应灰袍巫师甘道夫的邀请参与了孤山任务，他在途中偶然发现了魔戒。但在与咕噜的猜谜游戏中，他透露了“夏尔”和“巴金斯”。同年，索伦在多尔哥多被白袍巫师萨鲁曼领导的圣白议会打败，逃回了魔多。3017 年，咕噜在寻找至尊魔戒时被索伦俘虏，被迫交代了至尊魔戒的下落。不久，甘道夫的好友、埃西铎的第三十九代嫡孙、登丹人酋长阿拉贡二世在死亡沼泽捕获了被索伦释放的咕噜，他将咕噜送往幽暗密林，将其交给该地的精灵看管。[①] 可以看出，中土的历史不是很久很久以前的童话故事模式，哪一年在什么地方谁和谁之间发生了什么事情，事情的前因后果都有详细的记载，它有一套丝丝入扣的世界体系和历史时间表。奇幻故事正是通过这种写实的手法构建起一个虚幻的第二世界，一切都栩栩如生、历历在目、不容置疑，第二信仰自然而然地就建立起来了。

在这样的“真实”背景下作者引入了英雄历险的神话模式。为了阻止邪恶力量控制毁灭世界，中土各种生灵集结在一起，组成魔戒远征队，历经千辛万苦，终于把魔戒扔回了它的铸造之地末日火山口，彻底终结了邪恶力量。以霍比特人弗拉多为核心，托尔金描绘了迈雅、人类、精灵、矮人、半兽人和强兽人以及树人等各种族类，创造了多达 15 种语言，例如昆雅语、辛达林、恩提什语等。而且每一种语言都具有独特的词汇、发音、语法及句法规则，其中昆雅语是精灵族使用的书面语，相当于英语世界里的拉丁语，从字母到文法都非常详细，还附有《异族语言与英文字母对照表》和《摩多文字字母表》，有托迷认真学习了这门语言。这种大气磅礴的历史英雄叙事使托尔金的作品蒙上了远古神话的色彩，在繁复深奥的情节和主题背后，支持的是独创的语言、民族、神话体系、编年史等背景。不论是场景人物设置、剧情发展还是语言风格，整部作品字里行间无不散发着强力的神话气息。认为托尔金是有意在创造“英格兰神话”的批评家经常引用托尔金写给出版商米尔顿·沃德曼的一封信：

---

① 故事情节总结摘自百度百科，稍有改动。

> 多年以前我就对挚爱的祖国没有根植于自己的语言和土地的故事感到悲伤……希腊、罗马、凯尔特、德国、斯堪的纳维亚、芬兰都有根植于自己语言的神话，只有英语没有……从前我想过写一套多少互有关联的传奇故事，大到宇宙，小到浪漫童话故事，把它献给我的国家英国。[①]

从信中表达的意思看，托尔金主观上有为英国创造神话的意愿，客观的作品也有明显的神话气息，所以有关托尔金所创造神话的研究的基本定论是：托尔金所创作的包括《霍比特人》《魔戒》《精灵宝钻》和《中土历史》等大量故事的传说集是盎格鲁-撒克逊的民族神话。[②] 祝平认为相对于托尔金研究其他视角，神话视角不太成功，原因可能在于他们不得不一方面要分析托尔金的大量文本，另一方面又要定义他们到底谈论的是哪个英国（什么人的英国、何时的英国）这个复杂的社会话题。另外，到底何为神话也未给出确切的、广为接受的定义，学者们缺乏共同的逻辑出发点，也缺乏现实的依据，因此难以发展。从影响上来看，虽然托尔金小说及其衍生形态很流行，对后世奇幻作家也产生了重要的影响，但还没有哪一部非托尔金小说的背景设置在中土世界，他创造的语言也没有像希腊罗马神话那样进入大众语言。所以，托尔金的作品能否作为"英国的神话"留存下去，只能等待时间的检验。诚然，神话的最基本条件之一便是时间上的久远性，托尔金的系列作品还不到百年，很难称之为神话。但笔者认为，我们谈论神话时更多的不是神话本身的内容，而是神话中蕴含的精气神。神话也从来都不是哪一个民族独有的东西，每一个民族发展演进的过程中都会不断地融入外来民族的文化。神话本身也是一个开放的概念，没有一定的标准，它是在人类漫长历史过程中逐渐沉淀下来的精神财富，所以从神话文本验证的角度去理解托尔金的神话性是一条歧途。

---

① Jane Chance, *Tolkien's Art: A Mythology for England*, *revised edition*, Kentucky: Kentucky University Press, 2001, p. 1.

② 祝平：《21 世纪英美托尔金研究综述》，《苏州科技学院学报（社会科学版）》2014 年第 2 期，第 91 页。

其实,托尔金的努力方向是一战以后奇幻小说家们的共同目标。根据本章第一节的论述,20世纪三四十年代的英国本土民间故事整理浪潮培育了一种新"英国性",它致力于寻找盎格鲁-撒克逊特性,建立英伦诸岛各民族的共通性。托尔金由于自身的语言天赋将这一浪潮推向了高峰。这种对于英国本民族特性的诉求在维多利亚晚期传统价值观开始解体的时候就已经在萌发,经历两次世界大战后,大英帝国完全解体,这种诉求就达到了高峰。50年代的英国无论从物质上还是精神上都满目疮痍,尤其需要力量的源泉。当外界的一切被摧毁时,只有内心才是最强大的,对于一个国家来说,只有最民族的东西才是最强大的。有人说,《魔戒》是第二次世界大战的映射,但托尔金本人否认这个说法,因为在第二次世界大战爆发之前,《魔戒》就已构思完成。又有人说它是托尔金在第一次世界大战时遭受的心灵创伤的延迟反应。这些说法都有一定的道理,不管它是否能与两次大战的场面一一对应,托尔金的作品恰恰呼应了积累数十年的集体无意识。伟大作家的命运常常恰恰能与时代产生共鸣,例如菲茨杰拉德(F. Scott Fitzgerald),以及前面的卡罗尔与巴里。托尔金属于特定的50年代,他用中土世界为急需民族身份重构的英国筑起一身铠甲。托尔金又超越了50年代,从此以后,英国找到了确立自身身份的新方向。经历两次世界大战之后,英国已经彻底失去了世界领导权,但从50年代以后英国一直在寻求重振帝国雄风,力量的源泉是历史。

英国向来是重视传统的民族,从托尔金开始,就更加注重强调历史的力量。在现代化竞争日益白热化的今天,各民族拼的不仅是创造力,更是民族底蕴,从这方面说,托尔金也为新的英国神话做了开天辟地的工作。值得注意的是,托尔金真正风靡世界是从美国开始的,对美国作家的影响也大大超过了对英国作家的影响。从托尔金之后,美国奇幻可以说彻底抛弃了20世纪初《绿野仙踪》(*The Wizard of Oz*)开创的美国特色,而走向了托尔金式的高奇幻。进入20世纪之后,美国处处独领风骚,但二战之后,美国也意识到历史的重要性,这也是为什么美国读者会对《魔戒》系列如此着迷,它所构建的属于英国的神话体系填补了空虚苍白的美国心灵，这也是英国唯一可以蔑视美国的力量所在吧。

第三节　找寻失落的乐土
——克里夫·斯坦普尔·路易斯与《纳尼亚传奇》

一、路易斯现象与纳尼亚王国

路易斯是托尔金的好朋友，两人是20世纪50年代英国奇幻小说领域一对耸立的高峰，都是神话级的人物。《剑桥路易斯指南》(*The Cambridge Companion to C. S. Lewis*)称他既是一个现象又是一个异常现象。① 路易斯的一生充满了传奇色彩，有许多相互矛盾出人意料的故事。他是一个优秀的基督教神学家，最初却是一个无神论者；他是个以严谨著称的学者与批评家，却创作了充满想象色彩的《纳尼亚传奇》；他心怀对天主教徒和文字学家的偏见，却最终与兼有二者身份的托尔金成为至交。②

路易斯1898年11月29日生于北爱尔兰贝尔法斯特，父亲是一个律师，家中只有他和年长三岁的哥哥两个孩子。这是一个典型的爱德华时代中产阶级家庭，父亲出身于一个威尔士农民与技工家庭，是家族中最早受过大学教育的孩子，以口才好著称，记忆力超常，能够随口引用经典文学著作。母亲具有贵族血统，是贝尔法斯特女王大学最早的一批女毕业生之一。夫妻二人都爱好文学阅读与创作，两个孩子也继承了父母的这一特点，尤其喜欢读麦克唐纳、格林厄姆、内斯比特、波特等人的作品。克里夫从小就表现出超强的观察力与独特的个性。据说他三岁的时候，母亲买了一个火车头玩具给他，店员在火车头前面系了一条丝带，小克里夫

---

① Robert MacSwain and Michael Ward, eds, *The Cambridge Companion to C. S. Lewis*, Cambridge: Cambridge University Press, 2010, p. 1.

② 路易斯在自传中写道："我来到这个世上的时候曾被暗示永远不要相信天主教徒，而我来到英语系的时候则被明确警示不要相信文字学家。托尔金两个都是。"见 C. S. Lewis, *Surprised by Joy: The Shape of My Early Life*, London: Fount Paperback, 1977, p. 173.

立即指出自己在火车站看到的火车头上没有丝带。这件事情过去不久，他就拒绝使用家里人对他的昵称“贝贝”(Baby)，自己起了个名字“杰克西”(Jacksie)，后来简称为“杰克”(Jack)，除此之外叫他任何名字都不理睬。后来他就一直使用这个自己起的名字。[①] 这种坚定地追寻事物本原的执着可以说是路易斯创作的核心精神。

路易斯的童年充满了欢乐，可惜好景不长。9 岁的时候母亲去世，父亲也深受打击，1 个月后两个孩子被送进英格兰的一所寄宿学校温亚德(Wynyard)。学校条件很差，老师不仅无能而且欺凌学生，路易斯的心灵受到很大创伤。在此期间，路易斯开始认为基督教不过是谴责他人，13 岁那年决定放弃基督教信仰。后来他又先后上了两所高中，接触了一些自然科学和社会科学的知识，更加怀疑基督教的思想。评论家唐宁(David Downing)认为路易斯的整个青少年时期都处于理智与情感冲突的状态。理性告诉他世界上的一切都毫无意义，而想象力却又不停地要去探索那些未知的世界和看不见的可能性。[②] 1917 年路易斯被牛津大学录取，两个月后就奔赴了一战战场，先是得了战壕热，后来又受了伤，只好撤回英国。复原以后，他回到学校继续学业，以优异的成绩毕业，先是顶替别人休假的职位担任哲学讲师，后来又正式受聘为教授英语语言文学的教员。

进入大学任教以后，路易斯深入阅读了各种各样的哲学著作，感到自己又回归了童年时的简单信仰。1929 年，路易斯在 30 岁的时候又回归了有神论，成为一名基督徒。他感到与牛津的基督徒同事们心意相通，尤其是托尔金，他帮助路易斯深入认识了神与神话的关系，使他渐渐跨入了探究基督教与幻想文学之关联的大门。解决了理智与情感的冲突后，路易斯进入了创作的高峰期，先后发表了 40 多部书，在三个领域都取得了杰出的成就。首先是作为牛津大学与剑桥大学的教授，他是一位出色的

---

① David C. Downing, *Into the Wardrobe: C. S. Lewis and the Narnia Chronicles*, San Francisco: Jossey-Bass, 2005, p. 2.

② Ibid., p. 12.

文学史家与批评家，代表作有《爱的寓言》(*The Allegory of Love*，1936)、《〈失乐园〉序》(*A Preface to Paradise Lost*，1942)、《16 世纪非戏剧英国文学史》(*English Literature in the Sixteenth Century, Excluding Drama*，1954)等。其次，他是一位基督教神学家和演说家，代表作有《痛苦的奥秘》(*The Problem of Pain*，1940)、《地狱来信》(*The Screwtape Letters*，1942)、《返璞归真》(*Mere Christianity*，1952)、《诗篇撷思》(*Reflections on the Psalms*，1958)等。其中《返璞归真》其实是路易斯在第二次世界大战期间的演讲集。二战期间，他通过英国广播公司(BBC)对身处战火的英国民众演讲，帮助大众消解痛苦、憧憬希望。第三便是小说家路易斯。1938 年开始，路易斯创作了科幻小说《太空三部曲》，包括《沉寂的星球》(*Out of the Silent Planet*，1938)、《皮尔兰德拉星》(*Perelandra*，1943)和《黑暗之劫》(*That Hideous Strength*，1946)。影响最大的当然是他的《纳尼亚传奇》。1950 年，路易斯发表《狮子、女巫和魔衣柜》(*The Lion, The Witch and The Wardrobe*)。在受到广大读者欢迎后，他在此后六年间，继续以故事中的纳尼亚王国为主题，每年发表一本，组成奇幻文学巨著《纳尼亚传奇》，描写了魔法王国纳尼亚的兴亡。其中 1956 年出版的《最后一战》(*The Last Battle*)一书，为他赢得英国儿童文学的最高荣誉"卡内基文学奖"(Carnegie Medal)。直到今天《纳尼亚传奇》仍然拥有广大的读者群，在全球范围内被翻译成 47 种语言，销量达到一亿册[①]，已经成为当之无愧的经典。

其实，当初路易斯准备写一部儿童故事时，很多人都感到很惊讶。因为路易斯一直是个单身汉，不像其他作家那样创作儿童故事是为了讲给自己的孩子听。他对小孩也没什么兴趣，并坦言跟孩子们在一起时总是觉得不自在，他认为这是某种性格缺陷。[②] 路易斯的传记作家威尔逊(A.

① 舒伟：《从工业革命到儿童文学革命：现当代英国童话小说研究》，北京：中国社会科学出版社，2015 年，第 373 页。

② David C. Downing, *Into the Wardrobe: C. S. Lewis and the Narnia Chronicles*, San Francisco: Jossey-Bass, 2005, p. xv.

N. Wilson)认为他的创作是源于“内心深处的那个孩子”[1]。曼乐夫认为路易斯早年丧母，变得惧怕情感、憎恨情感，因此强迫自己表现得很理性，但实际上他并非无情之人，于是便把感情都倾注到与个人无关的东西之上，例如天堂、想象的世界等。[2] 这种说法有一定的道理，如前文所述，路易斯青少年时期一直在经历理智与情感的冲突，中年以后信仰找到归宿后他的心境平和许多，压抑许久的童心因而得以释放。在 1952 年发表的《为儿童写作的三种方式》中，路易斯就指出自己写儿童故事是出于自身的一种需求，虽然他并不清楚自己的需求是什么。他说：“我不太确定是什么促使我在一生中的某个特定的年份，感到我必须写一个或者说迸发出一个童话故事，而且是面向孩子的童话故事……我 10 岁的时候偷偷摸摸地读童话故事，如果被发现会感到丢人。现在 50 岁了，我公开大胆地读。长大成人后我摆脱了那些孩子气的东西，包括对孩子气的恐惧和想长大的欲望。”其实对他来说，年龄并不是一个问题：“我身上的某个部分仍然只有 12 岁，而其他部分可能在我 12 岁的时候就已经 50 岁了。”[3]按路易斯自己的说法，《纳尼亚传奇》始于他头脑中的一系列画面。“最初没有故事，只有一些画面……《狮子、女巫和魔衣橱》就来自于这样一幅画面：在白雪皑皑的树林中，一个小羊怪打着雨伞，背着包裹，匆忙前行。这幅画面从 16 岁起就存在于我的脑海中。然后，有一天，在我四十岁的时候，我对自己说：让我来就此写个故事吧……”[4]而那时适逢二战期间，有四个女孩被安排到他在牛津的家里躲避轰炸，他就在一张纸的背面写下了这样一段话：

> 这本书是关于四个孩子的，他们的名字分别是安妮、马丁、罗丝、

---

① A. N. Wilson, C. S. Lewis: A Biography, New York: Norton, 1990, p. 221.

② C. N. Manlove, *Modern Fantasy: Five Studies*, Cambridge: Cambridge University Press, 1975, pp. 100—102.

③ C. S. Lewis, “On Three Ways of Writing for Children”, *Essay Collection*, ed. Lesley Walmsley, London: Harper Collins, 2000, pp. 507—510.

④ C. S. Lewis, “It All Began with a Picture”, *Essay Collection* , ed. Lesley Walmsley, London: Harper Collins, 2000, p. 529.

彼得，但主要是关于最小的孩子彼得的。他们不得不突然离开伦敦，因为空袭，也是因为在部队的爸爸去前线了，妈妈也在做一些与打仗相关的事情。他们被送到妈妈的一个亲戚家，是个老教授，独自一人在乡下居住。[①]

与托尔金一样，路易斯直到十年以后才告诉朋友他在写一部内斯比特风格的故事。由此可见，路易斯创作以儿童为主人公的故事与他是否接触儿童没有关系，他只是要表达内心深处的一种深切渴望。这与评论家马克斯·克拉奇(Marcus Crouch)的观点不谋而合："没有儿童文学这一说法，那不过是为商业目的而创造的一个概念……作者只是在写出内心深处必须表达出的东西，这些东西有时候会打动年轻的心灵，有时候不会。"[②]路易斯的作品显然不仅成功地打动了年轻的心灵，也打动了成熟的心灵。实际上，虽然路易斯声称是在创作一部内斯比特式的作品，他的孩子们与内斯比特的孩子们完全不同。本章第一节已经提到二战后的儿童与战前的儿童形象大不相同。内斯比特故事中的孩子们只是出于对家庭的爱或者无聊而去冒险，而《纳尼亚传奇》中的孩子们却要承担起拯救世界的重任。从根本上说，"路易斯是想让这些孩子们像成人一样行动"[③]，他们不仅是经历冒险的孩子，还是纳尼亚的至尊王，不仅要拯救这个国家还要管理它。所以从严格意义上来讲，虽然《纳尼亚传奇》为广大儿童所喜爱，它与托尔金的《魔戒》一样，并不是传统意义上的儿童文学，而是一部重建秩序的寓言。

二、《纳尼亚传奇》与王权重建

《纳尼亚传奇》最引人注目的除了神奇的纳尼亚第二世界外就是它的

---

① Roger Lancelyn Green and Walter Hooper, *C. S. Lewis: A Biography, Revised Edition*, London: Harper Collins, 2002, p. 303.

② Marcus Crouch, *The Nesbit Tradition: The Children's Novel in England 1945—1970*, London: Ernest Benn Limited, 1972, p. 7.

③ C. N. Manlove, "The Narnia Books", *Bloom's Modern Critical Views: C. S. Lewis*, Harold Bloom, ed. New York: Chelsea House Publishers, 2006, p. 85.

宗教寓意了,虽然路易斯一直强调自己从没打算在故事中表现基督教的主题或教义。对于故事的核心形象狮子阿斯兰以及七部曲的安排,他都声称是出于偶然,随心而动。最初开始写故事的时候根本就没有狮子的概念,后来不知怎么狮子就出现在故事中,而后又围绕它写了六部。他不止一次地说过:“我完全不可能那样写(指按基督教寓言方式),那个元素是自己挤进来的。”[①]对于作家本人的这种说法,我们大概还是只能用荣格提出的集体无意识来解释,即伟大的作家头脑里有一种原始的意象,他的身上承载了集体的无意识冲动,因为不管是普通读者还是评论家都能轻而易举地找到作品的宗教含义。

第一部《狮子、女巫和魔衣橱》讲述了佩文西家四个兄弟姐妹彼得、苏珊、爱德蒙和露茜在一位老教授家做客,无意中发现衣橱后隐藏着一个神奇的魔法王国。这里的居民有羊怪、海狸、矮人、树精……但在阿斯兰离开纳尼亚期间,这个国家被一个邪恶的白女巫占领。她压迫纳尼亚的居民,将其置于永恒的冬季之中。羊怪图姆纳斯曾冒着生命危险救过露茜,海狸一家也帮助他们兄妹逃脱白女巫的追杀。爱德蒙受白女巫土耳其软糖的诱惑,一度背叛过自己的兄妹。后来,阿斯兰伴随着圣诞老人来到纳尼亚,他宽恕了爱德蒙的错误,并代替他冒死接受女巫的惩罚,但却在古老魔法的力量下重新复活。正义战胜了邪恶,白女巫被彻底击败,四个孩子成为纳尼亚王国的国王与女王。多年后,他们在打猎时无意中穿过衣橱,重新以孩子的身份回到自己的世界。故事的基本模式是神话的预言模式,有一个古老的预言,亚当和夏娃的孩子会来拯救这个世界。如果说爱德蒙受女巫诱惑的情节与旧约中夏娃受到蛇的引诱偷吃禁果的情节只是有些许相似,那么阿斯兰宽恕爱德蒙、代他受罪、随后复活的情节则与耶稣基督的形象完全一致了。不仅如此,狮子阿斯兰既是上帝本人,又是圣子,也是圣灵。

① C. S. Lewis, “Sometimes Fairy Stories May Say Best What's To Be Said”, *Essay Collection*, ed. Lesley Walmsley, London: Harper Collins, 2000, p. 527.

在第六部《魔法师的外甥》(*The Magician's Nephew*)一书中,路易斯详细描述了纳尼亚王国诞生的经过。故事主人公是男孩迪格雷和女孩波莉,他俩误入迪格雷舅舅安德鲁的实验室,安德鲁是个蹩脚而自私的魔法师。为了实验自己的魔法,他利用魔法戒指把迪戈雷和波莉送到一个神秘的树林,这里可通往各个世界。通过戒指的魔力,两个孩子又到达了一个濒死的世界——恰恩城。迪格雷出于好奇,唤醒了邪恶的女巫——简蒂丝女王。女巫曾用灭绝咒使恰恩王国变成荒凉的城市,并灭绝了那里所有的活物。她跟随两个孩子到了伦敦。安德鲁舅舅在她面前吓得直哆嗦,甘心做她的奴仆。为了不让她继续在城里为非作歹,两个孩子又把她带到另一个世界。安德鲁舅舅、马车夫和他的老马也跟随而去。在这个世界里,他们目睹狮王阿斯兰创造了万物,建立了一个全新的国度——纳尼亚王国:

> 在那片辽阔的大地上,狮子来来回回地踱着步,嘴里还一边唱着他的新曲儿。比起唤醒太阳和星星的那首歌,这首歌轻柔欢快多了。他边走边唱,那潺潺流水般的歌声唱绿了山谷。青青碧草从他身边一路铺展,犹如一池绿水,泛起波浪,涌上山坡。没几分钟的时间,青草就爬上了远山的矮坡,将这个新生的世界点缀得更加柔美。这时,轻风掠过草地,发出沙沙的响声。不一会儿,草地旁又有了新玩意儿。高坡上长出了石楠花,郁郁葱葱一片。山谷中出现了一片片长满毛刺而又坚挺的绿色植物。直到它出现在迪格雷身边时,他才看清楚那植物长什么样。这东西小小的,又尖又长,身上长出几十支绿色的手臂。它不断往上窜,每两秒就能长高一英寸。这时,他周围已经长出了几十棵。当它们长得和他一样高时他才恍然大悟。是树!……你能想象一片草地像水在锅里那样冒泡吗?这样描述当时的情景再恰当不过了。草地上四处冒出土丘,大小不一。有的只有鼹鼠丘那么大,有的和独轮车一样大,其中两个跟小棚屋差不多大。这些土丘不断移动,越胀越大,最后彻底炸开,泥土四溅。每个土丘里都钻出一只动物……现在,你几乎听不见狮子的歌声了,满耳充斥着乌

鸦哇哇叫、鸽子咕咕叫、公鸡喔喔叫、驴嗯啊叫、牛哞哞叫、羊咩咩叫、狗的嚎叫声和汪汪声、马的嘶鸣声、大象的吼叫声……他碰过的动物会立刻离开自己的群体,跟在他后面。最后,他停下脚步,跟在后面的动物站在他身边围成一个圈。而他没有碰过的动物则四下散开,叫声逐渐消失在远方……这时,一个陌生、低沉、粗犷的声音响起:"纳尼亚,纳尼亚,纳尼亚,醒来吧。爱吧,想吧,说吧。树木走动,动物说话,水域神圣。"[1]

熟悉《圣经》的人很容易就把阿斯兰与上帝联想到一起。至于为什么到第六本才出现创造纳尼亚的内容,评论界认为这可能是出于叙事悬念的安排。关于这七本书的安排,西方评论界一直存在争议。按照出版顺序应该依次是《狮子、女巫和魔衣橱》(1950)、《凯斯宾王子》(*Prince Caspian*,1951)、《黎明踏浪号》(*The Voyage of the Dawn Treader*,1952)、《银椅》(*The Silver Chair*,1953)、《能言马与男孩》(*The Horse and His Boy*,1954)、《魔法师的外甥》(1955)和《最后一战》(*The Last Battle*,1956)。但如果按照内容,第六部《魔法师的外甥》应该排在第一位,然后依次是《狮子、女巫和魔衣橱》《能言马与男孩》《凯斯宾王子》《黎明踏浪号》《银椅》《最后一战》。不管按照哪种顺序,基督教神学研究都找出了这七本书与《圣经》之间的诸多关联,尤其是"七"这个数字的安排,被指代表七宗罪、七德行、七圣礼等。迈克尔·沃德(Michael Ward)更是发现了《纳尼亚传奇》与中世纪星相学的对应关系,指出《狮子、女巫和魔衣橱》对应木星、《凯斯宾王子》对应火星、《黎明踏浪号》对应太阳、《银椅》对应月亮、《能言马与男孩》对应水星、《魔法师的外甥》对应金星、《最后一战》对应土星。[2] 可以说,不管路易斯有意还是无意,纳尼亚的世界与托尔金的中土世界一样,都是一个宏大的神话世界,其主旨思想是恢复正义

---

① [英]克里夫·路易斯:《魔法师的外甥》,张茗译,沈阳:万卷出版公司,2014年,第88—97页。

② Michael Ward, *Planet Narnia: The Seven Heavens in the Imagination of C. S. Lewis*, Oxford: Oxford University Press, 2008.

必定战胜邪恶的古老信念，这与20世纪50年代的时代精神完全一致。在风格上，相比托尔金的古老语言创造，路易斯比较平易近人。他的神学著作广受欢迎的原因就在于他与学者们常用的系统却刻板的说教风不同，而是像老朋友一样，把基督教义中的深邃思想娓娓道来。如果说《魔戒》系列黑暗压抑、让人饱含敬畏之心，《纳尼亚传奇》则温暖阳光，连黑暗势力都是白色的。同样，在特殊历史时期构建新的民族特性方面，《纳尼亚传奇》不像《魔戒》那样力图构建属于自己的神话，而是在故事中蕴含了王权重建的概念。阿伦·雅各布（Alan Jacob）认为纳尼亚传奇七部书可以看作一个完整的故事，而这个故事就是“真正的国王不被承认，于是忠于他的人努力赶走篡位之人，夺回或者保卫王权”[①]。在这一点上，想象的纳尼亚世界与现实的英国非常相似。现实中的英国遭受战争的创伤，失去了往日的一切，故事中的纳尼亚被邪恶势力控制，失去了往日的生机，但在阿斯兰的指引下，一切都恢复了原样，对现实世界的隐喻不言而明。

开篇之作《狮子、女巫与魔衣橱》的故事就是讲阿斯兰的王国如何失而复得的。在故事一开头，四个孩子进入纳尼亚，发现图姆纳斯先生已经被捕，地上的字条最后写道“女王万岁”，露茜当时就指出“她根本就不是真正的女王”。后来他们问到阿斯兰是谁时，海狸先生告诉他们：

> 阿斯兰？你们不知道吗？他是国王。他是整个森林之王，但是不常在这里。我这辈子没看到他，我父亲那一辈也没看到。但是有消息说他已经回来了。他现在就在纳尼亚。他会修理白女巫。[②]

这就为全篇定下了基调：白女巫是篡位者，阿斯兰是真正的王，孩子们要帮他夺回王权。故事也的确是照此线索发展的。《凯斯宾王子》讲的

---

① Alan Jacob, “The Chronicles of Narnia”, *The Cambridge Companion to C. S. Lewis*, eds., Robert MacSwain and Michael Ward, Cambridge: Cambridge University Press, 2010, p. 274.

② C. S. Lewis, *The Lion, The Witch and The Wardrobe*, Glasgow: Fontana Lions, 1982, p. 75.

是四兄妹回到自己的世界一年后,在火车站等车时忽然感到有股特殊的力量将他们拉进纳尼亚。原来自从他们离开纳尼亚后已经过去了 1300 年。纳尼亚原国王的弟弟弥若兹杀害了兄长篡夺了王位。在他的残暴统治下,所有会说话的动物和精灵们都隐藏起来了。老国王的儿子凯斯宾王子逃离王宫,在森林里找到了纳尼亚的老居民,并得到他们的支持。正邪双方展开激战。王子在寡不敌众的时候吹响了苏珊的魔法号角,将四兄妹唤回这个世界帮助他们。他们领导纳尼亚的动物和精灵们战胜了邪恶的国王,凯斯宾王子继承了王位,纳尼亚又恢复了以往的生机勃勃。彼得四兄妹又重返自己的世界。同样的主题:弥若兹是篡位者,凯斯宾是真正的王,孩子们帮他夺回了王权。

在整个系列中《能言马与男孩》的故事相对独立,与纳尼亚的关系不大,但仍然重复了相同的主题。故事发生在四个孩子统治纳尼亚的时期。少年沙斯塔发现自己将被他的养父卖给一个凶恶的卡乐门贵族为奴隶。夜里,他和贵族的战马步锐一起逃跑。步锐原是纳尼亚会说话的马。沙斯塔和它一起逃往纳尼亚。途中,他们遇到了贵族少女阿拉维斯和她会说话的母马赫温。阿拉维斯是为了不满包办婚姻而逃跑的。于是他们四个便结伴而行。途中,他们历尽艰险,还得知卡乐门王子拉巴达什在向苏珊女王求婚被拒之后,试图突袭阿钦兰的安瓦德城,然后再进攻纳尼亚。在狮王阿斯兰的帮助下,他们骑马飞奔报信,最后,沙斯塔拯救了纳尼亚和阿钦兰。胜利后,沙斯塔发现自己是阿钦兰王子,原名科奥,自幼被居心不良的叛徒偷走,后被渔夫所抚养。他后来继承了阿钦兰王位,并与阿拉维斯结婚。虽然这个故事不是四个孩子帮助正统的王夺回王权,但它仍然是关于被篡夺了合法位置的王重归王权的故事。这些故事从某种程度上也可以看作是对英国王位争夺历史的影射。而《黎明踏浪号》则可以看作是英国海外殖民地的领土权之争。在故事中,孩子们跟随凯斯宾国王出航寻找被叔叔驱逐的骑士们,一路上经过了各种神奇的岛屿,最终重新确立了对"孤独群岛"的统治权。

纳尼亚王国不只是人的王国,它是各种神奇生物的王国,那么篡夺王位的就不仅仅是人，还可能是各种邪恶的精灵。在《银椅》中，凯斯宾国王的独子瑞廉王子被蛇精用魔法控制，每天只有夜间一个小时的清醒时间，但这时蛇精把他捆在银椅中，用魔法控制他。尤斯塔斯和吉尔依靠阿斯兰的力量，历尽艰险终于解救出了王子，带他回到了纳尼亚。《最后一战》的篡位者则是一只无尾猿。一只无尾猿无意中拣到一张狮子皮，便劝诱头脑简单的驴子披上狮皮，假扮阿斯兰，控制纳尼亚的生物。国王蒂莲为了解救纳尼亚的生灵，并揭穿无尾猿的诡计而成为无尾猿和卡乐门人的俘虏。他向阿斯兰呼救，唤来了尤斯塔斯和吉尔。他们救出蒂莲国王，并带领独角兽等忠诚的动物和卡乐门军队、反叛的野兽以及矮人们展开战斗。但此时残酷的异教塔什神已经来到纳尼亚。尤斯塔斯被俘，在寡不敌众的情况下，蒂莲国王躲进马厩，却发现彼得、爱德蒙、露西、尤斯塔斯、吉尔和恢复了青春的迪戈里、波莉以国王和女王的身份站在他的面前。雄狮阿斯兰出现了，“时间”巨人醒来，世界末日的号角已被吹响，黑夜笼罩纳尼亚，纳尼亚终于被毁灭了。阿斯兰带领所有信仰他的生物穿过一道门，来到了他的王国。阿斯兰告诉露茜，他们其实都已经在火车事故中死去。老纳尼亚中一切重要的东西以及可爱的动物，都已经由这扇门进入真正的纳尼亚。过去出现过的人物都在这里。从此，他们在新的纳尼亚过着幸福的生活。一切终将回归本源，只要相信阿斯兰，就会有永远的诺亚方舟。

通过不断重复的故事情节，路易斯导演了一部部王者归来的大戏。无独有偶，这也正是《魔戒》系列最后一部的题目。托尔金和路易斯都是经历了两次世界大战的作家，现实在他们面前被炸得粉碎，这也是千千万万同他们一样的人的命运。在如此恐怖的现实中，要想找到未来的路，只有远离眼前这个破碎的家园，回到古老的历史中去寻找力量，于是他们相约创作了宏大的史诗性幻想故事。中土世界与纳尼亚看似与现实世界毫不相关，实际上却息息相关。制造了两次世界大战的人类已经彻底迷失了自我，沦为各种欲望的奴隶，要想看清庐山的真面目，必须走出庐山，飞越第一世界，到第二世界去反思人性。托尔金描绘了面对强大的权力谁都无法克制的拥有欲与控制欲,路易斯展现了贪食、色欲、贪婪、懒惰、傲慢、暴怒、嫉妒等生活中无处不在的罪恶。看清了这些罪恶,我们也就重获了信仰,得到了重生的机会。

两位伟大渊博的学者朋友分别用自己的方式在表述时代的恐惧与反思,并试图指出未来发展的道路。同时,作为牛津大学与剑桥大学的教授,他们也深刻影响了新一代的年轻作家,如艾伦·加纳(Alan Garner)、佩妮洛普·利弗里(Penelope Lively)、苏珊·库珀、戴安娜·韦恩·琼斯等。这些作家50年代都在牛津读大学,亲耳聆听了两位教授的讲座,毕业后他们很快就在文坛崭露头角。他们直接从两位大家那里汲取营养,作品中有很多意象和情节可以说直接取自《纳尼亚传奇》与《魔戒》。更为重要的是,两位作家为后世作家们建立起了一个典范的模式,即高奇幻(high fantasy)或称文类奇幻(genre fantasy)。它的典型特点是:完整的第二世界;丰富的神话与魔法意象;善恶争斗的英雄历险主题。从19世纪60年代开始到20世纪50年代,历经百年,奇幻这种独特的艺术形式脱胎于民间故事与童话故事,吸收了现代小说技巧,终于确定了自己的主题与模式,成为一个独特的文类。

50年代也是电视媒体大发展的时代。电子媒体的介入促进了小说的传播与影响。两位大师作品的热卖客观上为奇幻小说的发展打开了商业与文化市场,不仅为作家创作构建了写作范式,也为公众阅读进行了知识储备,形成了突出的文类标识。《剑桥奇幻文学指南》提出:“1955年之后,奇幻小说家们再也不用通过梦境、旅行家故事来解释自己创造的世界了,也不用非得想法与我们的现实世界连接了。”[①]著名评论家安特贝瑞(Brian Attebery)认为托尔金将神话、民间传说以及他自创的东西巧妙地融合在一起,为后世的奇幻作家做好了“预编码”工作[②],这些知识成为阅

---

① Edward James and Farah Mendlesohn, eds., *The Cambridge Companion to Fantasy Literature*, Cambridge: Cambridge University Press, 2012, p. 65.

② Brian Attebery, “Fantasy and the Narrative Transaction”, *Style* 25.1 Spring (1991), p. 34.

读此类作品的预设，指的正是这层含义，它是了不起的文化遗产。从此以后，现代奇幻小说作为一股强劲的文学潮流逐渐从文学的边缘向中心靠拢。

第五章 在历史与现实之间穿梭
——70年代

第二次世界大战之后，世界格局发生了重大的变化，60年代之后整个西方世界都进入了多元文化时代，并且随着科技的发展速度进一步加快，社会文化也处于不断的变化之中，很难具体地划分出典型的时期。本章以70年代为核心，整体描述60、70、80年代三十多年间的主要特点，力图归纳出相对突出的时代特色。这一时期的主要历史事件是冷战，英国夹在美、苏两个超级大国中间，一方面继续通过构建神话打造独特的英国民族性，一方面又不得不接受移民人口的涌入与异质文化的到来。这种两面性不仅影响了主流文学创作，在奇幻小说领域的表现甚至更为突出。

第一节 冷战思维下的心理抵抗

路易斯和托尔金这一代人是作为成年人经历了两次世界大战的，他们遭遇的是实实在在的战争的残酷，感受到的也是可以触摸的恐惧与勇气。而对于战后成长起来的新一代人来说，第二次世界大战是童年的梦魇。为了躲避轰炸，年幼的他们必须背井离乡，战时物资短缺，生活条件一落千丈，家已经不再是一个温暖恒定的存在。作为儿童的他们不能理解为什么慈爱的父亲突然就消失了，为什么和蔼的母亲无缘无故就会情绪失控，为什么突然间熟悉的生活环境变成了陌生的异域他乡。作为儿童的他们当然也无力改变这种情况。这一切都变成了心理创伤，伴随着他们长大。七八十年代的主要作家们很多都写过散文、回忆录、自传等回忆童年时的战争体验，例如苏珊·库珀的《黎明的恐惧》(*Dawn of Fear*, 1970)，艾伦·加纳(Allan Garner)的《汤姆·费波的时光》(*Tom Fobble's Day*, 1977)等。他们的创作也不可避免地会受到这些心理状态的影响。

这种童年的心理创伤并没有随着第二次世界大战的结束而得到了治愈的机会。相反，却因为冷战的爆发而进一步恶化。冷战指 1945 年第二次世界大战结束至 1991 年苏联解体之间，以美国为首的西方集团(即北大西洋公约组织的成员国)和以苏联为首的东欧集团(即华沙条约组织的成员国)在政治和外交上的对抗。"冷战"这个术语通常被认为是美国参议员伯纳德·巴鲁克(Bernard Baruch)于 1946 年初在一次演说中提出来的。同年 3 月 5 日，英国首相丘吉尔访问美国，在富尔顿做了关于"铁幕"的演讲，公开攻击苏联的扩张，认为"一幅横贯欧洲大陆的铁幕已经降落下来"，主张英、美结成同盟，英语民族联合起来，制止苏联的"侵略"。这一演讲和使用的"铁幕"一词，立即引起了国际社会的关注，苏联对此反应强烈，美国朝野也受到很大的震撼，但杜鲁门总统很高兴。1947 年 3 月 12 日他在国会正式提出遏制共产主义的主张，史称"杜鲁门主义"，这标志着美国等西方国家对苏联等社会主义国家正式推行冷战政策。1947 年 9 月，美国政论家沃尔特·李普曼(Walter Lippmann)出版了《冷战》(*The Cold War*)一书，并连续发表了一系列鼓吹"冷战"的文章，从此，"冷战"术语广为流行。关于冷战的起源，学术界一直众说纷纭，有意识形态说、国家利益说、文化差异说、英国急先锋说、核武器威胁说等。不管它的具体起源是什么，表面上看对抗的主体是美苏，实际上这是另外一场延续了四十多年的没有硝烟的世界大战，东西方两个阵营在经济、哲学、文化、社会和政治立场方面都一直处于严重对立的状态。

英国作为冷战的始作俑者[①]和欧洲的领头羊，对冷战的推动作用不

---

① 有一种说法是英国为了自己的利益故意挑拨美苏矛盾。冷战问题涉及的因素十分复杂，至少从时间上冷战是从丘吉尔的铁幕演说开始的，此处意在强调冷战对英国的全面影响。

可忽视，反过来冷战对英国社会的影响也极其深刻。政府指责东方不民主、极权主义，散布东方威胁论，民众心中充满了恐慌情绪。从二战结束同盟军解散后英苏之间就一直间谍战不断，1945 年到 1950 年发生了“剑桥间谍案”；1960—1971 年苏联 27 名外交官遭到英国驱逐；1971 年又有 105 名驻英苏联外交官因涉嫌从事间谍活动遭到英国驱逐[①]。间谍事件不仅是军事与外交事件，间谍的独特性就在于其隐蔽性，这就迫使每个人对周围的一切都保持高度的戒备与拒斥心理，这是对内心安宁的极大破坏。其实在二战期间，英国媒体就对国内民众大肆宣传过“第五纵队”的可怕，发布的宣传画中描述愚蠢多嘴的英国人在公交车、咖啡馆甚至电话中与密友交谈时无意中就泄露了军事机密，全然不知自己的同伴其实拿着敌人的工资。

冷战思维下的英国社会充满了冰冷的恐惧。经济形势也同样让人心寒，经济停滞、通货膨胀、失业率高居不下。50 年代早期英国的制造业还能占到全世界的五分之一左右，到 60 年代就只剩下十分之一，并且在持续下降中。1974 年通货膨胀率已经达到了近百分之三十。而工人却在不断地罢工要求涨工资，1972 年的煤矿工人大罢工几乎让整个国家陷入紧急状态。外来的移民群体中也不断地发生暴动[②]，更加加剧了人们对一切事物的恐惧心理。文学史家布拉德伯里称 70 年代为“冰时代”，是对这种社会状态的精准描述。相对于战争造成的“热恐惧”，这种无形的恐惧更为可怕，因为敌人无处不在却又无踪无迹，而你又完全无能为力，就会形成富兰克林那句名言所反映的状态：我们最害怕的是害怕本身。我们害怕自己害怕，从而失去抵抗的勇气与能力，心理学上称之为解离(Dissociation)，即当一个人感到彻底的无能为力，任何形式的抗拒也已经无望时，他可能会进入屈服放弃的状态，自我的感觉通道全部停顿关

---

① 陈兵：《冷战与英国小说创作》，《黑龙江社会科学》，2013 年第 1 期，第 129 页。

② 以上数据来自 Michael Nevin, *The Age of Illusions: The Political Economy of Britain, 1968—1982*, New York: St. Martins, 1983.

闭[①]。文学必定也必须要反思这些社会现象，关于极权恐惧的故事有奥威尔的《一九八四》《动物农庄》，间谍小说有著名的 007 系列。实际上二战后间谍小说成为一种极受欢迎的通俗文学，陈兵认为它的繁荣“反映了英国民众对大英帝国往日荣光的怀念，特别是邦德的神勇和机智无疑再次激发了英国民众的民族自豪感和自信心”[②]。当主流精英文学致力于批判和揭露的时候，通俗文学总是在力图安抚大众，寻求出路。奇幻小说的方式则是沿着托尔金和路易斯开创的道路，在第二世界中探寻这些心理上的不安全感与抵抗的路径。戴安娜·韦恩·琼斯曾经这样描述她的创作动因：

> 我写这种书是因为我五岁的时候，整个世界突然疯了……我那时知道的是全世界充满了战争的暴力和疯狂，还有后来的冷战，表面上理智到冰凉，实际上更疯狂。这个世界本质上是不稳定的，我从来都是这个感觉。我想这就是我为什么倾向于写多元世界的故事。[③]

琼斯写出了所有作家的心声，曼乐夫与巴特勒(Charles Butler)等评论家对这一时期主要作家的描述中都认为他们或多或少地反映了战争造成的不确定心理，包括加纳、利弗里、梅恩(William Mayne)、韦斯特(Robert Westall)、库珀、琼斯等。影响最大的无疑是库珀与琼斯。库珀继承了托尔金的神话传统，更加具体地扎根于盎格鲁-撒克逊民族神话中构建黑暗与光明的对立，同时她还将内斯比特的传统与托尔金的传统相融合，使主人公在历史与现实之间穿梭。艺术手法上也更加注重人物的心理刻画与细节描绘，语言风格更是充满了诗情画意。琼斯的创新则更进一步，她以颠覆一切的风格来描绘主人公的寻心之旅。

---

① [美]朱迪思·赫尔曼：《创伤与复原》，施宏达，陈文琪译，北京：机械工业出版社，2015年，第 8 页。

② 陈兵：《冷战与英国小说创作》，《黑龙江社会科学》2013 年第 1 期，第 130 页。

③ Diana Wayne Jones, "Birthing a Book," *The Horn Book* (July/August 2004), pp. 389—390.

第二节 战胜恐惧
——苏珊·库珀与《黑暗在蔓延》

一、库珀与威尔士情结

苏珊·库珀1935年生于英国白金汉郡,距离伦敦不到23英里。库珀四岁时第二次世界大战爆发,她的家恰好在一条主铁路线和炮位附近,常常遭到轰炸。她可以清晰地听见德军空袭的声音,轰炸声使得整个世界都摇摇欲坠,直到库珀十岁时二战才正式结束。库珀和弟弟在德军轰炸的阴影下长大,这段人生关键时期感受到的慌乱、恐惧与迷惑成为她记忆深处不可磨灭的印记,在回忆录中她曾经写道:"我知道我的想象力,还有一切潜意识里坚持的东西都是由儿时的战争体验塑造出来的。"[①]在自传体小说《黎明的恐惧》中,她细致地描绘了许多战争的细节。

库珀十岁时,两次世界大战的创伤让她的父亲患上了抑郁症,差点自杀,是想到家人他才终止了轻生的念头。家是他的避难所,对于苏珊显然也是,在她创作的小说中,温暖的家的意象是反复出现的意象,虽然它经常会遭受袭击。写作给予了库珀治愈创伤的力量,而她描写的不仅仅是个人的小家,更是整个民族的精神家园。与托尔金以北欧神话为基础自创一套宏大的神话体系不同,库珀从英国本土的亚瑟王传奇与威尔士风光中撷取素材,更加体现出独特的英国性。这也与她童年的经历密不可分。库珀认为作家们都由人生的某个特殊阶段所控制,可以是任何一个阶段,在这个阶段中,"所有的情感、所有听到的看到的东西都像海绵吸水

① Susan Cooper, *Dreams and Wishes*, *Essays on Writing for Children*, New York: McElderry, 1996, pp. 138—139.

一样被猛烈地吸入头脑中，永远不会离去”①。对库珀来说，这个特殊的阶段就是四到十岁的这个特殊的战争时期。库珀小的时候经常生病，他们一家人夏天通常在威尔士度假。白金汉郡的家充满了喧嚣与骚动，而在威尔士，她找到了自己的根。在《我与威尔士》中，她说自己完全被它迷住了，迷上了它的山川、海岸和村庄，就跟中了魔咒一样。在这里她找到了归属感，自己的地域、自己的种族的感觉，因而慢慢倾向于自己独特的神话、传说和异质性，这是威尔士对于英国的意义。“几百年来一个又一个种族在这些岛屿上繁衍生息，他们不断地被嗜血的侵略者们往西驱赶，而威尔士是我的祖先们被赶回去却从来没被赶出去的地方，因此它就是家。”②

威尔士就是英国的大后方，它的历史比英格兰更加古老。公元前1000年时，就有凯尔特人从欧洲大陆中部来到这里。凯尔特文化在欧洲曾经盛极一时，凯尔特神话广泛流传，在欧洲与希腊神话与北欧神话并列，其中流传最广的就是亚瑟王传奇，而亚瑟的名字一般认为最早出现于公元594年左右的威尔士诗歌中。相传亚瑟是国王尤瑟和康沃尔公爵之妻伊格莱因的私生子，从出生后就被尤瑟王托付给魔法师梅林抚养，长大后因拔出了无人能拔出的石中之剑被奉为国王。后来在抵抗日耳曼人入侵的斗争中，亚瑟率领各部落在名为巴顿山之役的交战中一举击溃敌人，成为一个传奇人物。后来亚瑟的形象随着传说故事的演进而不断地变化，最后成为统治不列颠之王，并衍生出了圆桌骑士、圣杯的传说、亚瑟王之死等一系列故事。“亚瑟王传奇”一直令英国人引以为傲，使他们缅怀昔日的光辉。在库珀的《大海之上，巨石之下》(*Over Sea, Under Stone*)中梅里舅公就是梅林的化身，他带领孩子们到达住处后，告诉他们“现在你们在康沃尔了，真正的康沃尔。眼前就是罗格里斯”，西蒙没搞懂罗格

① Susan Cooper, “My Links with Wales,” in *Loughborogh' 83: Proceedings of the 16th International Seminar on Children's Literature*, ed. Frank Keyse, Aberystwyth: College of Librarianship, 1983, p. 80.

② 同上。

里斯的意思，但崇拜亚瑟王的巴尼却明白，他告诉西蒙他的意思是“西方之地”，是康沃尔在亚瑟王时期的名字，之后作者插入了一段抒情的文字：

> 从开始认字读书起，巴尼最崇拜的英雄就是亚瑟王和他的圆桌骑士们。在他的梦里，他经常作为圆桌骑士的一员参加一些想象中的战斗，拯救美丽的贵妇人，杀死背信弃义的恶骑士。他一直盼望着来到西部乡村，这给他一种奇怪的感觉，觉得从某种意义上它是在回归家园。①

库珀借故事人物的感受表达的实际上是她自己的感受，也是千千万万英国人的感受。威尔士不仅是亚瑟王故事发源的地方，也是它逐渐形成神话的地方。相对于英格兰的繁荣与都市化，威尔士在自然景致、风土民情及语言文化方面显得纯朴与乡村化。威尔士拥有不受污染的自然美景以及千变万化的地理景观，境内处处是原乡之美，有三座国家公园，数百座城堡，巍峨的护城墙与幽深的地下秘道，正好成为孕育出公主王子、巫师及飞龙等神话故事之摇篮。很多获奖奇幻小说的背景都设置在威尔士，例如艾伦·加纳的《猫头鹰恩仇录》(*The Owl Service*)、劳埃德·亚历山大(Lloyd Alexander)的《至尊王》(*The High King*)、库珀的《灰国王》(*The Grey King*)等。一位美国教师亲身到威尔士感受后，描写道：

> 从伦敦乘车奔波一天后，到达威尔士的当天晚上我就着魔了。隐约可见稀稀落落的村庄，门前灰色的石墙沐浴在水银蒸汽灯散发出的神秘黄光中，与高低起伏嶙峋陡峭的山峰一起，唤起了我对这片未曾谋面过的土地的遐想。过去的村庄、过去的岁月，越过山川、越过时光，越过内心的犹疑，使我忘记了成年人的理性，回到了孩提时代，坚信在我的世界之外还有另外的世界存在。继续向北探索，这种魔法的气息更加浓厚，因为在北威尔士这一英国的角落里，过去就是现在，从人们脸上就能看到她丰富悠久的历史。我感到遥远的山川

---

① [美]苏珊·库珀：《大海之上，巨石之下》，姚翠丽译，长沙：湖南少年儿童出版社，2008年，第7页。

湖泊和历经风霜雨打的荒凉海岸能够放飞我的想象力①。

作者感叹，也许加纳、库珀、亚历山大等作家们感受到的是同样的魔力，把他们与威尔士紧紧地联系在一起。库珀对威尔士的热爱与家族的基因有一定的关系。她的外祖母就是威尔士人，住在北威尔士，库珀一家夏天总是在外祖父母家度假。上大学后，父母从英格兰搬到了外祖母的村子居住，库珀仍然是威尔士的常客。她曾经说过："我当了作家也许是因为我外婆的威尔士血统，那些凯尔特的祝福常常变成文字或者美妙的旋律。"②库珀的外祖父酷爱诗歌，喜欢在家庭聚会上让孩子们背诵诗歌。库珀的母亲脑子里装满了丁尼生（Alfred Tennyson）、布朗宁（Robert Browning）以及浪漫主义诗人的作品，而她的父亲则是一名业余钢琴家，爱好音乐和诗歌，经常会朗诵济慈的《妖女无情》（*La Bell Dame Sans Merci*）。儿时的库珀背诵了大量的诗歌，在诗歌方面很有造诣，对她来说，"诗歌与幻想一样，隐喻就是它的语言"，而她自己本质上是一个"用散文创作的诗人"③。《黑暗在蔓延》系列的语言风格就如诗如画，各种预言也基本都是以民谣的形式呈现。

除诗歌外，儿时的库珀也读过很多小说。外祖父会向她推荐自己喜爱的小说家，她读过狄更斯、内斯比特、兰塞姆（Arthur Ransome）、吉普林（Rudyard Kipling）、史蒂文森（Robert Louis Stevenson）、梅斯菲尔德（John Masefield）等许许多多作家的作品。库珀说自己"是一个害羞的小书虫，大家送的圣诞礼物都是书……她读过神话、童话、传说、民谣，手边有什么就读什么"④。这些都对她日后的创作积累了丰富的素材和素养。十岁时，库珀就已经为邻居的木偶剧团创作了三个剧本、一个童话故事，

① Barbara Z. Kiefer, "Wales as a setting for children's fantasy", *Children's Literature in Education*, 13.2 (1982), p. 95.

② Susan Cooper, " Susan Cooper," *Something about the Author Autobiography Series*, vol. 6, ed. Joyce Nakamura, Detroit: Gale Research, 1988, p. 69.

③ 同上书，p. 168.

④ Susan Cooper, "Susan Cooper", *Children's Books and Their Creators*, ed. Anita Silvey, Boston: Houghton Mifflin, 1995, p. 168.

还与另外一个小孩合作为一个周报写东西。高中毕业后，库珀进入牛津大学萨默维尔学院，就读英语专业，1956 年大学毕业。在校期间，她亲耳聆听过路易斯与托尔金的课，也读过《魔戒》系列，与当时的学生们一起期待续集出版。这期间，她还沉迷于《贝奥武甫》《仙后》《亚瑟王与高文爵士》《亚瑟王之死》等经典文本，写过关于莎士比亚的论文，发表了一篇短篇小说，并成为牛津大学学生独立创办的报纸有史以来的第一位女编辑。毕业之后，库珀先后在伦敦的《星期日快报》(*Sunday Express*)和《星期日泰晤士报》(*Sunday Times*)任职，1963 年移民美国。在此期间，因为不满报纸对文字严格的控制，库珀开始在业余时间创作小说，儿时酷爱的威尔士神话和民间故事自然而然成了她后来的创作主题。

库珀的著述颇丰，迄今为止已经创作了二十余部小说，四部剧作，还编辑了几本诗集，其中最主要的类型就是奇幻小说。她最钟爱也最擅长的就是奇幻，“故事总是以幻想的形式出现，就好像只有钻进隐喻的壳子中我的想象力才能获得自由”[①]。有评论家认为库珀巧妙地将英国奇幻的历史感与美国奇幻的空间感结合在一起，形成了自己独特的风格。她的故事中影响最大的是《黑暗在蔓延》(*The Dark is Rising*)五部曲，分别是《大海之上，巨石之下》(*Over Sea, Under Stone* 1965)、《黑暗在蔓延》(*The Dark is Rising* 1973)、《绿巫师》(*Greenwithch* 1974)、《灰国王》(*The Grey King* 1975)、《树上银花》(*Silver on the Tree* 1977)。其中《黑暗在蔓延》获 1974 年纽伯瑞图书银奖，《灰国王》获 1976 年纽伯瑞图书金奖，两本书分别于 1976 年与 1979 年被录成磁带，1985 年和 1986 年《树上银花》被改编为广播剧和电影，1997 年 BBC 制作了《黑暗在蔓延》的广播剧，2007 年《探寻者：黑暗崛起》系列电影上映。整个系列以细腻的笔触把威尔士与康沃尔民间故事、亚瑟王传奇故事，还有很多其他的中世纪元素糅合在一起，描述了黑暗与光明几百年来的争斗，而故事中的孩子们则

---

① Susan Cooper, "Susan Cooper", *Children's Books and Their Creators*, ed. Anita Silvey, Boston: Houghton Mifflin, 1995, p. 168.

在斗争中得到成长，是典型的英雄历险模式，但更加侧重人物克服心理恐惧的成长过程。

二、《黑暗在蔓延》中的时空穿梭与意念之战

《黑暗在蔓延》系列故事的背景都设置在库珀儿时熟悉的三个地方：一是白金汉郡的家，二是一家人常去度假的康沃尔，相传也是亚瑟王的出生地，三是北威尔士，库珀外祖母家所在的地方，也是她常去度假的地方。系列的第一部《大海之上，巨石之下》发生在康沃尔。德鲁家的三个孩子跟随父母到康沃尔南部的小渔村特里维西克度假，住在梅里舅公为他们租住的一幢古老的灰房子里。孩子们在房子里玩探险的时候无意中发现了一幅古老而残破的羊皮卷，他们认定这是一宗宝藏的线索图。实际上手稿讲述的是古马克王国的骑士和圣杯的故事，破解它就能找到圣杯，圣杯中还藏有一份重要的手稿，这是决定光明与黑暗两派势力最后胜负的关键。于是三个孩子成了寻找圣杯的小圣斗士，开始努力解码地图，但是随着线索一步步展开，危险也随之而来，黑暗势力以各种身份和形式进攻他们。面对强大的黑暗势力，三个孩子最终在梅里舅公的帮助下克服恐惧，机智而勇敢地打败了黑暗势力，最终圣杯被放置在博物馆中，而手稿却不幸坠落大海。库珀最初写这个故事的时候只是为了参加一个纪念内斯比特的比赛，后来越来越喜欢自己塑造的梅林角色梅里舅公，唤起了儿时对威尔士传说的那些追寻故事的痴迷，最终写成了一系列充满了亚瑟王时期传奇色彩的奇幻故事。

写完第一部之后，虽然库珀准备扩展梅里舅公的故事，但并没有详细的计划。在长达五年的时间中，她忙于结婚、移民、生子等，并没有写续集的打算，直到有一天她和丈夫一起玩越野滑雪，茫茫雪景让她萌生了一个想法，要写一本书，背景是厚厚的白雪覆盖的世界，一个小男孩生日的早晨发现自己原来会魔法。她记下这些想法，又过了约三年，有一天重读《大海之上，巨石之下》时，突然又萌生了新的灵感，于是梅里舅公成了第一位永生勇士，而小男孩则是最后一位，他们是光明的圣者，而光明与黑

暗的争斗还需要四本书来完成。她迅速拟好了剩余四部的提纲、人物、情节、场景等，她说“开始动笔写第二部《黑暗在蔓延》之前，我已经写好了最后一本书的最后一页”[①]。这样，在第一部出版八年之后，第二部《黑暗在蔓延》于1973年出版，紧接着第三部《绿巫师》1974年出版，第四部《灰国王》1975年出版，最后一部《树上银花》1977年出版。妮娜·梅克森（Nina Mikkelsen）认为第一部比较简单，只能算是有点奇幻色彩的历险故事，而后四部则是比较复杂的传奇奇幻，因此后四部才是一个整体，而第一部只是为了迎合市场营销需求凑成五部曲才写作的[②]。其实，正如库珀本人所说，这套书反映的是她“童年挥之不去的东西，是对神话和传说终生的迷恋，还有整个英国的多维度历史”[③]。她童年的阴影便是恐惧，给予她力量的是古老的威尔士神话和传说，而她个人的经历恰恰具有时代的典型性特征，她的探索也因而成为民族精神与国家意识。从这层意义上讲，第一部是整个系列的开端，也为整个系列定下了基调，即内心的恐惧，这种恐惧到第三部时重点表现为孤独，到最后一部的时候发展成绝望，而抵抗这些情绪需要古老的圣者、圣物、圣女……包括亚瑟王本人，即信念的力量，这便是神话的意义。必要的时候还需要人类爱的力量来协助。与托尔金故事中的打斗场景相比，她笔下的光明与黑暗进行的更多的是意念力的较量，但她通过“对场景与气氛的工笔细描，对人物心理感受的细腻刻画，对很多超现实形象的色、光、影、神、意等做质感呈现”[④]等实现了对非现实性存在的真实再现，在艺术表现领域与手法上是一大进步。

第一节中已经提到，这一时期的创作背景是冷战，苏珊·库珀正是用“冷”传达出了人物的恐惧心理。汉森和诺伯格（Heidi Hansson and

---

① Susan Cooper, *Dreams and Wishes, Essays on Writing for Children*, New York: McElderry, 1996, p. 8.

② Nina Mikkelsen, *Susan Cooper*, New York: *Twayne Publishers*, 1998, p. 25.

③ Elizabeth Hand, "Susan Cooper", *Supernatural Fiction Writers: Contemporary Fantasy and Horror*, ed. Richard Blerler. New York: Charles Scribner's Sons, 2003, p. 240.

④ 李利芳：“地球的希望之火”，[美]苏珊·库珀：《树上银花》，姚锦清，单蓓译，长沙：湖南少年儿童出版社，2009年，第391页。

Catherine Norberg)在研究第二部《黑暗在蔓延》的论文中统计出故事中“冷”出现了至少185次,他们用文本细读的方法对小说中与“冷”相关的词、句和意象进行了系统的研究,认为它的意义具有不确定性,既指负面的邪恶恐惧,又指冷静的英雄品质[①]。汉森和诺伯格的研究很有启示意义,笔者粗略统计了一下每一本书中“害怕”“恐惧”等词的使用频率,发现每一本都不下二十次,尤其以第一本为最。孩子们恐惧的来源是隐藏在身边的黑暗力量,他们伪装成邻居、朋友、仆人,但孩子们的内心能够感受到一种不安。简拒绝去游轮上玩耍就是因为“满面微笑的威瑟斯先生和他的妹妹都给她一种奇怪的心神不安的感觉”[②]。孩子们研究地图的时候,威瑟斯小姐突然出现,“一股巨大的恐惧的波浪裹住了巴尼……简满心恐慌,她突然间对这山坡上的寂静和空旷感到恐惧”[③]。他们果然是黑暗的仆人,这正是冷战时期间谍战的反映。孩子们如何对抗这些无孔不入的邪恶力量呢?梅里舅公给他们讲了亚瑟王的故事,并且指出为什么亚瑟王拥有强大的力量,他说:“有了信念的支持,他自然会拥有很强大的力量——以至于在那些逐渐成熟起来的故事里面,人们传说他有魔力相助。其实,魔力只是一个词语。”[④]这里传达的信息非常明确,所谓的魔力不过是信念的力量。后来,巴尼在黑暗的石洞中寻找圣杯时感受到黑衣人和黑暗力量的威胁与逼迫,害怕地打冷战,这时他想起了梅里舅公,把自己想象成白德文骑士,披戴着全副盔甲守护着亚瑟王最后的嘱托,于是他就拥有了力量,继续往前走,终于找到了圣杯。最后到故事高潮部分,黑斯廷斯与巴尼对峙,想要运用意念力控制巴尼,抢夺他手中的圣杯,巴尼用自身的狂怒挡住了打入他眼睛里的那股力量,赢得了胜利。在《黑暗

---

① Heidi Hanson and Catherine Norberg, "'Winter Feeds It': Cold and the Construction of Good and Evil in Susan Cooper's *The Dark is Rising*", *The Lion and the Unicorn* 40 (2016), pp. 62—80.

② [美]苏珊·库珀:《大海之上,巨石之下》,姚翠丽译,长沙:湖南少年儿童出版社,2009年,第59页。

③ 同上书,第137页。

④ 同上书,第102页。

在蔓延》系列中，正邪两股力量较量的不是武艺的高下，而是意志力的强弱。在后面的几部中，这一主题越来越明显。从第二部开始，作者引入了时空穿梭，作为圣者的威尔时不时地需要来自古代的东西或者亲自穿越到古代去获得力量，第四部时亚瑟王的儿子亲自来到威尔的时代助他一臂之力，而到最后一部时，甚至连德鲁家的三个凡人孩子也具有了穿越到古代的能力。

第二部《黑暗在蔓延》的主人公是威尔·斯坦顿，他出生于隆冬时节的冬至日，十一岁生日那天得知自己原来是个圣者。圣者是一帮永生武士，具有穿梭时空的魔力，几千年来致力于保卫世界不受黑暗势力奴役。圣者们组成一个轮回圈，威尔是五百年来最后一位出生的圣者。光明有六道蕴藏这巨大能量的圣符，形成圣符连环后能够激活光明的力量。威尔的使命就是赶在黑暗势力在第十二夜达到高峰之前找到光明的六道圣符，形成圣符连环，阻止黑暗崛起。在寻找圣符的历程中，威尔必须穿梭至不同的历史时间与空间，期间他遇到了以各种不同形式出现的邪恶势力，最终威尔靠自己的意志和其他圣者的帮助，成功地完成了使命。第二部里面的黑暗势力继续以间谍的形式伪装成周围的朋友，例如喜欢威尔哥哥的挤奶工玛吉·巴恩斯、爸爸的朋友梅多森先生等。除此之外，这一部的重点是威尔作为一个圣者的成长过程，学习的内容就是如何抵抗黑暗力量对他的心理控制。

威尔穿过时空大门进入时光隧道后，梅里曼首先教他的就是认识自己的超能力，即读心术，或者说使用意念力。他首先演示了自己进入威尔大脑中画面的能力，然后让威尔练习往自己的大脑中输送画面，最后让他练习了用意念力熄灭和点燃蜡烛。随后他们受到了来自黑暗力量的攻击，它首先伪装成威尔家的两条狗，发出心碎、哀求、绝望的呜呜声，引诱威尔去开门，接着又伪装成威尔妈妈悲伤求救的声音，威尔不顾梅里曼和圣夫人的警告，惊慌中想要去救妈妈却烫伤了自己，成为一个提醒他的印记，使他认识到敌人的狡诈。梅里曼和夫人告诉威尔，黑暗势力想趁他没长大的时候控制他，他们使用的情感欺骗失败了，但是还会使用别的情感来诱骗他，他们强调，“一定不要恐惧，你们会经常受到恐吓，但是千万不要害怕他们”[①]。但是接下来在黑暗发起的又一次进攻中，威尔鲁莽地离开了他、梅里曼和圣夫人组成的三人连环，导致圣夫人受重伤。威尔感到很内疚，梅里曼告诉他：“他们控制了你，因为你缺乏耐心和希望。”[②]后来威尔在梅里曼的指引下学会了圣语，记住了《魔幻文法书》中的各种知识，变得越来越冷静理智，所以在圣诞节礼拜结束后在教堂中迎战黑暗时就能够战胜自己的恐惧。文中这样描述威尔的思想活动：

> 威尔又一次无助地意识到，作为一名圣者要在关键时刻到来之前就得很成熟了，因为他现在感觉到的恐惧比他在阁楼里床上感觉的莫名恐惧还要强烈，比黑暗在大厅里注入他体内的恐惧还要强烈。这一次他的恐惧是成人的恐惧，源于过去的经历、自己的想象和对别人的担忧，这是最可怕的一种恐惧。他意识到这一点的时候，也明白了只有靠他自己——威尔，才能克服自己心里的这种恐惧，这样的话圣者连环就能得到巩固并击退黑暗。[③]

经历了这些之后，威尔建立起了强大的意志力，其实威尔(Will)的名字本身就指意志，也就拥有了抵抗黑暗的威力。当黑暗使用离魂咒劫持了威尔的姐姐玛丽时，威尔能够不为所动，使黑暗的诡计无法得逞。威尔的力量来自他作为圣者本身具有的天赋，也来自他所拥有的圣物的力量，更在于他在学习和斗争中逐渐锻炼出来的意志力。

完成学习的威尔最终成为一名合格的永生勇士，与其他勇士一起承担起对抗黑暗的重任。在第三部中，他与第一部中出现的三个孩子一起找回了被黑暗势力盗走的圣杯。在这一部中，作者在光明与黑暗的争斗之外添加了新的话题，使作品的内涵更加丰富，例如有学者关注到其中的女性边缘化问题、种族优越感问题、政治秩序等问题，但总的来说库珀对

---

① [美]苏珊·库珀：《黑暗在蔓延》，姜淑芹译，长沙：湖南少年儿童出版社，2008年，第60页。

② 同上书，第66页。

③ 同上书，第185页。

这些问题只是简单触及，故事的主体仍然在探讨情感问题。如果说第一部的核心是恐惧，第二部的核心是战胜恐惧的意志力，第三部的核心就是孤独与爱的救赎。这也是二战后的英国现实，全国上下同仇敌忾赢得战争的胜利后，留给普通人的是无尽的孤独与无助感，最需要的是爱的抚慰。

《绿巫师》故事的大框架仍然是光明寻找击退黑暗的重要信物的追寻之旅。对这个追寻起到决定作用的是绿巫师，因为破解圣杯秘密的手卷落入了她的手中，哪一方能够取得胜利取决于她选择把秘密交给光明还是黑暗。绿巫师是人们用树枝和叶子编成的人形偶像，也称为麦克王的新娘。绿巫师仪式是一种古老的传统，每年春夏之交的时候由妇女们扎制出这样的一个偶像，中间填满石头，把她扔进大海，献给海洋女神特提斯，这个时候人们可以许下自己的愿望，海洋女神收到礼物后就会满足他们的愿望。海洋女神与绿巫师属于自然魔法的领域，它拥有无法估量的魔力，但却不属于光明也不属于黑暗，所以当梅里曼和威尔等永生勇士下到海底去寻求海洋女神帮助时，她拒绝了他们的请求。库珀引入自然魔法的概念超越了简单的黑白对立，并借绿巫师之口指出："你们都是自私的，无论是光明还是黑暗，自然魔没人关心……没人关心……"[①]其实早在第二部的时候霍克因就曾指控过梅里曼根本不关心他的情感，只是一味考虑他的攻关大业，并指出光明也一样非常残酷。在这层意义上，库珀的视野已经从宏大的正邪争斗转到了微观的个体情感。黑暗如何？光明又如何？他们的争斗是否考虑了普通人的感受？这也是第二次世界大战带给普通人的创伤，少数人为所谓的正义牺牲的是众多普通人的生活。库珀指出了这个问题，但同样没有深入展开，这种颠覆性与多元性在90年代的作品中才得到阐发。库珀在《绿巫师》中关注的要点是绿巫师的孤独，她洞悉光明与黑暗的意图都不过是利用她，而人类虽然制造了她，但其实也是出于自私的目的，她说：

---

① [美]苏珊·库珀：《绿巫师》，赵海虹译，长沙：湖南少年儿童出版社，1998年，第162页。

> “他们没有把我造出来。”那巨大的声音语气苦涩，“他们只是满足自己的需要罢了。虽然他们给了我一个形体，但他们不过是在制造一个祭品，就像古时候，鸡、羊甚至人类都可能被屠杀献祭一样。我是一个祭品，永生勇士，仅此而已。如果他们认为我也有生命，他们也会杀了我，就像他们杀死鸡、羊和人一样，作为牺牲品……”①

简感受到了绿巫师的孤独感。绿巫师完工后，简看着这个枝叶制成的巨型偶像，感受到了她沉默之中拥有的强大力量，“就像雷电、暴风雨和地震，那些属于大地和海洋的力量。它超越了时间，无穷无尽，长生不老，超越任何善良与邪恶的标准”。这其实就是自然魔法的力量，但是简感到恐惧不已，不是因为害怕，“而是因为她突然下意识地感觉到这个骇人的偶像那永无止境的孤独”②。简感到敬畏，同样也感到深深的遗憾，于是她冲动地许下愿望说“我祝你快乐”。正是由于简对绿巫师的深切同情与衷心祝福打动了绿巫师的心，她在简的梦中与她进行心灵的交流，告诉她自己有一个秘密。在最后的决战时刻，黑暗的傲慢与恐吓，光明的恳求与说服都不起作用，只有简的爱让她选择站在了光明的一方。其实，她选择的并不是光明，而是简所代表的人类，当黑暗利用自然魔搅扰人类的心神，召唤出他们和他们的祖先千百年来所有的恐惧时，她选择交出自己的秘密给黑暗的对立方，作为对简为她许愿的回报。绿女巫的孤独与哀伤并没有消逝，但人类却因此克服了黑暗制造的恐惧。这一次，是人类的爱击退了冰冷的恐惧。

恐惧，这就是一直萦绕在库珀心头的童年阴影，古老的神话可以赋予我们意志力，与人类爱的本能一起击退那无处不在的恐惧。这一主题在前三部中已经得到了完美呈现，后两部作品在主题上没有新的突破，笔者认为只是为了满足库珀的威尔士情结而作。第一部和第三部的背景设置在康沃尔，第二部设置在白金汉郡，第四部和第五部则设置在库珀心心念

---

① [美]苏珊·库珀：《绿巫师》，赵海虹译，长沙：湖南少年儿童出版社，1998年，第161页。

② 同上书，第46页。

念的威尔士。第四部《灰国王》与第二部《黑暗在蔓延》很相似，没有涉及德鲁家的三个孩子，描写威尔根据预言寻找光明需要的圣物之旅。除了添加了浓郁的威尔士风土人情及历史传说外，仍然是表现黑暗如何操控意志力薄弱的人以及威尔如何依靠自己内在的光明魔力与智慧战胜黑暗。第四部还引入了亚瑟王的儿子布兰这个人物，他被母亲吉妮薇儿从过去送到了未来，帮助威尔完成了在他的世纪的任务，而威尔也将会辅佐和支持布兰，正如梅里曼辅佐亚瑟王一样。在最后一部中，布兰与父亲相认，但最终却选择放弃了永生而留在了自己生长的时代，因为他爱那些与他朝夕相处共同生活的人，特别是他的养父欧文·戴维斯和养父的朋友约翰·罗兰兹。梅里曼说那是因为"爱的纽带，那是超力魔法也无法控制的，因为这是普天之下最坚不可摧的力量"[①]。这一主题与《绿巫师》中爱的救赎是一致的。

布兰的这一选择也引出了自由意志的话题，不仅布兰的行动说明了这一点，约翰·罗兰兹对太太的评价更加直接体现了这一主题。他的太太被黑暗利用，作为间谍潜伏在他身边多年，最后被揭发后，她声称自己只是被妖魔附身，他说："我相信上帝赋予我们的自由意志。我认为没有什么事是他人可以强迫我们去做的，我认为我们的任何选择都是我们自己做出的。因此你并没有被妖魔附身，你必定是因为自己的选择才与黑暗阵营同流合污的。"[②]但库珀描绘的自由意志却广受评论界诟病[③]，在前几部中她一直在强调意念的能量，作为凡人，根本无法抵抗黑暗的控制力，只有威尔那样的圣者才拥有这种意志力，在这里又提出自由意志，自相矛盾。并且在故事的最后，圣者们又把约翰·罗兰兹以及几个孩子的记忆全部抹掉了，进一步否定了凡人的自由意志。

---

① [美]苏珊·库珀：《树上银花》，姚锦清、单蓓译，长沙：湖南少年儿童出版社，1998 年，第 359 页。

② 同上书，第 361 页。

③ 见 John Gough, "A Critical View of Cooper's Fantasy Quintet", *English in Education*, 19.2 (1985): 55－66; Raymond L. Plante, "Object and Character in *The Dark is Rising*", *Children's Literature Association Quarterly* 11.1 (1986): 37－41. 等。

《树上银花》继续描绘了人生的恐惧感，这一次是因为心灰意冷而导致的绝望感。打造水晶剑的国王感到“人生是一场骗局，充满了永远不能实现的愿望，永远不能纠正的错误，永远不能弥补的过失”[①]，因而认为生活毫无意义，只有在梦中他才能逃脱这笼罩一切的空虚。而他的梦就是一个白头发的男孩给他带来一个结束和一个开始，这个孩子有一位伟大的父亲，他身上有着他父亲的全部力量。这个男孩就是布兰，他的父亲便是伟大的亚瑟王。国王变成这个样子仍然是因为黑暗的诡计，吉恩向威尔和布兰这样描述：

> 他们迫使这位造剑人内心感到惶恐不安，害怕自己做了错事，害怕自己完成这样一件杰作后就再也无力完成任何有价值的作品，害怕年老，害怕力不从心，害怕自己的承诺不能实现。这种无休止的恐惧是具有创作天赋的人注定的宿命，总会在他们脑海中挥之不去。久而久之，他就陷入了绝望，心中的恐惧与日俱增，摆脱恐惧的结果就是心灰意冷。于是他心中的希望死去了，取而代之的是一种令人麻木的、可怕的忧郁。他现在已经无法摆脱这种忧郁，他被囚禁在自己心灵的监狱中了。[②]

恐惧、孤独、绝望，这是库珀分别在第一部、第三部与第五部呈现的人类心理状态，解开心门的钥匙只有一把：亚瑟王的故事，也即信仰的力量。库策（M. Daphne Kutzer）认为《黑暗在蔓延》系列表现了库珀认为英国威风不再，渴望建立一个更美好更有秩序的理想国家，而这样的理想社会只存在于过去[③]。其实《黑暗在蔓延》系列中的过去也并不美好，光明与黑暗的斗争从过去一直延续到现在，并且只有在威尔的世纪光明才最终打败了黑暗。与其说作者强调理想的社会只存在于过去，倒不如说她是在

---

① ［美］苏珊·库珀：《树上银花》，姚锦清、单蓓译，长沙：湖南少年儿童出版社，1998 年，第 286 页。

② 同上书，第 234 页。

③ M. Daphne Kutzer, "Thatchers and Thatcherites: Lost and Found Empires in Three British Fantasies", *The Lion and the Unicorn*, 22.2 (1998), p. 197.

强调古老的力量给予信仰的力量。库珀晚期可能受到存在主义哲学影响,力图表现生活的无意义与人的自由意志,但这显然超过了这一系列作品所能容纳的范围,最后只能陷入重复与矛盾之中。

库珀是一个擅于博采众长的作家,她从内斯比特的现实魔法传统开始,很快进入了路易斯的通道魔法队列,最终却成就了自己的心理魔法模式。永生勇士们的穿越时空能力与读心术本质上都是人的心理活动。当我们面对恐惧时,必须召唤出内心深处的勇气。库珀形象地把这两种意念力演绎成黑暗与光明,让人物在时空穿梭中以身体为载体具象地参与这抽象的意念之争。《黑暗在蔓延》系列不是动作十足的武侠故事,也不是场面宏大的英雄传奇,而是让人在宁静中体会善恶交锋、情感的挣扎、战斗的激烈,从而获得心灵的震撼!她对各种历史素材的娴熟运用颇有托尔金之风,语言风格上甚至胜托尔金一筹,能够将读者的各种感官充分地调动起来,黑恩斯(Ethel L. Heins)认为库珀的作品如贝多芬的交响乐一般醇厚动人①。她对种族、性别、生态等各种问题的关注虽然不够深入,却为后世作家开拓了新的道路,是一位继往开来的重要作家。

第三节　发现自己
——戴安娜·韦恩·琼斯与《哈尔的移动城堡》

一、探索不止的琼斯

在出生于第二次世界大战前夕的奇幻小说作家中,琼斯的作品可能是最多的,研究却是最少的。从 1973 年发表第一部作品到 2011 年去世,琼斯创作了四十几部作品,曾经获得过"卫报儿童图书奖"(Guardian Award for Children's Books)、"卡耐基奖"(Carnegie Medal)、"传奇文学创作奖"(Mythopoeic Awards)、"卡尔·爱德华·瓦格纳文学贡献奖

① "Susan Cooper", *Contemporary Authors Online*, Detroit: Gale, 2014.

(Karl Edward Wagner Award)”、“波士顿环球报号角图书奖”(Boston Globe Horn Book Award)、“凤凰奖”(Annual Phoenix Award)、“世界奇幻文学终身成就奖”(World Fantasy Award for Life)等多项大奖。与其他作家基本延续统一的风格不同,她几乎每一部作品都在尝试新的东西。曼乐夫认为她热爱尝试新事物,改编旧材料,堪称“最能干、最有创造力、最多产的现代儿童奇幻作家”[①]。巴特勒在《文学百科》对她的介绍中说:“没有一个作家像戴安娜·韦恩·琼斯这样:她是一个完完全全的原创作家。她不符合我所知道的任何奇幻写作传统……她不仅写作了一种独一无二的、毫无模仿印记的奇幻,而且她小说中的每一个人物都是原创的……她每个作品中的内容、场景、气氛和语气都有着巨大的差异。”[②]她自己也说过:“每次写书的时候我都想说点新的东西,结果就是每一本书都与之前的不一样,我自己也一样吃惊、迷惑、欣喜。”[③]

这可能也是导致评论界对她关注不够的原因之一,因为很难将她的作品归类。门德尔松在研究琼斯的专著前言中介绍书的结构安排时就提示读者,琼斯的四十五本书常常既可以归入这一类,也可以归入那一类,所以书的各个章节会有许多重合的地方,有些书会一再出现[④]。除了创新的风格外,巴特勒也提出这是因为她在很大程度上偏离了历史奇幻小说的传统。[⑤] 这种观点有一定的道理,因为自托尔金之后,中世纪背景几乎成了奇幻小说的标准配置,库珀正是继承了托尔金的这一伟大传统,而

---

① C. N. Manlove, *From Alice to Harry Potter: Children's Fantasy in England*, Christchurch: Cybereditions Corporation, 2003, p. 131.

② 转引自舒伟:《从工业革命到儿童文学革命——现当代英国童话小说研究》,北京:中国社会科学出版社,2015 年,第 564 页。

③ Jessica Yates, "Jones, Diana Wynne," *Children's Literature Review*, ed. Tom Burns, vol. 120, Gale, 2007. Literature Resource Center, http://link. galegroup. com/apps/doc/H1420074421/LitRC? u=cnsisu&sid=LitRC&xid=96da89a1. Accessed 2 May 2018.

④ Farah Mendlesohn, *Diana Wynne Jones: Children's Literature and the Fantastic Tradition*, New York and London: Routledge, 2005, p. xxix.

⑤ Charles Butler, *Four British Fantasists: Place and Culture in the Children's Fantasies of Penelope Lively, Alan Garner, Diana Wynne Jones, and Susan Cooper*, Oxford: The Scarecrow Press, Inc., 2006, p. 6.

琼斯的作品总的来说更加偏重现实。但这并不意味着琼斯不关注历史与神话,相反,她的作品中充满了对各种文学经典的借用与戏仿。对她来说,神话不是用来进入过去的手段,而是用来了解现实的途径。作为牛津大学的学生,琼斯与库珀一样听过路易斯与托尔金的课,并且承认自己深受他们的影响,她的"戴尔马克四部曲"(*Dalemark Quartet*,1975—1993)就创造了一个托尔金式的第二世界。但这里面的人物都没有托尔金作品中的崇高性与责任心,里面还添加了许多现代科技的东西。它披着史诗的外衣,暗地里却解构了它的宏大与神性。这一点与《哈利・波特》系列极为相似。事实上,正是从《哈利・波特》系列风行全球,人们才开始关注琼斯,因为大家发现,原来《哈利・波特》中的众多情节与意象在琼斯的作品中早就出现过了。有人甚至质疑罗琳是否抄袭了琼斯。琼斯本人也曾讥讽过《哈利・波特》系列,说:"我以为是多么新鲜的故事呢,原来都是我已经写过的。"罗琳否认了抄袭琼斯的指控,但琼斯的作品却从此进入了公众的视野,到 2000 年左右,几乎所有琼斯的作品都得到了再版或重印[①]。

随着公众兴趣的提高,琼斯研究也越来越多。舒伟教授的专著中专门拿出一节综述国外的戴安娜・韦恩・琼斯研究,此处不再赘述[②]。进入 21 世纪后,琼斯作品研究迎来了一个又一个高潮,除了《哈利・波特》系列的带动作用外,还在于她作品的后现代倾向。正如前文所述,琼斯不愿意重复自己,更不愿意重复别人。意识到自己的《魔法生活》(*Charmed Life*)高潮部分与《纳尼亚传奇》中阿斯兰的自我牺牲极其相似后,她惊呼:"天哪!我要变成路易斯了!"[③]巴特勒认为这是幽默地假装恐怖,但

---

① Helen H. Thompson, "Diana Wynne Jones", *Supernatural Fiction Writers: Contemporary Fantasy and Horror*, ed. Richard Bleiler. Vol. 1. 2nd ed, New York: Charles Scribner's Sons, 2003, p. 485.

② 参见舒伟:《从工业革命到儿童文学革命——现当代英国童话小说研究》,北京:中国社会科学出版社,2015 年,第 563—573 页。

③ Charles Butler, *Four British Fantasists: Place and Culture in the Children's Fantasies of Penelope Lively, Alan Garner, Diana Wynne Jones, and Susan Cooper*, Oxford: The Scarecrow Press, Inc., 2006, p. 22.

笔者认为在夸张的行为背后恐怕隐藏着深深的作者焦虑。这种焦虑可能来源于时代风潮与童年创伤的双重作用。

千变万化的琼斯作品的共同点就是它的变化与不确定性。她的作品不仅在文本外颠覆传统，杂糅各种各样不同的素材，在文本内部也一样表现主人公多元甚至碎片化的身份特征，这些都是后现代文学的典型特征。这些特征使她的作品对于儿童来说具有相当的难度，而对于成人来说又由于误以为是儿童文学而忽视掉，也只有在奉行多元世界观的后现代时代才能引起人们的共鸣。曼乐夫指出 80 年代以来后现代主义现实观成为主流，它认为现实是由不同视角构建出来的多元文本。同时，人们对过去的看法也发生了改变，过去同现在的关系不再是线性的，而可能是平行的①。琼斯追求的不是库珀那种回到历史寻找启示的模式，而是面向多变的现实和未来世界发掘自身的力量，她的很多主人公都是生活在不确定的多元世界中，拥有不确定的多元身份，最后在不确定的记忆或努力中发现了自己隐藏的能力，而这又与琼斯童年的经历密不可分。

琼斯 1934 年 8 月生于伦敦，1939 年第二次世界大战的战火烧到伦敦后，刚过完五岁生日的她便随家人撤离到威尔士的祖父母家中，之后又辗转到湖区与约克，1943 年又到了埃塞克斯郡(Essex)的萨克斯特德(Thaxted)。同样生在颠沛流离的战争年代，库珀的恐惧在很大程度上得到了家庭的抚慰，所以在她的作品中虽然家庭已经不再是一个恒定的存在，但主人公仍然能够在古老的历史与神话中寻找到力量，而琼斯的童年时代不仅有战争的恐惧感，还有父母造成的失落感。她的父母很少给她们三姐妹情感上的关怀，因此她们三姐妹常常倍感痛苦。在湖区生活的时候，七个家庭挤在一所大房子里，各家的大人与孩子间不可避免地会产生各种矛盾与争执，关系非常紧张，孩子们生活得非常压抑。尼可拉斯·塔克(Nicholas Tucker)在回忆与琼斯在湖区共住的时光时谈到，湖区的

① C. N. Manlove, *From Alice to Harry Potter: Children's Fantasy in England*, Christchurch: Cybereditions Corporation, 2003, p. 143.

优美风景并没有让孩子们心旷神怡，离开了熟悉的英格兰，家庭生活又完全没有舒适安逸可言，孩子们常常感到无聊乏味。[①] 而琼斯的母亲又是一个性格比较古怪的人，喜欢争强好胜，三个孩子中尤其不喜欢戴安娜。琼斯在自传中写道："我母亲认定厄休拉会成为一名演员。而伊莎贝尔，她认为虽然漂亮却毫无天分。至于我，她说我又丑又不听话，不过有点小聪明。"[②]搬到萨克斯特德之后，琼斯的父母经营一家青年文化教育中心，对三个孩子几乎完全不管不问，琼斯就是从这个时候开始编故事自娱自乐的。她们的父亲极其吝啬，根本不肯花钱给孩子们买书。他买了一套兰瑟姆的书，锁在高高的柜子里，每年给三个孩子一本作为圣诞礼物。琼斯回忆这段经历时说："我和伊莎贝尔长期处于渴求书本的状态中。我们哀求、节俭、骑车好几英里去借书，但总是不够。从十三岁时，我开始在一些旧练习本上写些故事来填补这个空白，晚上读给妹妹们听。"[③]琼斯不断探索的精神可能就源于童年饥渴的心灵。琼斯说过她写奇幻小说是因为自己五岁的时候，这个世界突然疯了。她还说过自己喜欢写奇幻小说是因为不知道正常的生活是什么样子。琼斯不断地探索、挖掘、暴露我们内心的那些恐惧和焦虑，她使用魔法、神话，也使用现代科技，以及现实生活中普普通通的爱。她特别擅长颠覆惯常认知，让我们从陌生的视角重新审视熟悉的生活，从而达到质疑与反思，这其实也是奇幻文学的本质所在。

二、《哈尔的移动城堡》中的颠覆与寻心之旅

小说的流行在很大程度上有赖于影视作品，琼斯作品中影响最大的无疑是《哈尔的移动城堡》系列。2004 年日本动画大师宫崎骏根据琼斯

---

① Nicholas Tucker, "Keynote Address: Diana Wynne Jones", *Journal of the Fantastic in the Arts*, Vol. 21, No. 2 (79) (2010), pp. 162—168.

② J. Sydney, Jones, "Diana Wynne Jones", *Something About the Author Series*, Vol. 108, Detroit: Gale Publishing Co., 2000, p. 11.

③ "Diana Wynne Jones", *Something About the Author Autobiography Series*, Vol. 7, Detroit: Gale Publishing Co., 1993, pp. 155—170, p. 164.

小说改编的动画同名电影在日本公映，随后在全球各国上映，引起轰动，原作者与小说也因此声名大噪。其实小说1986年就已经出版，并获得了当年的“波士顿环球报号角图书奖”亚军，二十年后又获得了“凤凰奖”。故事讲述了少女索菲·海特与魔法师哈尔的故事。索菲生活在魔法王国英格里(Ingary)。在这里，像七里靴和隐形斗篷这些童话里的东西都是真实的存在。人们也都相信童话里的一些惯例和规则，比如家里的老大注定不走运。索菲是家里的老大，因此她决定听天由命，打理家里的帽店。她每天过着平淡乏味的生活，常常独自跟帽子讲话，赋予它们各种各样的特点，而买到帽子的人则会莫名其妙地拥有她赋予帽子的那些特点。索菲并不知道自己拥有这一魔力，但这仍然激怒了荒地女巫，她把索菲变成了一个老太婆。索菲只好离开家出去碰运气，她意外地得到火魔卡西弗的认可，进入了臭名昭著的巫师哈尔的移动城堡，并假装成清洁女工留了下来。据传，哈尔专吃年轻女孩的心。但索菲很快发现了这其实是他自己散布的谣言，实际情况是哈尔把自己的心给了火魔使其永生，作为交换，火魔为他服务，使他拥有魔力，但他自己就没有心了。他不停地追求女孩，但只要她们一动心，他就失去了兴趣。哈尔的移动城堡可以通往四个不同的地方，他在不同的地方以不同的方式在做不同的事，他与火魔、荒地女巫以及王室之间都有很多秘密。最终索菲帮助哈尔打败了荒地女巫，解除了卡西弗与哈尔之间的约定，取回了哈尔的心脏，索菲重获青春，他们也互相表露了对彼此的爱。续集《空中之城》1990年出版，故事的背景与第一部相同，讲述了一个地毯商的神奇经历，内容是对《一千零一夜》中许多故事的改编。最后一本《迷宫之城》2008年才出版，讲述另一个沉迷于书中世界的女孩的历险故事。三个故事之间除了背景相同以及第一部的人物在后面两部中以其他伪装的身份出现外并无太多关联，但情节上基本都是经过一场支离破碎的旅程，发现了一些不为自己所知和不为人知的秘密和能力。本节主要以第一部《哈尔的移动城堡》为例，力图展现一些琼斯创作的典型特征。

评论界普遍认为琼斯是个毋庸置疑的文类革新者，她总能运用相当微妙的手段，使传统和耳熟能详的主题变得出乎意料，《哈尔的移动城堡》也不例外。故事中使用了"蓝胡子城堡""灰姑娘""巨人的心""魔法师的学徒"《浮士德》《唐璜》《哈姆雷特》《爱丽丝漫游奇境记》《绿野仙踪》等经典作品的情节，并使用了玄学派诗人邓恩(John Donne)的名诗《歌》("Song")来作为魔咒与契约的线索。但这些故事全都是以似曾相识却面目全非的姿态呈现的，因为是经典，所以读者可以立即辨认出熟悉的元素，但它们合在一起说的却完全是另外一回事。舒伟教授认为它是对整个童话传统的颠覆，并列举了它在空间、人物角色、情节、细节、诗歌魔咒等方面的一些颠覆细节①。舒教授的分析有些琐碎，国外评论家巴黑乐尔(Gili Bar-Hillel)对琼斯颠覆的童话传统做的总结比较清晰。他的论文主旨是论述《哈尔的移动城堡》对《绿野仙踪》的改写，而《绿野仙踪》是经典童话的代表性作品。作者总结了六条基本特征：一、主人公是儿童，通常为孤儿或者父母不在场。二、故事开头主人公生活在现实世界，生活条件往往极端恶劣。三、主人公会经由一个神秘的入口进入魔法世界。四、魔法世界有着自己的运行规则，主人公通常会在魔法世界发现自己在现实世界所不具备的特质。五、主人公被卷入正邪两派势力的争斗中，并加入正义一方。六、经过一番历险后，正义一方取得胜利。主人公在历险中要起到关键作用，这一点通常以某种形式的预言提前设下埋伏。最后主人公以全新的身份或状态回归家乡。② 从叙事功能单位上来说，《哈尔的移动城堡》也包含了这六个基本的情节，但每一步的具体内容却大不相同。

故事的题目首先就是对传统城堡意象的颠覆。陈思的硕士学位论文专门从空间批评的角度对《哈尔的移动城堡》中的生存伦理和理想、空间

---

① 参见舒伟：《从工业革命到儿童文学革命——现当代英国童话小说研究》，北京：中国社会科学出版社，2015 年，第 553—562 页。

② Gili Bar-Hillel, "Of Moving Castles and Flying Houses: *The Wizard of Oz* and *Howl's Moving Castle* as Interconnected Milestonesin Children's Fantasy Literature", Lance Weldy, ed., *Crossing Textual Boundaries in International Children's Literature*, Cambridge: Cambridge Scholars Publishing, 2011, pp. 385—386.

身份、历史观等方面研究了它对传统城堡意象的颠覆。[①] 其实就普通读者而言，哈尔的城堡的直观描述已经颠覆了人们的传统想象。城堡的传统直观形象是坚固美观、迷宫密布，通常与遥远的中世纪联系在一起。而哈尔的城堡却是移动的，越靠近就显得越丑。里面也又脏又乱又小，不过是哈尔在威尔士的家改造而成，“院子里放着废铁、轮子、水桶、金属片、电线之类乱七八糟的东西……那些东西和城堡一点不配”[②]。故事的开头倒是符合孤儿的母题设置。索菲两岁时生母就去世了，妹妹莱蒂才一岁，父亲很快就娶了继母，并且很快生下了小妹玛莎。可是这个后母却对三个女孩一视同仁，对自己的亲生女儿没有丝毫偏袒。父亲也对三个女儿十分宝贝，送她们去上最好的学校。后来索菲确实经由一个“门”进入了哈尔的魔法城堡，但是并不是由现实世界进入了魔法世界。故事开头的第一句话就告诉读者，“在英格里之地，像七里靴和隐身斗篷这样的神物真实存在”[③]。也就是说，索菲本来就生活在一个魔法世界中，她从一个魔法世界进入另外一个魔法世界并未产生什么惊奇，虽然城堡的四个把手分别通向哪些地方让她花了点心思琢磨。反而是后来哈尔带她到威尔士的现实世界时，索菲才感到一切都那么新奇、那么难以接受。哈尔的外甥们玩游戏的电脑在她眼里是一个神奇盒子，“正面有块玻璃……每个盒子都长在又长又松软的白茎上，白茎一直长到房间里一面墙上生了根”[④]。汽车对她来说是“一只没有马匹的车厢，速度快得可怕，而且又难闻又轰鸣又摇晃……她简直担心在这么陡峭的坡路上车厢会直接滑下去堆成一坨。她闭上眼睛，紧紧抓住从座椅上脱落的碎片，希望一切赶快结束”[⑤]。琼斯保留了传统入口奇幻的形式，却把方向反了过来，主人公不

① 参见陈思：《论〈哈尔的移动城堡〉对传统城堡意象的颠覆》，硕士学位论文，贵州大学外国语学院，2014 年。

② ［英］戴安娜·韦恩·琼斯：《哈尔的移动城堡》，何羲和译，上海：上海文艺出版社，2015 年，第 47 页。

③ 同上书，第 1 页。

④ 同上书，第 145 页。

⑤ 同上书，第 150 页。

是从现实世界进入魔法世界，而是从魔法世界进入了现实世界。

第四与第五点是叙事的高潮部分，索菲的确通过在哈尔的移动城堡的历险发现了自己也会魔法的特质，并且在正邪两派的斗争中起到了关键作用，但却常常是帮倒忙，并且这一切不是以命中注定的形式出现，而是在大家的帮助下让苏菲重新认识自己。作品中所有的空间、人物、细节颠覆都是为了这一条主线服务，即颠覆主人公的固有观念，告诉人们一切没有定式。故事一开头就告诉大家童话故事的模式是如果你是老大，你注定会不走运。虽然读者看到了各种不符合传统故事模式的可能性，但主人公索菲却一直坚信因为自己是老大，所以注定要失败。这一信息贯穿全书，贯穿索菲的整个历险过程，直到最后她才意识到是自己不断的心理暗示造就了过去的一切，从而开始相信自己，拥有了开创美好生活的信心。

父亲在世时非常疼爱她们，索菲读书也是最用功的一个，但是她却觉得前程无趣暗淡。父亲去世后，索菲虽然不想继承家业，却因为自己的长女身份逆来顺受地接受所有的安排。无聊时，她就开始对手中的帽子说话，结果她对帽子说的话都变成了现实。这正是索菲拥有的魔力，她拥有语言的魔力，说的话都会成真，当然索菲自己并不知道自己的这一能力，读者一开始也不知道。她觉得自己的人生没劲极了，日子把她变成了半个老太婆，也可以说是半个病人，有一天对自己试戴的帽子说："像个老太婆！"结果后来荒地女巫就来对她施了个咒，她真的变成了一个老太婆。这表面上看起来是荒地女巫因为误会和嫉妒而对索菲进行的报复，实际上却是索菲自己的心魔在作怪。索菲对未来没有信心和希望，她的生活其实就是一个老太婆的生活，所以当她在镜子里发现自己苍老的样子时，虽然恐惧却并未惊慌，她对着镜子中的自己说："别担心，老家伙，你看起来蛮健康。而且这更像真正的你。"[①]变成老太婆的索菲反而觉得更加自

① [英]戴安娜·韦恩·琼斯：《哈尔的移动城堡》，何羲和译，上海：上海文艺出版社，2015年，第26页。

在,行动更加自由,因为这时的她达到了内心与外表的和谐统一,可以完全按照自己的意志行事。她可以像无赖一样强行留在哈尔的城堡里做清洁工,并且毫不介意庇护港的人们传言她在为哈尔做事,因为“要是作为女孩,索菲早就无地自容。可作为一个老妇人,她不介意自己的所作所为。她感到这样无比轻松”[①]。

索菲慢慢在城堡里找到了自己的位置,并且开始很强势地影响火魔卡西弗和哈尔,但她没有意识到自己的能力,每次遇到挫折时仍然把一切都归因于自己是老大。即使当彭兹特蒙夫人指明了她拥有赋予东西生命的天赋后,她仔细思忖后想到了这正解释了自己卖的帽子的热销,也意识到其实正是自己把“穿上了吸引女孩子”的咒语缝进了哈尔的衣服才使他那么招女孩子喜欢,她仍然拒不接受这一点,因为“她觉得自己不该拥有魔法天赋,因为她是三姐妹中的老大”[②]。与传统故事中的主人公一样,索菲慢慢意识到自己拥有独特的能力,与传统主人公不一样的是,她拒不相信自己,从而在正邪两派的争斗中无意中帮了反派的忙。她去国王那里败坏哈尔的名声,却让国王更加相信哈尔,索菲不禁又重复:“身为老大就是这样,你就是赢不了!”[③]当哈尔把城堡移到了她家的帽店旧址上后,曼陀罗被哈尔发现,荒地女巫的咒语眼看着就要追上来时,索菲的情绪彻底崩溃了,她又叹气:“归根结底是因为我是老大。看看我!我想出门闯一闯,结果回到原点不说,还老得像山一样!”[④]索菲一直对哈尔怀有敌意,实际上在与哈尔相处的过程中,她已经悄悄地爱上了他,只是她自己拒不承认这一点。哈尔也慢慢喜欢上了索菲,并且早就知道索菲被施了咒,他向索菲解释说:“你真的以为我的功力不够,认不出这样强大的咒语吗?你没留心时,我试了几次想从你身上去除,但没有成效。我带你去见彭兹特蒙夫人,希望她能做点什么,但显然她也做不了。我得出结论,你

① [英]戴安娜·韦恩·琼斯:《哈尔的移动城堡》,何羲和译,上海:上海文艺出版社,2015年,第58页。

② 同上书,第168页。

③ 同上书,第175页。

④ 同上书,第241页。

喜欢这样伪装着……肯定是这样,因为是你自己促成的。”[①]哈尔直接点出了问题的本质,即一切都是索菲自己的意愿,变成一个老太婆的模样其实是她自己施下的魔咒,别人自然无法为她解除。

哈尔已经表述得如此清楚,但索菲依然不愿接受,她觉得哈尔无法忍受,准备离开城堡。正要离开时,她的后母芬妮前来拜访。芬妮看到索菲的样子大呼小叫,误以为是邪恶的哈尔干的好事,杀气腾腾地要去找哈尔算账。索菲怕她惹麻烦,于是说哈尔对她很好,然后突然意识到自己说的实际上是事实。转变了态度的索菲开始为轰赶她误以为哈尔喜欢的安格丽安小姐感到愧疚。后来荒地女巫假称劫持了安格丽安小姐,让迈克传话给哈尔,除非他亲自去营救,不然不会放她走。实际上安格丽安小姐就是荒地女巫的火魔,索菲中了她的圈套,跑到荒地去救安格丽安小姐,结果哈尔不得不到荒地去营救索菲,这就应了咒语的最后一条,即“哈尔不得不诚实一回”。哈尔因为与火魔的交易,把自己的心给了火魔卡西弗,所以以前对女孩子的追求都不是真心的。在与荒地女巫的决战胜利后,哈尔告诉了索菲一切的真相,想到自己又被女巫骗,索菲又尖叫:“我是老大!我是个失败的人!”[②]哈尔又一次强调她就是喜欢胡思乱想。直到最后安格丽安小姐抢走了卡西弗,捏住了哈尔的心脏,哈尔和卡西弗都危在旦夕的时候,索菲才真正发挥了自己的主观能动性,用语言赋予拐杖力量,思索了一刻后指挥拐杖去打安格丽安小姐,但是不要伤害别人。索菲成功地救下了卡西弗,可是安格丽安小姐抓住迈克做挡箭牌,拐杖着了火,悬在空中眼看就要燃尽,索菲又一如既往地把事情弄僵了。在千钧一发的时刻,索菲终于下定决心解除卡西弗与哈尔的契约。其实她早就破解了契约的秘密,但是担心解除契约卡西弗会没命,因而一直不敢解除它。而卡西弗告诉她,如果是别人来破除契约它就会没命,但索菲有通过说话赋予东西生命的力量,所以它才选择让索菲进入城堡,让她来破除契

---

① [英]戴安娜·韦恩·琼斯:《哈尔的移动城堡》,何羲和译,上海:上海文艺出版社,2015年,第261页。

② 同上书,第294页。

约。可惜索菲一直不相信自己，这一次她终于彻底相信了自己的力量，集中全部精神对着卡西弗说，“那就再活一千年！”赋予了卡西弗自由后，她又捧着哈尔的心脏，把它放在哈尔胸膛的左侧，用力推了推，说：“进去吧。进去开始跳动！”[①]重新获得生命力的哈尔最后消灭了安格丽安小姐。哈尔终于找回了自己的心，而索菲也一样找到了自己的心，并且两人互相表露了爱意，这一结尾意味着男女主人公双重寻心之旅的圆满结束，双心也合为一心，实现了大团圆的童话结局。

在这一传统的大框架下，琼斯照样颠覆了具体的细节，索菲加入的一方最初看上去并不是正义的，她给予的帮助也常常是猪队友式的误打误撞，甚至连哈尔与荒地女巫之间的争斗都是源于她最初在帽子店里无意的念叨。当初在帽店听说荒地女巫与哈尔巫师的事情时，她觉得他们俩真该是一对，对着手里绣着的帽子念叨过：“他们就是天造地设的嘛。应该有人去牵个线。”[②]她就是牵线的那个人！而哈尔因为没有心，就抛弃了荒地女巫，荒地女巫为了报复就要来抓他的心。这样一来，整个故事就被解构为索菲自己给自己制造了一个麻烦，最终靠自己把它解决了。一切都是源于自身，害怕恐惧源于自身，勇气力量也源于自身，命运掌握在自己手中。这正应和了本章开篇所提到的“解离”概念和那句著名的名言所说的，我们害怕的正是害怕本身。换句话说就是我们需要对自己有信心。在故事中卡西弗也明白告诉索菲，“那些咒语主要就是信念”[③]。所谓的魔法不过就是自身强大的意念力，在这一点上琼斯与库珀不谋而合，只是库珀努力让主人公走进过去汲取力量，而琼斯则让主人公走出过去。

谈到琼斯作品的互文性时，克里斯汀·威尔基（Christine Wilkie）认为琼斯“戏仿、拼贴、改写、转化经典的素材，目的是解放读者，使他们不过

---

① ［英］戴安娜·韦恩·琼斯：《哈尔的移动城堡》，何羲和译，上海：上海文艺出版社，2015年，第299页。

② 同上书，第8页。

③ 同上书，第132页。

度崇拜过去的伟大作家们"[①]。诚然如此，我们不能盲目崇拜伟大作家们，但琼斯更多的应该是在强调不要落进自我的窠臼，索菲的历险是一条寻心之旅，也是突破自我之旅。对个人如此，对一个社会、一个国家乃至整个世界也是如此。诺米·伍德(Naomi Wood)认为琼斯是在努力突出这样一种意识："每个人要找到自己在社会权力话语体制中的位置，理解自己与周围的世界，才能够质疑规定的知识与行为标准，抗拒那些出于私利强加这些标准于你的人。"[②]从这层意义上来说，她对于冷战时期政府强加于人们的对立思维模式也有一定的影射。

重写与颠覆是戴安娜·韦恩·琼斯创作的指导思想，正如借鉴与建构是苏珊·库珀写作的核心，但琼斯并非没有建构的努力。巴黑乐尔认为琼斯的结尾也颠覆了传统的历险完成，回到自己世界的模式，而是形成了以索菲和哈尔为核心，团结了孤儿迈克、流星卡西法以及索菲的姐妹和她们的情郎的大家庭模式，这种模式对琼斯来说具有独特的意义，因为她一直渴望被家庭接受[③]。笔者认为，这不仅是琼斯个人的内心欲望投射，对琼斯所处的时代也有同样的寓意。80年代正值英国保守主义势力强劲，而全球化的发展又需要大量地接受移民与外来文化。正如书中的索菲拥有了语言的力量，从而掌握了话语权一样，琼斯试图通过创作来颠覆固步自封的保守主义姿态，呼唤开放融合的胸怀。琼斯与库珀成长于动荡的战争年代，创作于对立与发展的变革年代，不管是库珀的偏历史建构还是琼斯的偏现实解构，她们都在寻找一种方式表达内心的恐惧，建立打破黑暗的信心。她们一边继承奇幻大师们开创的传统，一边加入自己的创新元素，为21世纪奇幻小说的大繁荣铺平了道路。

---

① Christine Wilkie, "Relating Texts: Intertextuality," *Understanding Children's Literature*, ed. ,Peter Hunt, London: Routledge, 1999, p. 132.

② Naomi Wood,"The Cultural Geography of Fantasy Britain", *Children's Literature* 36 (2008), p. 255.

③ Gili Bar-Hillel, "Of Moving Castles and Flying Houses: *The Wizard of Oz* and *Howl's Moving Castle* as Interconnected Milestonesin Children's Fantasy Literature", Lance Weldy, ed., *Crossing Textual Boundaries in International Children's Literature*, Cambridge: Cambridge Scholars Publishing, 2011, p. 397.

第六章　在穿梭中交融

——世纪末与新千年

1991 年，苏联解体，持续了四十多年的冷战结束了。从 20 世纪的最后十年开始，世界从两极变成了一个地球村，人们在迎来新秩序的同时发现他们也迎来了新失序，资本裹挟着经济、政治、文化、科技、军事、安全、意识形态、生活方式、价值观念等各层次各领域的产品席卷了全世界。文学艺术也一样成为全球化的商品，奇幻小说可以说是文化商品中最耀眼的那颗星。21 世纪的英国奇幻小说综合百年发展历程中的经典母题，融入新时代的各种话题元素，在文化资本的运作下，走进了全世界每个角落里的读者心中。

第一节　全球化与奇幻小说大繁荣

70 年代的西方世界相对消沉，美国陷入越战的泥潭，尼克松又爆出了水门事件，英国虽然加入了欧共体，但英镑实行浮动汇率后面临危机，国内通货膨胀严重，失业率居高不下，经济接近瘫痪。1979 年底，保守党的撒切尔夫人当选首相，开始了长达十一年的铁腕政府时期，她与美国的里根政府一起将世界推向了资本为王的时代。撒切尔的主要改革措施是去“公有化”，推行私有化与市场经济。80 年代的英国诞生了大量投资银行、证券交易所、购物中心以及跨国公司总部等。资本市场与消费市场大肆增长的时候，公共文化生活却开始萧条，大学衰退，剧院倒闭，犯罪率猛增，社区破裂分化。一部分人迅速发家致富的同时使另外一部分人迅速落入了贫穷的深渊，工党政府努力填平的阶级鸿沟再次出现。撒切尔夫人不仅带来了英国社会的分裂，还有思想上的分裂。1991 年她被迫下台，有人欢喜有人忧，肯定她的人认为在她执政期间英国走出了经济困境，获得了更高的国际地位，反对她的人认为她完全毁掉了英国的福利制度。不管撒切尔夫人带给英国的是福祉还是灾难，她的执政理念对英国社会产生了深远的影响，苏联解体后，世界从两极进入了以美国为主导的一极多强的全球化时代。

在各种力量的推动挤压下，20 世纪 90 年代是剧变的十年。1990 年，冷战的标志性建筑柏林墙正式拆除，次年海湾战争爆发。美国学者福山(Francis Fukuyama)提出著名的“历史终结论”，认为人类意识形态发展已经走向终结，未来将是所谓“西方民主自由政府”形式的普遍化。美国总统老布什称这是“世界新秩序”。1993 年欧盟正式成立，一个经济上统一的欧洲出现在人们面前。1991 年 8 月 6 日，万维网公共服务首次亮相，1993 年欧洲核子研究组织宣布万维网免费开放，1994 年计算机科学实验室在麻省理工成立，深刻改变每个人生活的互联网时代已经到来。信息与资本实现了全球的自由流动，跨国公司如雨后春笋般发展起来，触角伸向全球的每个角落。以大家都熟悉的麦当劳为例，1987 年昆兰(Michael R. Quinlan)出任集团首席执行官，推行扩张策略，当年公司就新开了 600 家餐厅，到 1991 年整个集团百分之三十七的销售收入来自海外门店，最强劲的海外市场包括日本、加拿大、德国、英国、澳大利亚、法国、中国等。1990 年中国第一家麦当劳餐厅在深圳开业，1991 年北京，1993 年广州、佛山、东莞、厦门，1994 年上海、天津、福州，1995 年武汉、南京……麦当劳以惊人的速度扩张，在全球 121 个国家和地区拥有超过 32000 家餐厅。

然而信息的联结与经济的一体化并没有带来稳定统一的政治与文化生活，地区冲突不断，文化更加趋于多元，用布拉德伯里的话说，“随着边界发生变化，各个国家重新审视自己的身份，曾经的同盟破裂，世界版图一如既往的混乱，世界新秩序很快变成了世界新失序”[1]。新千年在进步中迎来了曙光，可是迈开新步伐往往还能带出旧伤疤，90年代的英国社会极不稳定。欧盟的成立旨在塑造一个统一的欧洲形象，而英国与欧洲大陆的关系自古以来一直是扯不断理还乱。融入欧洲与保持自身独立性的矛盾在这一时期又得到凸显。1990年英镑错误地加入了欧洲汇率机制，1992年9月16日英镑汇率机制危机爆发，被称为现代外汇史上最混乱的时刻之一。金融大鳄索罗斯就是借此一战成名，成功地从每个英国人口袋里抢了十块钱，成为“弄垮英格兰银行的人”，1997年他又袭击了东南亚，引发了1998年的亚洲金融危机。这就是国际资本流动的力量，全球化时代世界各国都被紧密地联系在一起，牵一发而动全身。在资本横扫世界的过程中，蒙受巨大损失的往往是新兴的经济体，进一步拉大资本市场的两极分化。新时代的货币战争不亚于从前的核威胁，它是没有硝烟的战争，并且爆发得更为频繁，短短十年后，2008年美国的次贷危机就引发了全球经济危机。新技术支撑下的资本成为新时代的黑暗势力，并且无处不在，肆意流动，潜在的危险更加巨大，普通民众往往在不知不觉中就被“割了韭菜”，不确定性成为恒定的存在，也成了后现代文化的一个核心特色，是许多小说包括奇幻小说表现的主题。

资本带来新问题的同时，传统工业的旧问题——环境污染也愈演愈烈，生态危机日益严重。90年代最突出的问题是全球变暖。据记载，20世纪90年代是自19世纪中期开始温度记录工作以来最温暖的十年。为阻止全球变暖，1992年联合国专门制订了《联合国气候变化框架公约》，依据该公约，发达国家同意在2000年之前将他们释放到大气层的二氧化碳及其他“温室气体”的排放量降至1990年时的水平。但排放权实际上意味着发展权，发展中国家的排放标准如何设定？按照发达国家的人均

---

[1] Malcolm Bradbury, *The Modern British Novel 1878—2001*, Beijing: Foreign Language Teaching and Research Press, 2004, p. 510.

标准就意味着剥夺了后发展国家摆脱贫穷的机会，而如果扩大排放，世界将面临着更严重的问题，历届气候大会各国都在争论不休，全球化反而暴露了地区发展不平衡更多的问题。生态问题注定是新时代的主旋律之一，并与经济政治的各种因素纠缠在一起，变得更加棘手。

政治上，1997 年工党的布莱尔（Tony Blair）上台，结束了保守党 18 年的统治，他宣称要重塑英国国家形象，打造多元、平等、开放的现代平民文化，改变英国根深蒂固的保守形象。这一年，苏格兰成立了独立议会，1998 年北爱尔兰也有了独立议会，并成立了自己的行政院，1999 年威尔士也成立了议会政府。与此同时，伦敦变得越来越国际化，三分之一的人口来自少数族裔，加勒比、非洲、印度、巴基斯坦、阿拉伯、华人社区等迅速成长，成为不可忽视的政治与文化力量。同性恋文化、女性权益、生态问题、全球视角、互联网意识等各种声音杂语喧哗。就连一向高高在上的王室也因为 1997 年备受瞩目的平民王妃戴安娜去世而开始走向亲民路线。

文化的概念也发生了变化，它不再是可以明确描述的民族传统与价值观，一切走向了多元，彻底失去了中心。布拉德伯里认为 20 世纪末的小说必须迎合世界文化的伟大重组与新科技时代的要求，它也显然已经适应了新的价值观、变化的交流体系与模式、不同的对象以及现代市场。① 新时代的新技术大大改变了文学传播的形式，故事不再只以印刷的书本形式到达读者，而是通过数字电视、巨幕电影、网络媒体等快速、同步以多种语言、多种模态与全球各地的人互动。创作的方式和形式也会受到影响。加上资本的推动，文化变成了商品，提供更多的娱乐，追求更多的利润。90 年代各种文学节的出现就是将作家与作品作为商品进行营销。著名的“哈利·波特”现象就是一个典型的营销案例。第一部《哈利·波特与魔法石》最初在英国出版时首印只有 500 册，经由美国学者出版社的美式营销后才在全球开始火爆。它首先采用控制版权全球同步预

---

① Malcolm Bradbury, *The Modern British Novel 1878—2001*, Beijing: Foreign Language Teaching and Research Press, 2004, p. 504.

售的方式激起读者的好奇心与购买欲，又将小说版权卖给时代华纳公司，改编成电影和 DVD 产品，进一步助推小说的热度，最后延伸到商品化经营权，打造服装、文具、玩具、游戏、主题公园等产品，形成了一条产业价值链。哈利·波特系列远远超出了小说、电影的范畴，在这个经济链条上，百分之七十的价值是衍生产品创造的。商品化造就了哈利·波特神话，它也因此遭到了保守人士的猛烈攻击。他们的攻击很多也并不是针对作品本身的，"本质上是对哈利·波特这样一种全球化消费现象的担忧，是对人们在商品化大潮中逐渐迷失自我的恐惧，是敏感的文化先锋们对一个时代的审美趋向做出的迅速反应"[①]。

这也是所谓的正统小说面临的困境。英语小说从 18 世纪诞生以来，在社会生活中的地位也发生了很大的变化。小说是中产阶级的文化形式，最初诞生的时候是以平实的现实主义风格反应普通人的生活，可以说是"没文化"的人阅读的东西。随着中产阶级的地位不断上升，小说的批判性与审美性日益增强，越来越强调思想与技巧的深度，到 20 世纪初现代主义时期已经开始进入精英文化层面。二战后大众文化兴起后，后现代主义小说在形式上的各种实验更加让它脱离普通大众，成为"有文化"的人都难读懂的东西。20 世纪 90 年代以来，正统小说日渐式微，一方面是因为它不愿意迎合大众，另一方面它也不适合被改造成商品广泛传播。

奇幻小说却因为其内在的特质与时代特色的契合而迎来了大繁荣。奇幻小说最根本的特点就是对异质文化的尊重，而这正是新千年文化的主流。善恶冲突框架下的个体成长模式更是具有放之四海而皆准的普适性。如果说维多利亚时代是奇幻小说的第一个黄金时代，20 世纪 50 年代是第二个，那么 21 世纪初期就是第三个。1997 年英国沃特斯通书店（Waterstone's Bookshop）与第四电视台对两万五千名英国读者进行问

---

① 姜淑芹：《哈利·波特研究综述》，《内蒙古大学学报（哲学社会科学版）》2008 年第 1 期，第 84 页。

卷调查，评选20世纪最重要的书籍榜单。结果在当时很出人意料，入选的大都是小说，没有一首诗歌，而小说中占据榜首的是托尔金的《魔戒》，其他比较靠前的作品包括《动物农庄》《美丽新世界》(*Brave New World*)、《柳林风声》《小熊维尼》等，基本都包含有幻想成分。对于这个榜单，评论界当时一片哗然。他们更想不到的是，在接下来的几年中，哈利·波特将牢牢占据各大排行榜的首位。除了《哈利·波特》之外，还有菲利普·普尔曼(Philip Pullman)的《黑暗物质三部曲》(*His Dark Materials*)影响较大。其他重要作家包括达尔顿(Annie Dalton)、黑莱姆(Ann Halam)、沃(Sylvia Waugh)、克罗斯(Gillian Cross)、克莱斯维尔(Helen Cresswell)、阿尔蒙德(David Almond)、普拉切特(Terry Pratchett)等。这一次的奇幻小说大繁荣不仅产生了一批新秀，也重新点燃了公众对经典奇幻小说的热情，不仅大师们的作品得到再版重印，大量被忽视的作家如琼斯、艾肯(Joan Aiken)、易博森(Eva Ibboston)、珀斯(Philippa Pearce)等人的作品也都进入了公众视野。

新时期的奇幻小说在内容和形式上都呈现了兼容并包的特点，一方面包含了维多利亚奇幻与现代奇幻的经典元素，另一方面又引入了当代社会密切关注的话题。《哈利·波特》系列和《黑暗物质三部曲》采用的框架都是50年代的高奇幻模式，但现实世界与架空世界之间的联系又相当密切，富含内斯比特式低奇幻元素，呈现出在穿梭中交融的特点。内容上仍然是善恶斗争的英雄成长主题，融入各种经典与历史故事，探讨的却是当今时代最关心的多元文化、商品经济、政治腐败、生态危机等问题。当代奇幻小说的繁荣从外部原因看是源于文化营销的推动，最根本的还在于它们将传统与现代、继承与创新相融合，从而适应了后现代读者的阅读审美需求。

第二节　信仰危机与重建
——菲利普·普尔曼与《黑暗物质三部曲》[①]

一、异议者普尔曼

相比《哈利·波特》的作者罗琳，普尔曼在我国的知名度不算高，但在英国他的地位要高于罗琳，被评论界普遍认为是“继《魔戒》的作者托尔金之后最优秀的盎格鲁-撒克逊奇幻小说家”[②]。普尔曼1946年出生于英国英格兰东部城市诺里奇，童年时代曾跟随做飞行员的父亲（在普尔曼七岁时因飞机失事不幸去世）及继父在津巴布韦、澳大利亚等地生活和受教育，十一岁时与家人一起返回英国威尔士居住。1968年牛津大学毕业后，普尔曼曾先后在牛津郡的一所教会中学及威斯敏斯特学院讲授维多利亚文学和民间故事。在教学之余，普尔曼开始从事文学创作。自1972年出版了处女作《闹鬼的风暴》（*The Haunted Storm*）之后，普尔曼作品不断问世，至今已有三十多部作品出版。其中1982年出版的《卡斯坦伯爵》（*Count Karlstein*）是普尔曼创作的第一部儿童文学小说。从1986年开始，普尔曼又相继出版了一部以维多利亚时期的少女莎莉·洛克赫（Sally Lockhart）为主角的奇幻小说四部曲，分别为《雾中红宝石》（*The Ruby in the Smoke*）、《北方阴影》（*The Shadow in the North*）、《井中之虎》（*The Tiger in the Well*）和《锡公主》（*The Tin Princess*）。由于情节扣人心弦，广受读者欢迎，英国广播公司（BBC）还曾在2006年和2007年分别将《雾中红宝石》和《北方阴影》改编成了电视剧。之后普尔曼出版了让他在世界文坛声名鹊起的《黑暗物质三部曲》（*The Dark Material*

---

① 本节部分内容已经以论文形式发表在《外国语文》2017年第6期第21—27页；《浙江社会科学》2018年第3期，第144—150页。

② Clarie Squires, *Philip Pullman's "His Dark Materials" Trilogy: A Reader's Guide*, London: Continuum, 2003, p. 12.

Trilogy)，包括1995年出版的《北极光》(*Northern Lights*)(美国版书名为《黄金罗盘》(*The Golden Compass*))，1997年出版的《魔法神刀》(*The Subtle Knife*)以及2000年出版的《琥珀望远镜》(*The Amber Spyglass*)。普尔曼最新的一部作品是2017年11月出版的《美丽方舟》(*La Belle Sauvage*)，这是普尔曼计划完成的《尘之书三部曲》(*The Book of Dust*)的第一部。除了系列小说之外，普尔曼也热衷于短篇小说的创作，他将其称为"童话故事"(fairy tales)，其中比较有代表性的包括《烟火制造商的女儿》(*Firework-Maker's Daughter*)、《我是一只老鼠！》(*I Was a Rat*)、《发条钟》(*Clock Work*)等。另外，普尔曼也创作了较多的漫画、插图和剧本，他的多部作品还曾被改编为电影、舞台剧、广播节目及电视剧等，其中最有影响力的便是2007年12月在好莱坞上映的由《黄金罗盘》改编的同名电影。2019年11月《黑暗物质三部曲》改编的电视剧开始上映，反响很好。

在普尔曼的所有作品中，最知名也最受读者和评论界关注的无疑当属《黑暗物质三部曲》。这部作品一经出版，便震惊世界文坛，并为普尔曼带来了多项荣誉，其中《黄金罗盘》获得了英国儿童文学的最高奖"卫报小说奖"，《琥珀望远镜》则赢得了惠特布里德文学奖，普尔曼是首位获该项文学大奖的英国儿童文学作家。2004年普尔曼凭借杰出的文学成就，被授予大英帝国勋章(CBE)，次年又获得第三届林格伦儿童文学奖。2008年，英国《泰晤士报》(*The Times*)将普尔曼评为"1945年以来50位最伟大的英国作家之一"①。

《黑暗物质三部曲》为普尔曼带来的不仅是荣誉，也有强烈的质疑。令评论界震惊并引发巨大争议的是，在这部作品中普尔曼通过"尘埃"的概念颠覆了《圣经》中传统的上帝和魔鬼形象。在《圣经》中，上帝创造万物，无所不能，至高无上。然而在《黑暗物质三部曲》中，普尔曼笔下的权威者(上帝)则不过是尘埃凝练而成的第一个天使，他试图用谎言和欺骗

---

① "The 50 Greatest British Writers Since 1945", *The Times*, 5 January, 2008.

来统治宇宙万物，却最终因为老弱和无能消失得无影无踪。与之形成鲜明对比的是，故事中的魔鬼形象却为了挽救尘埃从而拯救世界而在不懈努力。这种颠覆使普尔曼背上了“上帝弑杀者”和“最危险作家”的恶名，美国的部分教会组织甚至公开抵制《黑暗物质三部曲》，美国图书馆协会则将其列入禁书名单。但普尔曼对此并不介意，甚至公开表示“非常高兴重登十大禁书榜”[①]，因为他选择的是自觉加入英国文学中与弥尔顿(John Milton)、布莱克(William Blake)一脉相承的异议者传统行列中，不断追问信仰的本质与信仰的力量何在。

三部曲的题目“黑暗物质”最早出现在弥尔顿的《失乐园》中，指“世界形成时留下的混沌物质，包含水、土、气、火四种基本元素，是宇宙间涌动的无法控制的能量的源泉”[②]。故事女主人公莱拉(Lyra)则通常认为与布莱克的《天真与经验之歌》有密切关系。普尔曼曾经多次提到“天真”和“经验”这两个词来自布莱克的《天真与经验之歌》，他曾经说过《黑暗物质三部曲》“整个故事就是关于成长或者说是关于天真与经验的”[③]。布莱克诗集中有两首诗《小女孩的迷失》和《小女孩的寻获》，描述了小女孩莱卡(Lyca)迷失于荒野之中，却意外地得到了野兽的保护，最终安全回到父母身边的故事。英文的 Lyca 与 Lyra 只有一个字母之差，二者之间的联系显而易见。不仅如此，在作品中，普尔曼还直接呼应尼采，发问：“上帝在哪里？……假如他还活着，那么，他为什么不再说话？”[④]因为与这些经典作家的密切关系，普尔曼通常被列为严肃作家的范畴，他自己也在很多访谈中不承认《黑暗物质三部曲》是奇幻小说，而认为它是现实主义作品。当然他也常常自相矛盾，有的时候又明确说自己写的是奇幻。这其实也

---

① Donna Freitas and Jason King, *Killing the Imposter God: Philip Pullman's Spiritual Imagination in His Dark Materials*, San Francisco: Jossey-Bass, 2007, p. 5.

② Peter Hunt & M. Lenz, *Alternative Worlds in Fantasy Fiction*, New York: Continuum, 2001, p. 123.

③ Clair Squires, *Philip Pullman's "His Dark Materials Trilogy": A Reader's Guide* London: Continuum, 2003, p. 6.

④ [英]菲利普·普尔曼：《琥珀望远镜》，陈俊群译，上海：上海译文出版社，2008 年，第 281 页。

是由于采用了低奇幻与高奇幻相融合的形式，故事人物可以在不同世界之间穿梭，奇幻世界里反映的问题都是非常现实主义的，这也是后现代文化与后现代时期奇幻小说的基本特点：多元与融合。不管他自己怎么认为，作品对传统基督教信仰的颠覆与对多元文化的推崇是毋庸置疑的。

普尔曼童年主要与祖父母一起生活。由于祖父是当地教堂的牧师，他从小便在信奉基督教的家庭氛围中长大，但与其他孩子阅读《圣经》时全盘接受的态度不同的是，普尔曼的阅读总是带着思考与质疑，他从不屈从于绝对的权威。在一次接受采访时，普尔曼甚至直言不讳地说："任何把绝对的权威置于不容置疑的地位的机构，譬如教会，其中的头头总是说'上帝叫我这样去做，所以我告诉你后你也必须按照上帝的指示去做'，这样的机构总会无一例外地变质、腐败。它会被它自己的权力所毒害，最终难以实现并背叛最初的目标。"①《黑暗物质三部曲》所努力颠覆的正是把上帝置于权威者位置的唯一神论，期待建立以"尘埃"为核心的泛神论信仰。

二、《黑暗物质三部曲》中的尘埃与信仰颠覆

《黑暗物质三部曲》讲述的是一个史诗般的宇宙神话故事。第一部《黄金罗盘》讲述的是十二岁的少女莱拉为救朋友经历的惊心动魄的冒险故事。在莱拉生活的世界，灵魂以动物精灵的形式陪伴着每个人。莱拉从小被寄养在牛津大学的乔丹学院，对自己的身世毫不知情。机缘巧合之下，莱拉得到并学会了读懂黄金罗盘（真理仪）。与此同时，越来越多的无辜儿童神秘失踪，其中包括莱拉最要好的朋友罗杰。莱拉决心不惜一切代价救出罗杰，在真理仪和披甲熊的帮助下，莱拉前往北极，并从生母库尔特夫人控制的切割儿童及其精灵的实验室救出罗杰和其他儿童，并

---

① Philip Pullman, "Comment on Religion", Philip Pullman website, http://www.philippullman.com/pages/content/index.asp?PageID=12.［引用日期 2010－04－03］

将实验室摧毁。然而不幸的是，莱拉的父亲阿斯里尔勋爵为了打开前往宇宙其他平行世界的通道，不顾莱拉的苦苦哀求与反抗，将罗杰与其精灵残忍杀死，莱拉心中万分愧疚。第二部《魔法神刀》则讲述了莱拉跟随父亲阿斯里尔勋爵来到另外一个平行世界喜鹊城后，与少年威尔相遇。威尔年幼时父亲探险失踪，母亲因为承受不了打击精神失常。威尔为了保护母亲，意外导致了一位家中入侵者的死亡，被迫逃离自己所在的世界。在得到命中注定拥有的魔法神刀后，威尔帮助莱拉拿回被人偷走的真理仪，并与莱拉一起利用魔法神刀切割窗口在各个平行世界之间来回穿梭。在威尔的世界，他们还遇到了玛丽·马隆博士，与她一起探索尘埃的奥秘。但是由于教会的追杀，莱拉处境十分危险。在最后一部《琥珀望远镜》中，阿斯里尔勋爵联合各方力量组建了强大的队伍决心推翻由伪上帝和摄政者梅塔特龙统治的天庭，建立天堂共和国。莱拉和威尔则在真理仪和魔法神刀的帮助下来到险象环生的死亡世界。莱拉向罗杰的鬼魂当面表达了自己的愧疚之情并得到了原谅，威尔则见到了父亲约翰·佩里的鬼魂，并得到了父亲的指引和帮助。莱拉和威尔在穆尔法世界重新遇到了马隆博士。在听完马隆博士亲身经历的爱情故事后，莱拉与威尔互相表白了埋在心底的爱意。但是为了拯救不断流失的尘埃，拯救所有人类的灵魂，莱拉与威尔还是毅然放弃了与彼此相守的幸福，将不同世界之间唯一可以保留的窗户留给了死人世界。而阿斯里尔勋爵和库尔特夫人为了帮助莱拉完成伟大的历史使命，主动选择了在权威者（上帝）死后与摄政者梅塔特龙同归于尽。在故事的结尾，莱拉离开威尔重新回到了乔丹学院，开始了充满希望的新生活。在这部作品中，普尔曼运用了大量精彩纷呈的奇幻元素。在人类世界之外，还存在着隐身的天使、神秘的女巫、驾驶蜻蜓战斗机的小人国加利弗斯平人、浑身恶臭的鹰身女妖、令人毛骨悚然的悬崖厉鬼、腿上长了轮子的穆尔法等智慧生物，奇幻与现实的交错令人目不暇接，惊叹不已。其中最引人注目的是贯穿三部曲的核心意象“尘埃”（Dust）。

Dust 这个词对西方的读者来说一点也不陌生。在《圣经》中上帝对人类始祖亚当实施惩罚前的训诫时说道:“你必汗流满面才得糊口,直到你归了土,因为你是土而出的。你本是尘土(Dust),仍然归于尘土(Dust)。”[1]从基督教的视角来看,人类本身就是尘埃。从我国文化来说,上古时代女娲造人也是用的黄土泥浆。尘埃可以说是人类的基本物质属性。但在《黑暗物质三部曲》中,普尔曼大大扩展了尘埃的概念内涵与外延。他首先将尘埃与《失乐园》中的“黑暗物质”联系在了一起,也即题目中的黑暗物质。前文中已经提到,弥尔顿的黑暗物质指世界形成时留下的混沌物质,是宇宙间涌动的无法控制的能量的源泉。这一联系为固定的物质尘埃增加了动态性,将它的活动范围扩展到了整个宇宙,并且它不仅是万物的本源,还无法控制,包括上帝。在《魔法神刀》中,普尔曼借由玛丽·马隆博士与“山洞”(计算机)的文字对话对此做出了解释:

你是阴影物质吗?	是的。
你和莱拉的尘埃是一样的吗?	是的。
那就是黑暗物质吗?	是的。
黑暗物质有意识吗?	显然有。
回答这些问题的不是人类的意识,	是吗?是的,但人类一直都知道我们。
我们?你们不止一个?	有上百万个,数不清。
但你们是谁呢?	天使。
天使是由黑暗物质构成?由尘埃构成?	复杂的结构。是的。
阴影物质是不是就是我们所称的神灵?	我们的本性是神灵,我们所执行的职务是物质。物质和神灵是一个整体。
你们是不是参与了人类的进化?	是的。
为什么?	复仇。[2]

---

① 《圣经》,上海:上海译文出版社,2008年,第3页。

② [英]菲利普·普尔曼:《魔法神刀》,周倩译,上海:上海译文出版社,2008年,第279页。

通过上述的问答，普尔曼深入阐释了尘埃的本质及其与漫长的人类历史发展之间千丝万缕的联系。尘埃是宇宙中万事万物存在的基本形式。参与人类的进化是一部分天使为了向独裁的权威者复仇采取的一种策略。他们用代表智慧与知识的尘埃启迪了原本愚钝的人类的心智，使人类的自我意识、思考能力、情感体验以及对自由的追求向往都得到了提升，权威者控制人类，永恒主宰宇宙的野心也因此未能如愿。值得注意的是，在书中的三个不同世界，尘埃虽然是同一种物质但是也有着不同的称呼和体现。

第一种表现形式是莱拉世界中的“尘埃”，又被称为“鲁萨科夫粒子”。在《黄金罗盘》中，尘埃第一次展开它的神秘面纱是在牛津大学的乔丹学院，阿斯里尔勋爵用幻灯片展示他在北极拍摄到的照片。

> 然而，那个男子却完全变了：他全身沐浴在亮光之中，举起来的手上正飞出一个个小小的颗粒，熠熠闪光。
>
> “那个亮光是往上还是往下?”神父问道。
>
> “往下，”阿斯里尔勋爵说，“但并不是什么亮光，而是**尘埃**。”
>
> ……
>
> “那是尘埃，”阿斯里尔勋爵重复道，“它们之所以从底片上看起来像灯光，是因为这些尘埃的微粒对这种新型的专用感光剂产生了影响，这跟光子对硝酸银感光剂产生影响是一样的。”[①]

由此可见，在莱拉的世界，尘埃是一种不能为人的肉眼直接看到的神秘物质，但是通过特殊的材料或者摄影工具，尘埃便可以被清晰地展示出来。事实上在这个世界第一个发现尘埃的并不是阿斯里尔勋爵，而是一位名叫鲁萨科夫的莫斯科人，因此尘埃又被称为鲁萨科夫粒子。鲁萨科夫发现这是一种新的基本粒子，也是构成一切物质的最小单位，对它们的测量非常困难。更令人觉得不可思议的是，尘埃会在成年人及其精灵周

① ［英］菲利普·普尔曼：《黄金罗盘》，周景兴译，上海：上海译文出版社，2008年，第178页。

围聚集，而儿童却极少会吸引这种粒子。但是当儿童进入青春期后，随着他们的精灵逐渐失去变化的能力，尘埃也就开始在他们周围聚集。

在威尔的世界，尘埃则体现为自然科学家们的一个新发现。当莱拉试图在这个世界找到尘埃的时候，她发现在这里尘埃被称为“黑暗物质”(Dark Matter)或者“阴影粒子”(shadow matter)。物理学家玛丽·马隆博士的研究小组一直试图寻找将星星和银河等发光的物体关联到一起的物质，但发现这种基本粒子与她们之前已经发现的任何物质都不同，很难探测。后来玛丽·马隆博士的同事奥立弗·佩恩博士发现普通的象牙没有阴影粒子，而被人类雕刻过的象牙棋子却会吸引这种基本粒子。也就是说阴影粒子是有意识的，会对人类的劳动和期待做出反应。而奥立弗博士对三四万年前的化石头颅所做的实验也证实了阴影粒子出现的时间与人类首次出现的时间是重合的。莱拉也据此判断出了阴影粒子与尘埃是同一种物质。之后她与马隆博士一起试着用真理仪、“山洞”(计算机)等方式与阴影粒子进行了一步步的沟通。最后马隆博士也成功地通过问答了解了阴影粒子的本质及其与人类历史进化的关系。

在穆尔法的世界中，尘埃则被称为“斯拉夫”。存在了三万三千年的穆尔法外形上与人类相距甚远，与食草动物倒是有几分相似。他们有着菱形的骨架，四条腿分别长在菱形的四个角上。但穆尔法与食草动物在本质上是完全不同的。他们是智慧生物，有着与人类相似的智慧和意识，也能与马隆博士进行简单的语言交流。儿童时代的穆尔法行动相对笨拙，只能像食草动物一样四脚着地，思想和情感也处在天真未开化状态。但慢慢长大后，他们会通过吸收种荚轮子渗出来的油来吸引住“斯拉夫”，以此获得力量、智慧与情感的成长。与前两个世界不同，穆尔法们能直接用肉眼看到每个人身上的斯拉夫。穆尔法们从未排斥或者试图摧毁斯拉夫，相反他们觉得是斯拉夫使他们获得了意识与智慧，有了记忆和觉醒，拥有斯拉夫是命运的恩赐，正如普尔曼曾经说过的，“穆尔法从未将知识和罪恶联系在一起”[①]。

由此可见，虽然尘埃的概念来源于《圣经》与《失乐园》，但普尔曼显然赋予了它新的含义。在基督教的传统象征体系中，尘埃代表的是物质，而在精神与物质的二元对立中，精神是高尚的，物质是邪恶而微不足道的。而《黑暗物质三部曲》中的尘埃却既是构成世界万物的基本物质形式又是为这万物提供能量的源泉。它既是物质又是神灵，由此打破了物质与精神的二元对立，实现了二者的统一。普尔曼把尘埃从一个“代表人类肉体性/必朽性的隐喻变成了一个万物共生的存在，它意义多元，并且充满了神秘色彩”[②]。这实际上是颠覆了基督教的根本，回归古老的泛神论传统。

下一步，普尔曼便通过“尘埃”的新概念颠覆了《圣经》中传统的上帝和魔鬼形象。在《圣经》中，上帝创造万物，无所不能，至高无上。然而在《黑暗物质三部曲》中，普尔曼笔下的权威者（上帝）则不过是尘埃凝练而成的第一个天使，他试图用谎言与欺骗来统治宇宙万物，却最终因为老弱和无能消失得无影无踪。与之形成鲜明对比的是，为了挽救尘埃从而拯救世界而不懈努力的“魔鬼”形象。在《圣经》中，上帝是圣父、圣子、圣灵三位一体，而在《黑暗物质三部曲》中，上帝只出现了一个位格，没有出现圣子和圣灵。但有趣的是，魔鬼“撒旦”的角色却是由天使哈法尼亚、女科学家玛丽·马隆博士和莱拉的父亲阿斯里尔勋爵“三位一体”共同扮演的。这三位人物也都颠覆了传统的魔鬼形象。天使哈法尼亚是智慧的象征。她既年轻又年迈，是最早开始反叛权威者的天使之一。她和其他反叛天使一起，致力于开启人类的智慧和思维。尽管权威者和教会一直对反叛天使们实施镇压和放逐，使她们被迫秘密工作，但哈法尼亚始终不屈

---

① David Colbert, *The Magical Worlds of Philip Pullman: A Treasury of Facts*, New York: the Berkley Publishing Group, 2006, p. 34.

② Anne-Marie Bird, “Circumventing the Grand Narrative: Dust as an Alternative Theological Vision in Pullman’s *His Dark Materials*”, *His Dark Materials Illuminated: Critical Essays on Philip Pullman’s Trilogy*, ed. Millicent Lenz and Carol Scott, Detroit: Wayne State University Press, 2005, p. 190.

不挠地坚持战斗。在权威者消失，梅塔特龙掉进深渊灭亡后，由于不同平行世界之间留下太多口子，尘埃不断泄漏，妖怪横行，民不聊生。哈法尼亚又默默承担起将所有口子(除了死人世界通往其他世界的那扇窗口外)关闭，阻止尘埃继续流失的重任，给原本满目疮痍的世界重新带来了生机。马隆博士与《圣经》中邪恶阴险诡计多端的“蛇”的形象也相去甚远，她是一位四十岁左右，黑色短发，脸色红润的女科学家。由于性格耿直，马隆博士拒绝了查尔斯爵士的威逼利诱，坚持以自己的方式对阴影粒子(尘埃)进行研究，但这也导致了她被迫离开实验室。在尘埃的引导下，马隆博士来到穆尔法世界。她努力融入穆尔法们的生活，观察和了解他们的生活习惯与交流方式。为了能像穆尔法们一样直接看到斯拉夫(尘埃)，她费尽周折做出了琥珀望远镜，直接看到了尘埃的美。穆尔法们对她的这项创造惊叹不已，也相信只有她才能帮助他们寻找出尘埃流失的真正原因，避免穆尔法世界的毁灭。在与莱拉和威尔汇合后，马隆博士娓娓地向莱拉与威尔讲述了自己的人生经历，如何从一个古板枯燥的修女转变为对生活充满乐趣和激情的女科学家。她也毫无保留地分享了自己的爱情体验，细腻温柔甜蜜的情感彻底征服了莱拉和威尔。他们相爱了，马隆博士也由此圆满完成了“蛇”的使命。阿斯里尔勋爵则是三个魔鬼角色中唯一的男性。尽管他有时行事鲁莽，不拘一格，又曾将罗杰无辜杀害，在一定程度上似乎符合魔鬼的形象。然而本质上，阿斯里尔勋爵是一个慈爱的父亲和拯救世界的英雄。他一直努力召集各方力量，雄心勃勃地试图推翻权威者统治，建立天堂共和国。但当他最终意识到自己的计划无法取得成功，莱拉才能真正改变人类历史后，他便下定决心以自己的生命来为莱拉的伟大事业扫清障碍，莱拉也才最终认识到，原本宣称要将尘埃从源头毁灭的父亲其实真正致力于做的恰恰是拯救尘埃，从而拯救宇宙万物。

三、《黑暗物质三部曲》中的信仰重建与生态意识

与弥尔顿的叛逆一样，普尔曼努力弑杀的是独裁者上帝形象，颠覆

“天堂王国”，建立人人皆为平等的尘埃的“天堂共和国”。在 2000 年 3 月举办的一场关于天堂共和国的讲座中，普尔曼指出：“在这公元第三个千年伊始时刻，我们面临的危机包括环境恶化、大集团不断加强的独裁化、拥有核武器地区对和平的不断威胁等，这其中最严重的危险来自基督教原教旨主义。”[①]他认为任何一个信奉唯一神论的宗教最终都会因为别人不信那唯一的神而去迫害屠杀他人。可见在普尔曼心目中，精神的禁锢与危机是导致一切问题的根源。而解决问题的办法不是去找牧师、读《圣经》，而是相信自己的本能，在被热爱、受保护的环境中与自己和谐共处，与他人和谐共处。

在《黑暗物质三部曲》中，物质与尘埃、物质与物质之间都通过爱的关系存在着。尘埃的形成也是因为物质热爱物质，物质想进一步了解自己。尘埃的本质与特性决定了各种生物都渴望拥有爱的伴侣。天使巴鲁克和巴尔塞莫斯便是一对心心相印的爱侣。虽然由尘埃演化而来的天使没有肉身，但他们也需要爱的滋养。作为亲密爱侣，他们有着共同的奋斗目标，一起制定计划为帮助阿斯里尔勋爵推翻权威者统治而努力，不幸的是巴鲁克提前牺牲了。在完成最后的使命后，巴尔塞莫斯如释重负，在心里对巴鲁克做了最后一次深情告白：“噢，巴鲁克，亲爱的，我再也做不了什么了。威尔和那个女孩安全了，一切都会好起来了，但是这是我的末日，不过其实你死的时候我就死了，巴鲁克，我的爱人。”[②]片刻之后，他便永远消失，追随巴鲁克而去了，用情之深令人感动。

莱拉的父母阿斯里尔勋爵与库尔特夫人之间的爱也为拯救尘埃的事业做出了巨大贡献。在《黑暗物质三部曲》中，起初阿斯里尔勋爵与库尔特夫人是情人并且生育了莱拉，但由于各自有着自己的野心，两人分道扬镳。库尔特夫人代表教会当局试图控制尘埃，通过切割人与精灵的方式

---

① Nicholas Tucker, *Darkness Visible*: *Inside the World of Philip Pullman*, Duxford: Wizard Books, 2003, p. 124.

② [英]菲利普·普尔曼：《琥珀望远镜》，陈俊群译，上海：上海译文出版社，2008 年，第 379 页。

将尘埃与人体隔绝。作为普尔曼认为的“一个浪漫主义英雄”，阿斯里尔勋爵则野心勃勃地寻找尘埃的源头。他们各自代表的立场决定了两人之间的水火不容。但令年幼的莱拉困惑不已的是原本势不两立的父母似乎总会在尘埃爆发的地方重新迸发出爱的火花。令人印象最深的场景是在阿斯里尔勋爵成功利用罗杰与其精灵分离的巨大能量炸开通往另外一个世界的入口，尘埃倾泻而出的时候，莱拉万分惊讶地发现之前多次想置阿斯里尔勋爵于死地的库尔特夫人竟然与阿斯里尔勋爵热烈地拥抱亲吻着。在他们旁边，阿斯里尔勋爵的雪豹精灵则紧绷着肌肉，将爪子抠到库尔特夫人的金猴精灵的肉里，而金猴却全身放松，在雪地上幸福地陶醉。尽管之后库尔特夫人拒绝了阿斯里尔勋爵加入他的事业的邀请，但最终他们之间重新爆发了爱，同时库尔特夫人的母爱也重新回归，库尔特夫人甚至爱莱拉“爱到心都爆满了”[①]。也只有心中充满爱之后，他们才能齐心协力将摄政者梅塔特龙引诱至无底深渊的边缘，并双双献出了生命，与梅塔特龙同归于尽。值得一提的是梅塔特龙之所以会中库尔特夫人设计的圈套，并不是因为他缺乏知识或者经验。相反，作为生存了几千年的天使，梅塔特龙知识广博无边，经验丰富，感觉敏锐，本来完全可以看透库尔特夫人的计谋。但是作为尘埃演化中的宇宙一员，即使贵为天庭摄政者，梅塔特龙也无法逃脱热爱肉身的本能。对库尔特夫人肉身的渴望冲昏了他的头脑，使他失去了正常的判断能力，也将他送入了毁灭之门。

当然《黑暗物质三部曲》中最重要最强烈的爱无疑属于新一代夏娃与亚当——莱拉与威尔，也只有这份爱才能真正拯救人类的灵魂。莱拉原本是一个勇敢聪明，但行为粗野，缺乏管教的小丫头，在浑浑噩噩、打架滋事中过着童年生活。而威尔因为父亲早年失踪，母亲会不定时精神失常，早早便担负起家庭重任，性格相对沉稳封闭。这对 12 岁的少年在命运的安排下在喜鹊城相遇，共同经历了许多惊心动魄的时刻。他们配合默契，

① [英]菲利普·普尔曼：《琥珀望远镜》，陈俊群译，上海：上海译文出版社，2008 年，第 326 页。

患难与共，一起经历了层层磨难与考验后最终有了爱意的萌动。他们沉浸在爱情中，渴望与对方亲密独处，渴望进一步了解对方。这便是物质热爱物质的一种最直观的表现，也体现了尘埃本身的意愿。而当莱拉与威尔第一次用亲吻表达了爱情之后，马隆博士惊讶地发现："天空那可怕的尘埃洪流停止流动了，它并不是静止的，玛丽用琥珀镜片扫视着整个天空，看见这儿一个尘埃流，那儿一个漩涡，更远的地方还有一个涡流，它在永恒的运动中，但是它不再流走，事实上，如果硬要说它像什么的话，它像雪花一样在飘落。"[①]也就是说，莱拉与威尔的爱在那一刻使尘埃停止了流向虚无，因为尘埃将爱视为自己的家，只有爱能阻止它的流失。而莱拉和威尔也终将会在生命逝去后化为尘埃紧密地结合在一起来表达对彼此至死不渝的爱。

威尔与莱拉的爱最突出的特点是它肯定肉身的爱，并且这种"堕落""通向优雅，通向智慧，而不是通向罪恶、死亡、悲惨和地狱"[②]。这显然完全颠覆了传统基督教的思想。其实在古代哲学中，美的内在与外在，精神与肉体从来都是一个整体。基督教将二者分裂开来，虚拟出唯一的神上帝，抬高精神贬低肉体。普尔曼在故事中不仅颠覆了上帝的身份，并且重构了人类始祖亚当与夏娃的身份与命运，可以说推翻了以上帝为核心的唯一神论，建立起了以尘埃为核心的泛神论。泛神论认为神和宇宙或者自然是统一的。神就是世界，是整个有生命的自然，神不存在于自然之外。宇宙间只有一个长住不变，自有永存，绝对永恒的本质。正如约翰·福开森所阐释的"上帝存在于万物中却又超越万物，宇宙的每个部分都存在于上帝之中，而他又超过万物的总和"[③]。在《黑暗物质三部曲》中，尘埃显然就等同于上帝，只是这个上帝与基督教的上帝完全不同，它不是唯

---

① [英]菲利普·普尔曼：《琥珀望远镜》，陈俊群译，上海：上海译文出版社，2008 年，第 380 页。

② Clair Squires, *Philip Pullman's "His Dark Materials Trilogy": A Reader's Guide* London: Continuum, 2003, p. 116.

③ John Ferguson, *An Illustrated Encyclopedia of the Mystery Religions*, London: Thames & Hudson, 1976, p. 142.

一的，不是独自高高在上主宰万物，而是存在于万事万物之中，与万物相生相长，也即生态和谐。

普尔曼的这种思想与现代生态思想相呼应，表现了他对人类生存环境的忧患意识。生态问题可以说是当今世界面临的首要生存问题。在环境危机的背景下，越来越多的作家自觉地思考人与自然的关系，20 世纪 70 年代以来，生态批评开始形成，海德格尔的“诗意栖居”思想是其最直接的精神资源之一。生态批评认为：“伴随着工业文明时代的到来和科学技术的迅速发展，人类逐渐脱离自然母亲的怀抱，从敬畏自然到疏离自然，从疏离自然到放逐自然，再到征服自然和掠夺自然。在人与自然关系由和谐到恶化的过程中，人的天性也逐渐失去天然特质，逐渐异化、物化。人的严重异化和人的本性的严重丧失必将导致人性危机。”[①]这人性危机导致人的精神危机和文化危机，使人产生物欲膨胀价值观，科技至上发展观和人类中心主义宇宙观等理念误区，最终又导致了自然生态危机。因此改变自然环境并不是生态批评的终极目的，广义的生态批评包括自然生态、社会生态与精神生态等各个方面。根据鲁枢元先生的界定，生态批评关注以下三方面：第一，在自然生态中实现自然的生态和谐、人与自然的生态和谐；第二，在社会生态中实现国与国、民族与民族、人与人的生态和谐；第三，在精神生态中实现人自我身心内外的生态和谐。[②] 生存环境恶化意味着生活方式产生变化，社会生态系统失衡，精神生态也会更加紊乱，诗意的生存则不可能存在。反过来，人类要想获得诗意的生存，则必须改变唯我独尊的意识，尊重自然，尊重他人，而这也正是普尔曼所努力宣扬的。需要特别强调的是，自然的概念有双重含义，一指自然界，二指本性。在古希腊哲学与中国古代哲学中，这二者是统一的，到了近代其侧重点才开始转向自然界。如前文所述，正是这种分离造成了人性的危机。普尔曼创造的尘埃概念既指自然界又指所有事物的本质属性，从而体现

---

① 陈茂林，严启刚：《回归自然，诗意生存——论生态批评的内涵构建》，《上海财经大学学报》2005 年第 6 期，第 61 页。

② 鲁枢元：《生态文艺学》，西安：陕西人民出版社，2000 年，第 146 页。

了全方位的生态意识。

在作品中，普尔曼构建了宇宙多重世界，而尘埃的流失导致了各个世界自然生态环境的急剧恶化。在披甲熊居住的斯瓦尔巴特群岛，生态环境的改变迫使披甲熊们离开原来的生存环境，四处流浪。“北极的冰全部开始融化，各种奇怪的新的水流出现了。由于熊是依赖冰雪和生活在冷海中的动物生存的，所以他们可以看出，如果待在原处，很快就会挨饿。”[①]而在穆尔法世界，原本自然风景极其优美，人与自然和谐相处。莱拉来到穆尔法世界后留下了这样的第一印象：“无边的金光，无垠的大草原，与她在自己的世界所见过的一切都迥然相异。色彩斑斓的短草覆盖着大部分的土地，浅黄色、棕褐色、翠绿色、赭色、黄色、还有金色的，轻柔地起伏，在太阳长长的余晖下一目了然……一股清泉从长满绿苔的裂缝中渗出来，顺着山坡流下去，形成一条细细的小溪。”[②]然而在尘埃开始流失后，穆尔法世界的生态环境也迅速恶化了：“树木开始生病，我们焦急地看着它们，小心翼翼地护理着它们，但仍然发现它们生产越来越少的种荚，在不合季节地落叶，有些干脆死去。”[③]而在人类居住的喜鹊城，尘埃的流失导致了妖怪的出现与横行，成人们为了避免被妖怪吃掉自己的精灵，只能四处逃亡，留下大批的儿童无人照顾，四处流浪。原本繁华的城市一片萧条，“马路上的窟窿无人修补，窗户玻璃碎了，墙皮掉了，台阶都碎了，门框和墙之间也裂了缝”[④]。当然，最令人毛骨悚然的是死人世界的生态环境，无数的鬼魂在拥挤的空间苍白无力地行走，没有方向，看不到前景，每天生活的环境“像一个垃圾场，空气厚重，充满烟味还有其他味道：辛辣的酸性的化学品，正在腐败的蔬菜物质、污水”[⑤]。这些景象其实

---

① [英]菲利普·普尔曼：《琥珀望远镜》，陈俊群译，上海：上海译文出版社，2008年，第89页。

② 同上书，第67页。

③ 同上书，第187页。

④ [英]菲利普·普尔曼：《魔法神刀》，周倩译，上海：上海译文出版社，2008年，第70页。

⑤ [英]菲利普·普尔曼：《琥珀望远镜》，陈俊群译，上海：上海译文出版社，2008年，第202页。

也是当下人类社会各地区面临的困境。

尘埃的流失不仅导致自然环境严重恶化，社会环境也严重恶化，人类完全没有幸福可言。穆尔法世界的人一直感恩珍惜斯拉夫（尘埃）的存在，他们精心照料着能吸引斯拉夫的种荚树，因而“曾经有一个时候轮子很多，世界很富裕，充满活力，穆尔法同他们的树一起过着永恒的快乐日子”[①]。然而随着尘埃的不断流失，原本茂盛的树木开始生病，幸福的日子也渐渐离穆尔法们远去了。马隆博士和穆尔法们都清楚只有阻止尘埃的流失他们才能重新过上幸福的生活，他们也为此做出了种种努力。在喜鹊城，则有一种专门以吃人的注意力和好奇心来毁灭尘埃的妖怪。他们对天真幼稚尚未吸引尘埃的儿童不感兴趣，只袭击成人并吸食他们的尘埃。一旦被这种妖怪袭击，人的生命“就会变成一个空白漠然的悲剧”[②]。就像《魔法神刀》里的一位原本慈爱的父亲被妖怪吸食掉代表灵魂的尘埃后，亲眼看见孩子掉进身后的河里几乎淹死，也不伸出援手，只在旁边漠然地看着。由于许多父母被妖怪吞噬了灵魂，大批的孤儿只能到处流浪，捡到什么吃什么，幸福的生活早已离他们远去。在莱拉的世界与之相似的是被切割了精灵不再吸引尘埃的士兵，“他们没有恐惧感，没有想象力，也没有自由的意志，他们会一直战斗到粉身碎骨”[③]。他们完全没有人生的乐趣，只能成为行尸走肉般的打仗机器。

尘埃流失后的这几个世界的生态环境无疑也表达了普尔曼对人类所处的生态环境不断遭到破坏的忧虑以及希望通过唤起人类觉醒从而改变生态环境的渴望。改变的方法是爱人爱己爱自然，以爱的力量与世间万物和谐相处。在《黑暗物质三部曲》中，则是热爱尘埃、拯救尘埃。尘埃的生存模式体现了泛神论关于所有生物统一的思想。这种神秘的宇宙物质

---

① ［英］菲利普·普尔曼：《琥珀望远镜》，陈俊群译，上海：上海译文出版社，2008 年，第 105 页。

② ［英］菲利普·普尔曼：《魔法神刀》，周倩译，上海：上海译文出版社，2008 年，第 223 页。

③ ［英］菲利普·普尔曼：《琥珀望远镜》，陈俊群译，上海：上海译文出版社，2008 年，第 379 页。

像电子、光子、中微子一样不能再被细分，它们的构成物质是它们自己，而且是成千上万的粒子统一在一起构成的。它是宇宙万物的起源，一切的物质，所有生物在死亡之后也将重新统一在宇宙万物之中。在书中，书中死亡世界中的鬼魂最终在莱拉与威尔的帮助下，能够通过唯一的一个窗口来到其他世界，与万物化而为一，以另一种方式获得重生，就像第一个离开死人世界的罗杰的鬼魂，“发现自己化入夜晚、星空、空气……他惊奇地笑着，然后不见了”①。而莱拉与威尔虽然选择了将彼此的爱情献祭给解放人类灵魂的大爱，以至于在活着时只能痛苦地分隔在两个不同的世界不能相见，但他们也乐观地相信在死后他们必将能化为一体：“当我们真的重新找到彼此的时候，我们将紧紧地抱在一起以至于没有任何东西或任何人会将我们拆开。我的每一个原子和你的每一个原子……我们将活在鸟儿、花儿、蜻蜓、松树、云彩以及你看见的在太阳的光柱中漂浮的那些小小的光点中……当他们用我们的原子制造新的生命时，他们不可能只取一个，他们必须拿走两个，你一个，我一个，我们将那么紧地结合在一起……”②美好而充满希望的憧憬无疑体现了人与自然万物和谐统一的生态理想。

当今社会所面临的生态问题，与其说是自然生态危机，毋宁说是人类的人性危机、文化危机和精神危机，这一切都是源于将人与自然对立起来的人类中心主义思维。而人类中心主义的形成又可以追溯到《圣经》。按照基督教的思维，人是上帝按照自己的形象创造出来的化身，人类必须服从、忠实于上帝；同时，为了维护人类生存繁衍，上帝又赋予人类支配自然、统治自然的权力。这种神学人类中心主义是人类掠夺大自然的重要思想根源。文艺复兴以后，人的中心地位更是得到了前所未有的凸显，形成了绝对人类中心主义，大自然彻底沦为人类的奴隶。近代工业革命以后，人类飞速创造了丰富的物质财富，同时也开始尝到了自己酿制的苦

---

① ［英］菲利普·普尔曼：《琥珀望远镜》，陈俊群译，上海：上海译文出版社，2008年，第293页。

② 同上书，第403页。

果。既然生态危机是源于人的自然天性的丧失，那么解决危机的方法便是回到自然，不仅是回归物质的自然，也要回归人类的自然天性。尘埃就是这样一个融合了物质自然与精神自然的意象。一方面，作为万物的起源，尘埃创造了宇宙中的存在，并且帮助一切智慧生物提升自我意识、情感、知识、经验以及对自由的渴求。为了促进人类的发展与进化，尘埃以独特神奇的方式与人类进行沟通。另一方面，人类的思考、感觉、反思及智慧也反作用于尘埃的存在。《黑暗物质三部曲》巧妙地采用奇幻形式，以无处不在的微小尘埃为隐喻，颠覆腐朽的权威上帝，重建自然万物和谐相处的泛神论信仰，这也是全球化时代的多元文化追求。

第三节 新千年的期盼
——乔安娜·罗琳与《哈利·波特》

一、灰姑娘罗琳与《哈利·波特》神话

在《哈利·波特》系列第一部《哈利·波特与魔法石》(*Harry Potter and the Philosopher's Stone*)中，哈利的父母惨遭伏地魔毒手，而他却奇迹般地活了下来。准备将他寄养在姨母家时，麦格教授说："他会成名的——一个传奇人物——如果将来有一天把今天定为哈利·波特日，我一点儿也不会觉得奇怪——会有许多写哈利的书——我们世界里的每一个孩子都会知道他的名字！"[①]事实的确如此，而且不仅书中的魔法世界的每一个孩子都知道他的名字，在我们现实的"麻瓜世界"里，21 世纪初全世界最有名的人恐怕非哈利·波特莫属了。从 1997 年第一部出版至 2007 年最后一部出版，每一本的发行都在全球掀起一浪高过一浪的"波特飓风"，创造了一个又一个销售奇迹。2007 年 7 月 21 日最后一部《哈

---

① [英]J. K. 罗琳:《哈利·波特与魔法石》，苏农译，北京：人民文学出版社，2000 年，第 10 页。

利·波特与死亡圣器》(*Harry Potter and the Deathly Hallows*)全球同步发售的头二十四个小时内,英国共卖出265万本,美国卖出830万本,连北京也卖掉一万册英文原版书,创造了每分钟销售7000本以上的奇迹,这个纪录迄今还没有被打破。2007年10月,人民文学出版社推出中文版,首印100万册,再破该系列前几部自己创下的纪录。

《哈利·波特》系列不仅创下了销售狂潮,也狂揽各项文学大奖,包括英国国家图书奖(The British Book Award)、斯马蒂图书金奖(The Nestle Smarties Book Prize)、惠特布莱德奖(The Whitebread Book Award)、雨果奖(Hugo Award)、安徒生文学奖(Hans Christian Andersen Literature Award)等。同名电影系列由美国华纳公司投拍,同样创造了一个个票房奇迹,从2001年到2011年总计票房达77亿美元。与其他文学作品不同的是,《哈利·波特》系列没有停留在影视改编层面上,而是利用粉丝的狂热,进一步发掘了品牌价值,形成了一条完整的产业链,包含服装、文具、玩具、游戏、主题公园等各种各样的产品。截至2017年,它已经被翻译成79种语言,在全球卖出了4.5亿册,品牌价值达到250亿美元[①]。

无独有偶,作为一部描写魔法的小说,《哈利·波特》系列与普尔曼的《黑暗物质三部曲》一样曾经遭到过基督教世界的猛烈抨击。保守派认为《哈利·波特》系列宣扬巫术崇拜,要求把它从教室和图书馆清除出去。1999年至2001年,《哈利·波特》系列连续三年位列美国图书馆协会(American Library Association)“最受质疑的书”榜首[②]。一个名为“自由村”的基督教会组织在网站上公开声称,“《哈利·波特》系列图书是专门用来为巫术和异教招兵买马的”。2001年美国新墨西哥州的一个牧师杰克·布洛克(Jack Brock)竟然还组织教众当众焚烧《哈利·波特》系列书

---

① “哈利·波特二十年,一个时代的美好回忆”,搜狐中文在线 2017—06—27 https://www.sohu.com/a/152484399_283692.[引用日期 2018—06—04]

② “Harry Potter Tops Challenged Books,” *Teacher-Librarian* 28.4 (2001), p. 67.

籍[①]。其实读过作品的人都会看出这些抨击是无稽之谈,《哈利·波特》系列完全没有像《黑暗物质三部曲》那样明确声明要推翻上帝的统治,但主题却同样是克服偏见,用爱的力量追求和谐,并且表现方式更加接近大众审美。相比普尔曼,作者罗琳本人的经历[②]也更加真实、更加梦幻,她是一个典型的现代灰姑娘,与她的主人公哈利·波特一样激励着渴望不凡的每一个普通人。

罗琳的生日与哈利·波特一样,她 1965 年 7 月 31 日生于英国苏格兰的小镇耶特(Yate)。在 2007 年上映的纪录片《J. K. 罗琳:生命中的一年》中,罗琳提到父母原本期待生一个男孩,连名字都起好了,叫西蒙·约翰(Simon John),因此看到一个女孩后他们很失望,并且长期以来在她面前毫不掩饰他们的失望。可是妹妹出生后父母并不感到失望,于是罗琳问父母是不是因为他们发现养个女孩其实也不错,他们直截了当地回答说"不是",然后她就只有默默地独自掉眼泪了。片中没有对罗琳的家庭生活进行过多的描述,但儿时的她应该没有得到父母足够的关爱,这也可能是为什么采访人问她最渴望的东西是什么时,她说"是拥有一个幸福的家"。罗琳的母亲喜爱读书,父亲也会常常给孩子们讲故事,罗琳也对读书抱有极大的热情,小学时就阅读了格林厄姆、内斯比特、布莱顿(Enid Blyton)、柯立芝(Susan Coolidge)、路易斯等人的作品。读书丰富了她的想象力,讲故事是她最喜欢的游戏之一,六岁时就曾经编过一个关于兔子和大蜜蜂的故事。罗琳在后来的访谈中提到从那时起她就想当一名作家,但从来没有跟任何人提到过这个梦想。九岁时,罗琳一家搬到图希尔小镇(Tutshill),小罗琳在这里上学并不开心,但是附近的迪安森林却给了她无穷的想象力,罗琳直言霍格沃茨的禁林是她最喜欢的地方,这片森林正是她灵感的源泉。

---

① Connie Ann Kirk, *J. K. Rowling: A Biography*, Westport: Greenwood Press, 2003, pp. 103—104.

② 关于罗琳的生平,网络信息非常丰富,本人也在《从工业革命到儿童文学革命——现当代英国童话小说研究》中进行了比较详细的介绍,在此不再重复过多细节,只谈论与本书话题相关的内容,并补充一些新资料。

上中学后罗琳仍然保持着对文学名著的热爱，阅读了《魔戒》《傲慢与偏见》《名利场》等大量作品，闲暇时间仍然会编故事给朋友们听。十五岁的时候母亲被诊断出多发性硬化症，罗琳自称此事对自己的打击是毁灭性的，因为父亲很难相处，她很怕自己的父亲，总是努力讨好他，但效果并不尽如人意。1983 年，母亲病情恶化，她自己参加牛津大学的入学考试失败，后来选择了埃克塞特大学（The University of Exeter），主修法语。大学时代的她表现普通，大三的时候到法国学习，与一个意大利人、一个俄国人和一个西班牙人同住一间宿舍，接触到多种文化。大学毕业后，她在一个国际性的组织找到一份工作，做了一名法语非洲侵犯人权研究的助手，但她并不喜欢这份工作，每到午餐时间，就独自前往咖啡馆或其他安静的地方去写小说。周末罗琳便奔波于伦敦与男友居住的曼彻斯特之间。1990 年 6 月的一天，返回伦敦的时候火车晚点，等车的时候她迸发了创作生涯中最富创造性的灵感——哈利·波特。罗琳在返回伦敦的火车上一口气构思出了好几位人物，下车后便赶紧把它们写了下来。但此后她的人生厄运不断，母亲去世、居住的公寓遭到抢劫、与男友的感情也出现了危机。后来她辗转到了葡萄牙的波尔图，在一所夜校教英语，并找到了一见钟情的伴侣。可惜好景不长，她生下女儿后不久两人关系就恶化，最后罗琳独自带着六个月大的女儿回到爱丁堡。这一时期的罗琳陷入了一生中最困难的境地，人生处处失意，靠着微薄的失业救济金和打零工维持生活，只能趁女儿睡着的时候在一家咖啡馆的角落里坚持继续创作《哈利·波特》。如今这个咖啡馆已经成为旅游胜地，当时的罗琳却处于一种绝望的状态，在访谈中她谈到，那种绝望的感觉给了她摄魂怪的灵感，靠着对女儿的爱她才撑了下来。而这正是《哈利·波特》系列的核心思想——爱的力量，这也正是她从少年时期到成年之后所一直渴望的。

从 1995 年夏天开始，罗琳的运气逐渐好转，写完第一本《哈利·波特与魔法石》后，离婚申请得到批准，得到了两笔资助，并在利斯学院（Leith Academy）得到一份正式的教职。虽然《哈利·波特》系列第一本屡次被出版社拒绝，但最终出版后便一鸣惊人，到 1998 年第二部上市的时候，罗琳已经完全摆脱了穷困，买了一套新房子，有了自己的办公室，可以全职进行写作了，此后便一路直升10亿富豪之列。罗琳本人的故事也是“哈利·波特”品牌营销的一个部分，她要频繁地参加各种读书会、签售会与粉丝互动，就连参加的各种慈善活动背后也不可避免地会有一些商业操作的成分，虽然参与哪类活动仍然是她自己的选择。在访谈中，罗琳坦言并不喜欢这种生活，在接受美联社采访时也认为自己不太可能再次延续《哈利·波特》系列的成功，但仍然会继续写新小说。2007年7月最后一部出版后，罗琳又撰写了《诗翁彼豆故事集》(*The Tales of Beedle The Bard*)，于2008年出版。这本书是最后一部《哈利·波特与死亡圣器》中提到的一本民间故事集，死亡圣器的说法正是来自其中的《三兄弟的传说》。这本书不能算作一本新书，仍然是对《哈利·波特》系列的注解。2012年，罗琳创作的现实主义成人小说《偶发空缺》(*The Casual Vacancy*)全球同步首发，人民文学出版社也及时推出了中文版，虽然反响不差，但显然无法再续《哈利·波特》的轰动之势。

二十年过去了，围绕《哈利·波特》系列的各种外部喧嚣都已尘埃落定，但人们依然会阅读并喜爱故事本身，人民文学出版社的纪念版套装仍然畅销不衰，多次重印。《哈利·波特》系列已经摆脱了各种争议[①]，成为当之无愧的经典。在各种报纸杂志对其商品化属性的各种喧哗吵闹之后，学者们开始以严肃的学术思维和多样化的学术视角理性地观照《哈利·波特》，进入了回归文本、走向多元的学术研究时期。2002年第一本专门研究《哈利·波特》的论文集出版，编者惠特德(Lana A. Whited)在前言中明确指出罗琳作品的文学价值应该得到全方位多层次的研究，并相信“学者们能够排除商业化的干扰，去做作品所真正需要的全面的分析”[②]。此后国外不仅有大量的研究论文，每年还有专门的论文集出版，

① 早期争议详情参见姜淑芹：《哈利·波特研究综述》，《内蒙古大学学报(哲学社会科学版)》2008年第1期，第82—87页。

② Lana A. Whited, ed., *The Ivory Tower and Harry Potter: Perspectives on a Literary Phenomenon*, Columbia: University of Missouri Press, 2002, p. 6.

并呈逐年上升之势。笔者在剑桥大学图书馆的 MLA International Bibliography 数据库中以 Harry Potter 为检索词，搜索 1999—2018 年的研究数据发现，共有相关论文八百多篇，专著 10 本，论文集 30 本，学位论文 25 篇。我国的《哈利·波特》研究也非常繁荣，从中国知网 CNKI 的检索结果看，从 2000 年有评论出现开始到 2018 年，以哈利·波特为主题的文章有 1487 条，其中在学术期刊上发表的有 774 条，研究主题非常广泛。早期主要集中在故事的善恶争斗、人物成长以及与传统文学的关系，渐渐拓展到作品中体现的社会政治文化、伦理、生态等视角，近年来与后殖民相关理论的结合尤其突出。研究视角的多元印证了《哈利·波特》系列畅销的原因不仅仅只是因为资本市场的运作，它的文本本身就是一个包罗万象的综合体，作者巧妙地以“隐喻性的文学模式为框架，转喻性地讲述现代故事，暗合了当代读者的阅读趣味与审美体验”[①]。

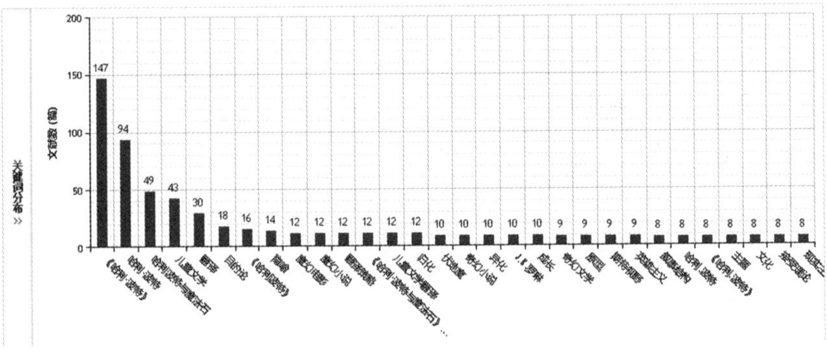

2000—2018 年《哈利·波特》研究关键词分布

二、《哈利·波特》与奇幻小说传统

《哈利·波特》系列中充斥着各种文化传统的意象与元素，例如，最典型的各种神奇动物都可以在世界各地的神话故事及民间传说中找到原型，第一部中的三头狗显然来自古希腊神话中冥界的看门狗刻耳柏洛斯

---

① 姜淑芹：《从隐喻到转喻：〈哈利·波特〉系列的结构主义研究》，长春：吉林大学出版社，2008 年，摘要第 1 页。

(Cerberus);格林迪洛和博格特来自凯尔特民间传说;火龙和蛇怪则与东方神话和传说关系密切。故事中的人物名字也都有直接的出处,并与他们的身份相符合,邓布利多校长的名字阿不思(Albus Dumbledore)是拉丁语的"白色",指他的白巫师身份;麦格教授的名字米勒娃(Minerva McGonagall)直接就是希腊神话中神的名字,其地位相当于雅典娜,并且是手艺人和学童的保护神;马尔福(Malfoy)在法语中指"不好的信仰";金妮(Ginny)的名字是意大利语的亚瑟王后缩写等。罗琳渊博的知识及高超的妙用一直为粉丝们津津乐道,大家也乐于以寻宝似的热情去挖掘文本中的这些信息,因此有很多提供这类信息的书籍和网站。比较系统化介绍与研究的有2003年出版的《哈利·波特的魔法世界:神话、传说与惊人事实宝库》(*Magical Worlds of Harry Potter: A Treasury of Myths, Legends, and Fascinating Facts*),2015年出版的《哈利·波特与古典世界:罗琳的现代史诗中的希腊罗马典故》(*Harry Potter and the Classical World: Greek and Roman Allusions in J.K. Rowling's Modern Epic*)和2017年出版的《哈利·波特中的文学典故》(*Literary Allusion in Harry Potter*)。

研究已经表明《哈利·波特》系列中不仅有大量古代神话的成分,也包含了大量现当代经典文学的典故,例如作品中的狄更斯式名字与情节。贝姆(Paige Byam)认为它不仅与理查逊(Samuel Richardson)、奥斯汀、勃朗特、狄更斯等小说家一脉相承,并且与西方文学的三大源流都有密切的关系。哈利·波特完全符合约瑟夫·坎贝尔总结的英雄原型的所有特征,在最后一部中他又认识到必须牺牲自己来拯救整个巫师世界,并且因为毅然选择赴死而获得了重生,这又是典型的救世主耶稣基督形象。他的成长经历与亚瑟王也极其相似[①],在危急时刻拔出了分院帽中的格兰芬多之剑,后来又在湖中找到了一度丢失的剑,这显然是在指涉亚瑟王拔

---

① Paige Byam, "Children's Literature or Adult Classic? The Harry Potter Series and the British Novel Tradition", *The Washington & Jefferson College Review Topic* 54 (Fall 2004), pp. 7—13.

出了石中剑，后来又在湖中仙女那里得到了王者之剑（Excalibur）的故事。哈利就是亚瑟王，最后他与金妮结为夫妇，而金妮的名字为意大利语的亚瑟王后，从侧面印证了这一点。意大利语的金妮是白色与平滑，完全没有黑暗的成分，预示了金妮的纯洁及他们未来幸福的家庭生活。

从文类上看，《哈利·波特》显然首先是一部英雄历险小说[①]，哈利命中注定是魔法世界的救世主，在生命的前十一年中他完全不了解自己的身世，但作为一个巫师，他必将收到霍格沃茨魔法学校的入学通知，这便是坎贝尔在《千面英雄》中总结的"启程"阶段，英雄受到召唤，离开熟悉的生活，打破旧的观念、理想以及情感模式，进入未知世界去历险[②]。从踏上霍格沃茨快车开始，哈利就开始了他的魔法历险过程，一路上他会遇上各种助者，也会遇到各种反对者，最终会有一场最重大的战役必须由他一个人独立应对，即伏地魔的各种化身。最后是英雄得胜归来，受到人民的拥戴。《哈利·波特》的每一部都重复这种英雄结构，每年暑假哈利都会回归到他默默无闻的麻瓜世界，然后开学后会在学校遇到新的问题，最终经过各种较量后解决问题。作为少年的哈利在历险的过程中自然又经历了身心各方面能力的成长，并且从第一部到第七部，哈利每年增长一岁，不管是从单部作品来看还是从整个系列来看，它又都是成长小说的模式。故事主要发生在霍格沃茨魔法学校里，日常活动与《汤姆·布朗的求学时代》（*Tom Brown's Schooldays*）非常相似，它又是典型的校园小说。每次要解决的难题谜团重重，它也具有侦探小说的典型要素，历险要涉及的场景以及霍格沃茨魔法学校本身的特质也使故事的具体描述具有哥特小说与恐怖小说的特征。《哈利·波特》系列还是一部凄美的爱情小说，到最后才揭示出故事中的大反派斯内普教授为了爱而做出的巨大牺牲。以上均为《哈利·波特》系列中广为人知的传统性，除此之外，作为奇幻小说

---

① 详细论证参见《从隐喻到转喻：〈哈利·波特〉系列的结构主义研究》第一章，国内期刊论述哈利英雄原型的论文也很多，此处不再详述，只做简要总结。

② Joseph Campbell, *The Hero with A Thousand Faces*, New York: Princeton University Press, 1972, p. 51.

的集大成者,《哈利·波特》系列可以说涵盖了本书所论及的所有奇幻小说的基本特点,这一部故事本身就是一部奇幻小说发展史。

首先,《哈利·波特》系列创作的世纪末背景与维多利亚时代十分相似,社会面临着巨大的变革,因此《哈利·波特》与金斯利的《水孩子》有很多相似之处。汤姆进入水下世界后,在仙女的带领下经历了自我的道德成长,看到了社会的各种问题,最终实现了灵魂的救赎。哈利进入魔法世界后,在邓布利多校长这个近乎神的人物指引下,逐渐了解了自己的身世,懂得了爱的力量,学会了真实、勇敢、坚韧、忠诚、责任、奉献等美德,最终完成了救赎魔法世界的重任。成长是奇幻小说的重要主题,这一元素从金斯利开始,在路易斯、托尔金、库珀等人手里继续发扬,到《哈利·波特》这里无疑仍然是作品最重要的主题。与《水孩子》强调道德成长的不同之处在于,作为后现代时期的作品,《哈利·波特》侧重的是个体的心理成长以及对不确定世界的认识能力。在第一部中,哈利沉迷于厄里斯魔镜中,渴望时刻能够见到自己的父母,邓布利多教授提醒他:"沉湎于虚幻的梦想,而忘记现实的生活,这是毫无益处的,千万记住。"①这句话是对哈利说的,也是对故事中最大的反派伏地魔说的,当然更是对广大读者说的。作为成人的伏地魔一生中都在追求虚幻的永生与权力,为此不惜把自己的灵魂分成七份,过着人不人鬼不鬼的生活。然而追求永恒实为一种幻想,当哈利为能够实现长生不死的魔法石被摧毁而遗憾时,故事中直接使用了彼得·潘的那句名言,"死亡不过是另一场伟大的冒险"②,这也是对爱德华时期奇幻的继承与戏仿。经过寻找魔法石的历险,哈利接受了父母的死亡,并懂得了是母亲的爱保护了自己,也第一次体会了作为格兰芬多人的勇气。

在第二部中,危险来自对未知事物的轻信,这与冷战时期的思维十分接近。金妮被伏地魔利用是因为"她向一个看不见的陌生人敞开了心扉,

---

① [英]J. K. 罗琳:《哈利·波特与魔法石》,苏农译,北京:人民文学出版社,2000年,第166页。

② 同上书,第232页。

倾诉了自己的全部秘密”[①]，这正是间谍战时期英国政府频繁提醒民众要注意的。而金妮这么做的原因是由于她情感的脆弱和不自信，即70年代的库珀在作品中反复呈现的意志力问题。其实第一部中的奇洛教授也是由于自己不够强大而被伏地魔利用的。这两部的历险都在提醒人们要有强大的自我，不然就容易陷入迷茫，被坏人利用。到第三部的时候，剧情更是出现了巨大的反转，不只是哈利和金妮这些孩子们会被一些假象迷惑，几乎整个魔法世界的人都被虫尾巴的伎俩蒙骗，误以为小天狼星是十恶不赦的罪人。真正的罪犯虫尾巴却伪装成罗恩的宠物老鼠，一直享受着保护与宠爱。罗琳借故事中的布莱克之口指出，人们“看到的事情并不像他们以为的那样”[②]。小天狼星的故事提醒读者不能盲目相信表象，这也是整个系列前四部的核心主题：看似羸弱的奇洛教授实际上是敌人的化身；感情脆弱敏感的金妮被敌人利用了；臭名昭著的布莱克是被敌人陷害的；凛然正气的疯眼穆迪是敌人化装的。罗琳采用叙事逆转的策略，混合助者角色与对手角色，不仅营造了跌宕起伏的惊奇效果，在主题上也使善恶的关系从传统的泾渭分明变得模糊不清，探索了双方之间可能呈现的交叉、合作、错杂等各种关系。哈利·波特生活的魔法世界是当代多元化世界的折射，比汤姆生活的维多利亚式水下世界要更加复杂。汤姆实现个人成长后，在去往救赎师傅的路上只是观察体会世界的各种问题，而哈利·波特和他的朋友们还要亲自参与战斗，帮助人们揭开重重迷雾。

错误有的时候是因为敌方的狡猾，有的时候是因为我方自己的错误。后三部作品与其说是哈利与伏地魔的斗争，还不如说是哈利与代表正义的魔法部的斗争。正如邓布利多指出的，“人们容易原谅别人的错误，却很难原谅别人的正确”[③]，魔法部的官员们因为不愿意正视伏地魔重新崛

---

① [英]J. K. 罗琳：《哈利·波特与密室》，马爱新译，北京：人民文学出版社，2000年，第235页。

② [英]J. K. 罗琳：《哈利·波特与阿兹卡班囚徒》，马爱农、马爱新译，北京：人民文学出版社，2009年，第262页。

③ [英]J. K. 罗琳：《哈利·波特与“混血王子”》，马爱农、马爱新译，北京：人民文学出版社，2005年，第74页。

起的现实而试图封锁消息，污蔑哈利散播谣言。哈利和邓布利多等必须一边备战伏地魔，一边承受来自魔法部和被误导的普通人的各种误解和压制。而此时的哈利正处于青春期，对凤凰社的成人们给予他的各种保护也感到愤恨叛逆，最终还是由于不能克制自己的冲动而失去了最亲爱的教父。这个教训是惨痛的，也是成长的必经之路。罗琳将所有保护角色的最终归宿都安排为死亡，包括伟大的邓布利多，这就是成长的代价。与前几部中和少年朋友们一起参与历险的模式相同，最终哈利必须独自面对终极的对决，生命的意义与责任也只有通过他自己的亲身感悟才能化为真正属于他的力量。最终哈利与汤姆的道德成长一样，在完成自身的心理成熟化之后，超越了个人，领悟到“他的任务就是平静地走向死神张开的怀抱”[①]，因为伏地魔无意间将自己的一部分生命放在了哈利体内，使哈利成为他的第七个魂器，要想彻底消灭伏地魔，哈利就必须死。而正由于他选择了像耶稣基督那样毫不抵抗，毅然赴死，伏地魔消灭的只是附着在哈利身上的自己的邪恶的灵魂，而哈利纯洁的灵魂却得以完整地保留，从而真正过上了属于自己的生活。这种个体灵魂救赎与集体灵魂救赎相融合的安排极其巧妙，既致敬了经典又超越了经典。

形式上，《哈利·波特》系列采用的是内斯比特式低奇幻与托尔金式高奇幻相结合的形式，这也是70年代库珀一代人采用的模式，罗琳比库珀更进一步，通过并置与戏仿的形式将现实世界与魔法世界进一步融合[②]。《哈利·波特》设置了两个世界——麻瓜世界和魔法世界。麻瓜世界是代表现实的第一世界，魔法世界是第二世界。故事每一部都始于麻瓜世界，九月一日学期开始的时候主人公开始在魔法世界的历险，暑假又回到麻瓜世界。《哈利·波特》的魔法世界有自己的地理疆域，有完整的经济、政治、文化体制，货币、交通、媒体、政府等，各个体系相当健全，完全

---

① [英]J. K. 罗琳，《哈利·波特与死亡圣器》，马爱农、马爱新译，北京：人民文学出版社，2007年，第508页。

② 该基本观点来源于姜淑芹：《并置与戏仿：析〈哈利·波特〉的魔法世界》，《东北师大学报(哲学社会科学版)》2009年第5期，第147—150页。

符合托尔金式第二世界的特点。但中土世界是完完全全的架空世界，纳尼亚与现实世界的关联也只有入口这一点，库珀构建的心理第二世界主要发生在历史想象中，现实世界的人在魔法世界行动时意识不是被隔离了就是被抹去了。而在《哈利·波特》系列中，虽然魔法世界也努力掩盖魔法，并且也经常对麻瓜们采用消除记忆法，但这更多的是魔法部的愚蠢行为，两个世界在时间与空间上都是同时存在的，并且相互渗透，相互交织。麻瓜家庭完全可能生出巫师，巫师家庭也完全可能生出哑炮（麻瓜）。他们不仅共同存在，还共享各种设施，$9\frac{3}{4}$站台就在现实世界的伦敦王十字车站里；破釜酒吧就是伦敦街上一个极不起眼的小酒吧；魔法部坐落在伦敦市中心，入口是一个废弃的电话亭；魔法医院则在一栋停业装修的百货商厦里；巫师们也会乘坐地铁、使用汽车，虽然不太熟练。他们之间还有贸易往来，魁地奇世界杯期间提供比赛服务的罗伯特一家就是麻瓜；伏地魔卷土重来后，魔法部长还与麻瓜部长坐在一起共商讨贼大计。魔法就存在于现实之中，但它与内斯比特的低奇幻也不相同。内斯比特的魔法只是给现实生活中的孩子们带来一些刺激和冒险，不会长久存在，父母也永远不会知道，现实也不会有一点点改变。在对经典的借鉴与改造方面，罗琳更接近于琼斯，她们的作品中都充满了耳熟能详的经典元素，细品之后却又发现它们面目全非，只是似曾相识，这背后的根本原因在于她们的后现代颠覆意识。

三、《哈利·波特》的后现代主题特征

后现代主义发端于20世纪60年代，从七八十年代开始成为时代的主流。第五章中已经提到，琼斯是奇幻小说领域中后现代主义创作的先驱，在她之后的普尔曼和罗琳都在很大程度上继承了她的颠覆与多元思维。后现代主义“反对用单一的、固定不变的逻辑、公式和原则以及普适的规律来说明和统治世界，主张变革和创新，强调开放和多元性，承认并

容忍差异”[1]。琼斯关注的视点主要还停留在个人成长方面，通过对传统和偏见的解构重新认识自己。到了90年代，作家们的视野进一步扩展到社会层面，普尔曼的《黑暗物质三部曲》努力在解构、颠覆传统的基督教思维，同时重建一个承认他者、容忍差异的和谐生态社会。罗琳的《哈利·波特》系列也是如此，整个系列的核心就是克服偏见，追求多元与博爱。

《哈利·波特》首先要颠覆的就是麻瓜世界与魔法世界的对立。以哈利的姨妈德思礼一家为代表的麻瓜们拒不承认魔法的存在，可是不管他们怎么努力掩盖、逃避，魔法就是真实存在，他们也完全没有办法摆脱与魔法世界的联系。德思礼一家代表的是理性对想象的偏见。德思礼先生从事的是无比实际的钻机买卖，“他从来没有幻想过什么，因为他根本不赞同幻想”[2]。这也是本书开篇就论及的现实与幻想的对立，也可以看做是整个奇幻小说的遭遇。奇幻小说被所谓的主流文学排挤，像德思礼先生一样，认为自己是规规矩矩的人，那些写神秘古怪事情的小说都是歪门邪道。事实上，奇幻小说蓬勃发展，广受民众喜爱。在故事中，尽管哈利的姨妈一家极力抵制魔法世界，欺压折磨哈利，但显然魔法世界比麻瓜世界要更加强大，因为魔法世界总是要想办法保护麻瓜世界。同时在魔法世界存在着更大的偏见，即歧视麻瓜，这正是以伏地魔为首的食死徒们的基本追求。

《哈利·波特》系列的基本对立就是维护纯正血统的黑魔法与倡导多元融合的白魔法之间的争斗，代表人物分别是伏地魔与邓布利多，哈利只是他们之间的宏大争斗使用的一颗起决定作用的关键棋子，哈利则从参与争斗中获得成长。黑巫师们称麻瓜出身的巫师为“泥巴种”，认为他们玷污了魔法界，应该被彻底清除出去。其实不光是泥巴种，黑魔一派奉行的是纯种巫师至上的极权统治，所有其他物种都应该归他们统治、受他们摆布，包括小精灵、妖精、巨人、马人、狼人等其他所有人

---

① 陈世丹：《英国后现代主义小说详解》，天津：南开大学出版社，2013年，第1页。

② ［英］J. K. 罗琳：《哈利·波特与魔法石》，苏农译，北京：人民文学出版社，2000年，第4页。

的变种，更不用说其他各种魔法动物了。这是一种典型的巫师中心主义，即我们世界中的人类中心主义。更具体一点说，是西方世界的“白人至上”观。其他生物自然不认同这种奴役，马人费伦泽愤怒地指出：“你们大概以为我们只是漂亮的会说话的马吧？我们是一个古老的民族，不能忍受巫师的侵略和侮辱！我们不认可你们的法律，也不认可你们的优越感。”[①]伏地魔与他的食死徒们四处杀虐，妄图建立起以伏地魔为王的极权统治。在第一部中，哈利在对角巷购物时就体会到了马尔福一家的傲慢与偏见。

并且不只是食死徒们会抱有这些偏见，普通人心中也存在根深蒂固的偏见意识。半巨人海格虽然拥有邓布利多校长的绝对信任，却并不能为魔法世界完全接受，包括麦格教授这样的正派人物都会认为他有自身的重大缺陷。就连哈利、罗恩和赫敏也会认为海格珍爱的那些动物们实在危险，只能假装喜欢上他的“神奇动物保护课”。卢平教授的狼人身份败露后不得不离开霍格沃茨，虽然他是一位出色的教员，虽然他拥有校长的信任。海格和卢平的遭遇折射了现实世界中我们对残疾人、艾滋病患者等弱势群体的排斥。小精灵的遭遇更是令人深思，不仅黑巫师们对他们的虐待程度令人发指，连罗恩这样的“白巫师”也认为他们的仆从地位天经地义。更可怕的是，小精灵们自己也深深地内化了这种“奴隶制”思维，认为为自己争取自由是可耻的行为。这些偏见“看似简单而普遍，实际上却是导致整个魔法世界的分裂与动荡真正的根源”[②]。在种族偏见的大框架下，罗琳巧妙地植入了阶级矛盾、商品欺诈、政治腐败、科技竞争、舆情操控等各种现实世界的问题。纯种与泥巴种、富巫师与穷巫师、巫师与其他生物之间的冲突错综复杂地交织在一起，“用各种象征符号勾画出一幅社会意识形态画面……反映出各种各样的社会不平等以及与之

---

① ［英］J. K. 罗琳：《哈利·波特与凤凰社》，马爱农、马爱新译，北京：人民文学出版社，2009年，第585页。

② 崔筱：《〈哈利·波特〉：极具“史诗”意味的后现代主义叙事艺术》，《文艺评论》2015年第9期，第92页。

相关的文化传统、仪式、规则等”[①]。

正邪冲突是托尔金以来的高奇幻小说的基本模式，但90年代之前的奇幻小说对于两派之间争斗的原因通常模糊处理，往往是黑暗势力无端地就崛起，然后正义一方必须应战。双方究竟为了什么而战？白女巫、黑魔王索伦为什么想要控制世界？最多只是因为无限膨胀的个人欲望。打败他们后世界无非就是恢复了以往的平静。从前的世界如何？我们想要的世界又如何？不得而知。库珀的《黑暗在蔓延》系列则连个人欲望都算不上，因为黑暗只是一种抽象的势力。光明与黑暗为什么而争？没有理由，只是它们天生就是一对对立的概念罢了。这些模糊性是奇幻小说被指虚空逃避的重要原因，因为抽象的正邪对立十分空洞，主人公的所有冒险活动就沦为模式化的行为，即评论界所诟病的类型文学的套路，缺少具体的深刻的现实关怀。《哈利·波特》在传统奇幻小说的大模式下，不仅融入具体的社会问题，并且使黑暗势力与正义势力争斗的基本点也具体化，一个追求单一专制的极权统治，一个追求多元和谐的平等生存。不仅如此，这种对立是自由选择的结果，不仅哈利·波特的命运是自由选择的结果，黑魔王的命运也是自由选择的结果。更进一步的是，作者还挖掘了造成这些选择的原因——拥有爱还是缺失爱。

哈利·波特之所以有名，是因为他是那个大难不死的孩子。他遭到伏地魔袭击是因为特里劳妮教授的一个预言：

> 有能力战胜黑魔王的人走近了……生在曾三次抵抗过他的人家，生于七月结束的时候……黑魔王会把他标为自己的劲敌，但他将拥有黑魔王不知道的力量……他们中间必有一个死在另一个手上，因为两个人不能都活着，只有一个生存下来……有能力战胜黑魔王

---

① Elizabeth Heilman and Anne E. Gregory, “Images of the Privileged Insider and Outcast Outsider”, *Harry Potter's World: Multidisciplinary Critical Perspectives*, ed. Elizabeth Heilman, New York: Routledge Falmer, 2003, p. 242.

的那个人将在七月结束时诞生。[①]

预言是英雄故事常用的元素。传统的预言是神的旨意,没有任何人力可以改变,所有的神话故事及民间传说都是如此,例如著名的俄狄浦斯王的故事,试图杀死自己的儿子也无法摆脱命运的安排。但关于哈利的预言内容本身就是一个不确定的选择。这个预言适用于两个男孩,一个是纳威,一个是哈利,他们俩都生于七月底,父母都在凤凰社,两家的父母都曾经三次从伏地魔手里死里逃生,也就是说那个有能力战胜黑魔王的人也有可能是纳威。但"黑魔王会把他标为自己的劲敌",也就是说哈利作为那个命中注定的男孩身份实际上是伏地魔选择的结果,他选择了哈利作为自己的劲敌,由此便改变了哈利的一生。

被黑魔王选定后,哈利的人生似乎就被预言左右了,从小便顶着"救世主"的光环,承担着拯救整个魔法世界的重任。实际上并非如此,哈利最终成为拯救魔法世界的英雄也是他自由选择的结果。最初进入霍格沃茨魔法学校时,分院帽就很犹豫,并且认为哈利更适合去斯莱特林学院,因为它"会帮助你走向辉煌,这毫无疑问"[②]。但哈利自己坚持不去斯莱特林,最终分院帽遵从了他的选择,把他分在了格兰芬多。这个时候的哈利对斯莱特林并无多少了解,他的选择只是基于对马尔福的厌恶。在对角巷购物的时候,他表现出的傲慢以及对非古老巫师家庭出身孩子的轻蔑让哈利感到不适。后来在火车上他对好友罗恩的嘲弄更加激起了哈利的愤恨之心,并且从罗恩那里了解到一点马尔福一家与黑魔王的关系。面对分院帽的时候,哈利完全没有考虑自己的未来是否辉煌,而是遵从了自己当下的内心。哈利选择的是纯洁正义的一方,正如邓布利多指出的,哈利必须杀死伏地魔,但"不是因为预言！而是因为你自己,你不这样做

① [英]J. K. 罗琳:《哈利·波特与凤凰社》,马爱农、马爱新译,北京:人民文学出版社,2009年,第651页。

② [英]J. K. 罗琳:《哈利·波特与魔法石》,苏农译,北京:人民文学出版社,2000年,第94页。

就不会安心!”[①]伏地魔选定了哈利作为自己的敌人,所以他一定要追杀哈利。但预言中并没有说哈利必须做什么,他也完全可以不理会那个预言,但出于正义的本性,即使伏地魔不来追杀他,他也一定会站在反抗伏地魔的一方。伏地魔与哈利的命运都是他们自己选择的结果,而非命运的安排。

做出预言的特里劳妮教授在故事中被塑造成一个老骗子的形象,她那些所谓的预言都是无稽之谈。邓布利多校长认为她没有丝毫天赋,并且认为占卜课也没有必要开,“因为我们行为的因果关系总是如此复杂、如此多变,所以预测未来是非常困难的”[②]。神奇动物马人费伦泽更是对特里劳妮教授进行了无情的嘲讽,“她的时间几乎都浪费在自吹自擂的废话上了,这种废话被人类称作算命”[③]。费伦泽指出人类向来不怎么擅长预测未来,就连马人也都是经过漫长的岁月才拥有了这种能力,但是“有时连马人都会看走眼,所以过于相信这一类事物是很愚蠢的”[④]。在《哈利·波特与“混血王子”》中,当哈利感到自己完全没有能力对抗伏地魔时,邓布利多向他强调:“永远不要忘记,预言的意义只是伏地魔造成的……伏地魔把你当成对他最危险的敌人,而这样一来,他就使你成了对他最危险的敌人。”[⑤]这句话听起来比较绕,邓布利多进一步解释道,特里劳妮教授的预言误导了伏地魔,并且他只听了一半就采取了行动,而如果伏地魔没有听说过那个预言,就不会去杀哈利的父亲,哈利的母亲也不会牺牲自己保护儿子,伏地魔也就不会因为牺牲魔咒的力量而制造出自己最可怕的对手。也就是说,预言本身并没有意义,这一切都是伏地魔选择

① [英]J. K. 罗琳:《哈利·波特与“混血王子”》,马爱农、马爱新译,北京:人民文学出版社,2005年,第376页。

② [英]J. K. 罗琳:《哈利·波特与阿兹卡班囚徒》,马爱农、马爱新译,北京:人民文学出版社,2009年,第316页。

③ [英]J. K. 罗琳:《哈利·波特与凤凰社》,马爱农、马爱新译,北京:人民文学出版社,2009年,第466页。

④ 同上书,第466页。

⑤ [英]J. K. 罗琳:《哈利·波特与“混血王子”》,马爱农、马爱新译,北京:人民文学出版社,2005年,第374页。

的结果。如此一来，预言的权威性就完全被颠覆了。世界充满了不确定性，命运掌握在自己手中，这正是后现代社会的真实写照。

英雄哈利·波特被他人塑造成英雄，而实际上他只是一个普通的小男孩，选择过平凡的生活。他的对手伏地魔也曾经只是一个普通的小男孩，而他选择把自己塑造成伟大的黑魔王。是什么导致了这种差异呢？答案在于原生家庭的爱。前文中提到整个系列是一个典型的成长故事，它也是哈利逐渐完全体会父母的爱的力量的过程。哈利能够成为大难不死的男孩是因为他的母亲施了一个古老的魔咒，牺牲了自己保全了孩子，这个魔咒保证了哈利在成年之前不会受到伏地魔的伤害。这也是为什么不管哈利在姨妈家多么不开心，他也必须回去，因为只要姨妈这个与他的母亲血脉相连的人给他一个家，他就是安全的。这就是家的重要作用，在这条线索上，罗琳又与内斯比特与库珀一脉相承。哈利最初并没有完全明白母亲为他做的牺牲的力量有多么大，甚至会有些厌烦邓布利多总是强调他的力量源于他有爱。等到最终了解了伏地魔的身世后，他才体会到母亲的牺牲护符力量有多么强大。

伏地魔本名汤姆·马沃罗·里德尔，他的母亲梅洛普·冈特是霍格沃茨魔法学校四大创始人之一斯莱特林家族的后人。她的父亲和弟弟因为她出身巫师家庭却没有魔法技能（哑炮）而残酷地虐待她，可是实际上她的魔力只是因为父亲的高压和恐怖行为而无法正常发挥。她痴痴地暗恋着村里的一个麻瓜汤姆·里德尔。在父亲被抓去阿兹卡班服刑后，梅洛普使用魔法让汤姆·里德尔与她一起私奔了。但真相败露后，汤姆无情地抛弃了已经怀有身孕的她。梅洛普深受情伤，完全没有活下去的意志，生下儿子后一个小时便死去了，临死时只希望孩子长得像爸爸，并给孩子取了父亲的名字。梅洛普的故事显然是对亚瑟王传奇系列中伊莱恩（Elaine）公主与兰斯洛特骑士（Lancelot）的改编。但他们的儿子加拉哈德（Galahad）是亚瑟王圆桌骑士中最纯洁最高贵的一位，与伏地魔的形象大相径庭，罗琳又一次解构了经典。梅洛普没有给予小汤姆一点点母爱的力量，她陷在自己的悲剧里不能自拔，把全部的希望都放在那个不爱她的男人身上，但如孤儿院院长所说："可是从来没有什么汤姆、马沃罗或者里德尔家的人来找他，也不见他有任何亲戚，所以他就留在了孤儿院里。"[①]作为一个生活在麻瓜孤儿院的小巫师，与哈利一样，童年伏地魔的一些奇异力量让其他的孩子感到害怕。而汤姆的成长历程中没有一点爱的力量，他意识到自己的某些特异功能后，选择了利用它们恐吓、惩罚、控制别人，从中获得满足与存在感。爱的缺失使汤姆成长为一个冷漠、自私、孤傲的孩子。长大后经过多方查访了解了自己的身世后，他的心中充满了仇恨，冷酷地杀死了自己的父亲、祖父母与舅舅。汤姆切断了一切与自己有血缘关系的人，将自己的名字重组为伏地魔，开始了孤家寡人独霸天下的征程。因为憎恨麻瓜父亲，他也憎恨自己身上的麻瓜血液，所以坚决不会再采用父亲的姓氏，这也是为什么他要带领食死徒们维护魔法世界的纯正血统。在第二部中，他亲口向哈利解释了自己是如何将自己原来的名字"汤姆·马沃罗·里德尔"(Tom Marvolo Riddle)重组为"我是伏地魔"(I am Lord Voldemort)的。二者字母完全一样，只是排列不同。在文字游戏的驾驭能力上，罗琳不亚于卡罗尔，尽管她没有达到荒唐文学的程度，而在语言创新方面，她甚至可以媲美托尔金。

> 难道你认为，我要一辈子使用我那个肮脏的麻瓜父亲的名字？要知道，在我的血管里，流淌着萨拉查·斯莱特林本人的血，是通过他后代的女儿传给我的！难道我还会保留那个令人恶心的普通麻瓜的名字？他在我还没有出生的时候就抛弃了我，就因为他发现自己的妻子是个女巫！不，哈利。我给我自己想出了一个新的名字，我知道有朝一日，当我成为世界上最伟大的魔法师时，各地的巫师都不敢轻易说出这个名字！[②]

伏地魔的选择本质上是一种畸形的报复。他的悲剧就源于那可怕的

---

① [英]J. K. 罗琳：《哈利·波特与"混血王子"》，马爱农、马爱新译，北京：人民文学出版社，2005 年，第 205 页。

② [英]J. K. 罗琳：《哈利·波特与密室》，马爱新译，北京：人民文学出版社，2000 年，第 239 页。

无处不在的偏见，麻瓜对巫师的偏见。父亲的偏见与抛弃行为使他心中充满了恨，而母亲也由于这种偏见而没有能力给予他爱的力量，使他的人格产生了变异，选择了一个人与全世界对抗。而这正是他内心缺乏安全感的体现。他心中充满了恐惧，为了永生不惜把灵魂分成七份，总是担心自己会失去黑魔王的地位，就像邓布利多告诉哈利的那样："就像普天下的暴君一样！你知道暴君多么害怕被压迫的人民吗？他们都知道总有一天，在众多受害者中会有一个起来奋起反击！伏地魔也一样。他总是在寻找那个会向他挑战的人，听到预言后就马上行动，结果他不仅亲手选出了那个最有可能除掉他的人，而且给了他一件特别致命的武器！"[①]邓布利多给过伏地魔帮助与机会，伏地魔也可以选择忏悔、接受救赎，但他心中缺少信任，最终走向了肉体与灵魂的双重毁灭。

哈利的情况与伏地魔正相反，虽然他也变成了一个孤儿，但他的周围始终有爱的力量，他也选择始终相信邓布利多，整个系列的每一部都在强调这一主题，最终他成长为一个充满爱心的勇士。得道多助，失道寡助，伏地魔一路上始终孤独前行，靠恐吓聚集的乌合之众，最终败给了靠真心与博爱赢得了小精灵、马人、巨人甚至幽灵等所有生灵的帮助的哈利。

《哈利·波特》系列的每一部都围绕哈利与伏地魔的争斗展开，虽然伏地魔的力量逐渐增强，直到最终恢复肉身，但每一部中他都无法完全战胜哈利，每一部的结尾也都揭示了原因。在第一部战胜奇洛后，哈利问为什么奇洛不能碰他，邓布利多告诉他：

> 你母亲是为了救你而死的。如果伏地魔有什么事情弄不明白，那就是爱。他没有意识到，像你母亲对你那样深深的爱，是会在你身上留下自己的印记的。不是伤疤，不是看得见的血迹……被一个人这样深深地爱过，尽管那个爱我们的人已经死了，也会给我们留下一个永远的护身符。它就藏在你的皮肤里。正是由于这个原因，奇洛

---

① [英]J. K. 罗琳：《哈利·波特与"混血王子"》，马爱农、马爱新译，北京：人民文学出版社，2005 年，第 375 页。

不能碰你。[①]

这是哈利第一次了解到自己为什么能够成为大难不死的男孩,但伏地魔是一个灵魂不健全的人,从来没有感受过爱的力量,因此他不能理解为什么自己战胜不了哈利。在第二部中,他化身为日记本中的里德尔继续追问:"一个婴儿,没有任何特别神奇的法力,是怎么打败有史以来最伟大的巫师的?你怎么能够安然无恙的逃脱,只留下一道伤疤,而伏地魔的力量却被摧毁了?"[②]当哈利告诉他是因为母亲的牺牲时,里德尔虽然承认那是一个非常有效的解咒法,却不肯接受那是爱的力量,固执地认为哈利不过是凭运气才从他手中逃脱。他的不可一世也使他轻视了凤凰福克斯和破旧的分院帽的力量,导致蛇怪被杀,日记被毁,自己落荒而逃。

在第二部中,哈利也明白了为什么分院帽认为他应该去斯莱特林学院,因为伏地魔在给他留下伤疤的那天晚上,把自己的一些法力也转移到了哈利身上,也就是说哈利身上也有伏地魔的一些特征。这也是后现代文学作品喜欢表现的一个主题,人物性格特征的模糊性与复杂性。简而言之,就是正义与邪恶的划分不那么明显,一个人身上可能既有正义的一面也有邪恶的一面。前文中已经提到《哈利·波特》系列的每一部都在颠覆一些表象与假象,提醒读者不要盲目相信,但它没有在后现代主义的解构之路上走得过远,还是保证了故事基本框架的稳定性,正义就是正义,邪恶就是邪恶。区分它们的关键因素是自由选择。哈利的命运与伏地魔紧密相连,他的身上附有伏地魔的灵魂和法力,但"表现我们真正的自我,是我们自己的选择,这比我们所具有的能力更重要"[③]。哈利坚持选择了格兰芬多,所以在危急时刻,他才能从分院帽里拔出格兰芬多之剑,因为只有真正的格兰芬多人,才能把它从帽子里抽出来。哈利的选择决定了

---

① [英]J. K. 罗琳:《哈利·波特与魔法石》,苏农译,北京:人民文学出版社,2000 年,第 233 页。

② [英]J. K. 罗琳:《哈利·波特与密室》,马爱新译,北京:人民文学出版社,2000 年,第 238 页。

③ 同上书,第 254 页。

他与伏地魔命运的不同，尽管他们具有相同的天赋。

在对待父母的态度上，哈利选择感恩母亲的牺牲，选择理解接受父亲的不完美，因而在关键时刻总能获得他们的保护。在第三部中，遭遇摄魂怪围攻时，“呼神护卫”咒语并不熟练的哈利召唤出了一头牡鹿守护神，成功击退了摄魂怪。哈利以为那是爸爸为他召唤出的，因为爸爸的守护神是牡鹿，但实际上他的守护神也是牡鹿，是哈利自己凭借心中对父亲的崇敬之心成功召唤出了自己的守护神，邓布利多又一次指点他道：

> 你认为我们爱过的人会真正离开我们吗？你不认为在困难的时候，我们会更清晰地想起他们吗？你父亲活在你的心里，哈利，在你需要他的时候他就会格外清晰地显现出来。否则你怎么会召来那样一个特别的守护神呢？①

父母的爱长久地保护哈利，哈利对他们的爱则使那份爱的力量在需要的时候迸发。到了第四部伏地魔恢复肉身，哈利面临生死大劫的时候，哈利的父母的灵魂又一次通过闪回咒出来保护他不受伏地魔伤害。从来没有感受过爱的伏地魔轻视这种爱的力量，他的选择是杀害自己的父亲和舅舅，反而去采用仇敌的血来使自己复活。而邓布利多却选择了延续哈利母亲付出的血的牺牲，把哈利送给了她仅存的姐姐，使血缘的纽带成为持续保护哈利的力量。而哈利在成长的过程中，把这些给予的爱转化成了自己的爱，因而当他成年后，父母的力量再也无法保护他的时候，他仍然能够依靠自身爱的力量击退伏地魔。

在第四部结尾的时候，伏地魔取了哈利的血得以复活，因此不仅打破了不能碰他的魔咒，并且把哈利的一部分也放进了自己体内，因而能够在一定程度上控制哈利，这也是为什么邓布利多教授让哈利学习大脑封闭术来阻止伏地魔的这种控制。哈利没有学会封闭大脑，但最终还是赢得了战斗，邓布利多又一次强调爱的重要性，但这一次已经不是父母给他的

---

① [英]J. K. 罗琳：《哈利·波特与阿兹卡班囚徒》，马爱农、马爱新译，北京：人民文学出版社，2009年，第317页。

爱,而是哈利对教父小天狼星的爱。

> 关在那个房间里的那种力量,你大量拥有,而伏地魔根本没有。那种力量促使你昨晚去救小天狼星。那种力量也使你不受伏地魔的控制,因为在一个充满了他所憎恶的力量的身体里,他是无法近身的。到了最后,你能不能封闭大脑已并不重要。是你的心救了你。[①]

哈利从父母那里接过了爱的旗帜,学会了爱父母、爱亲人、爱朋友、爱正义、爱所有人。所以到了第六部的时候邓布利多又指出了哈利与伏地魔本质的区别。因为他们二人之间的联系,哈利能够看到伏地魔的思想、野心和他的蛇语,也能看到伏地魔的威力,但哈利从来没有接受黑魔法的诱惑,从来没有显露过追随伏地魔的欲望。"简而言之,是你的爱保护了你!唯有这一种保护才有可能抵御伏地魔那样的权力的诱惑!虽然经历了那么多诱惑,那么多痛苦,你依然心地纯洁,还像你十一岁时那样。"[②]在系列的后几部中,《哈利·波特》已经超越了儿童个体成长,开始探讨社会生活中人的欲望追求与各种力量的博弈。哈利经历了来自魔法社会的误解、打击和诱惑,仍然能够保持初心,靠的就是爱的力量。

第五部中小天狼星的死也是从反面说明博爱的重要性。哈利是受了小天狼星的家养小精灵克利切的欺骗才冒险闯入魔法部的,而小天狼星则又因为匆忙赶去救哈利而牺牲。邓布利多指出,冷漠和忽视造成的伤害,经常比直接的反感厉害得多,小天狼星把克利切看成了一个不值得关心和注意的奴仆,因而最终可以说死在了克利切手中。冷漠和忽视也是伏地魔儿时的遭遇,于是他也选择了冷漠与忽视周围的跟随者们。"关于家养小精灵和童话传说,关于爱、忠诚和单纯,伏地魔一无所知。一无所知。其实它们都有一种比他更加强大的力量,一种超越任何魔法的力量,

---

① [英]J. K. 罗琳:《哈利·波特与凤凰社》,马爱农、马爱新译,北京:人民文学出版社,2009年,第653页。

② 同上书,第375页。

但他始终没有领会这个事实。”[①]而哈利后来了解了克利切的故事后，对它也给予了充分的爱，并通过赠予它旧主人的遗物而赢得了克利切的心。最终多比和克利切在斗争中起到了巨大的作用，因为如邓布利多所说，它们拥有超越魔法的更强大的力量，黑巫师们恰恰因为忽视了他们的力量而输掉了战斗。

哈利的爱从最平凡的亲情开始，包含了友情、爱情与同情，到最后一部时发展到甘愿为整个魔法世界受死的耶稣式大爱，这一点与普尔曼的《黑暗物质三部曲》殊途同归。崔筱认为罗琳创造出偏执的伏地魔这一形象，是为了突出当代社会信仰危机的巨大破坏力，他从不相信救赎，只是一味地追求永世的生命和无尽的权力，为达目的不惜滥杀无辜、分裂灵魂。作者用伏地魔制造魂器的行径暗喻由于信仰缺失所导致的无知与残暴，试图唤醒更多的人重视信仰，让每个人都认识到：就像能够驱散摄魂怪的守护神咒语那样，只有努力相信美好的事情才能帮助自己战胜恐惧和黑暗。[②] 这一观点准确地总结了作品的后现代主义内涵。不管是普尔曼还是罗琳，都在呼吁以爱的力量克服偏见、颠覆独裁，努力建立和谐共存的美好家园。普尔曼偏宗教一些，罗琳偏世俗一些，他们的追求都是后现代主义时代的核心诉求——自由、平等、博爱。这是启蒙运动的口号，但现代性逐渐走向了它的反面，也许是因为我们不应该依靠科学与理性，而应该依靠爱与情感。

在全球化的时代，世界之间的联系越来越紧密，越来越趋同，呈现出你中有我，我中有你的状态，“全球化之于文化的一个重要作用就在于它消解了认同的‘单一性’和‘本真性’”[③]；同时文化上多元性的诉求也越来越强，每一个个体、每一个民族、每一个国家都期待彰显自己的独特性，二者之间形成了强大的张力，使问题变得更加复杂，不确定性更加突出。打

① ［英］J. K. 罗琳，《哈利·波特与死亡圣器》，马爱农、马爱新译，北京：人民文学出版社，2007 年，第 522 页。

② 崔筱：《〈哈利·波特〉：极具“史诗”意味的后现代主义叙事艺术》，《文艺评论》2015 年第 9 期，第 96 页。

③ 王宁：《重建全球化时代的中华民族和文化认同》，《社会科学》2010 年第 1 期，第 98 页。

则两败俱伤，因为世界各国是如此紧密地融合在一起，无法分割，伤人必然伤己，唯一的出路就是互相尊重，相互友爱，践行“和而不同”的人生理念，这正是当代奇幻小说家们在创作中反复表现与强调的。

结　语

在文学等级的金字塔上，奇幻文学一直处于底层，因为它发端于一个被贬斥的概念，又是借儿童文学发展的契机登上历史舞台。在神话时代，幻想与现实是一体的。近代科学理性崛起后重视经验与实证，幻想与现实变成了对立的概念，幻想变成了“他者”，遭到了启蒙理性的压制。随着工业革命的飞速发展，社会矛盾日益加深，理性的力量越来越受到质疑，逐渐形成了推崇情感的浪漫主义运动。浪漫主义重启了幻想精神，促发了以幻想为主体的文学新形式的出现，包括哥特小说、科幻小说、奇幻小说等。相对于科幻小说和哥特小说的沉重感，奇幻小说借助浪漫主义时期推崇的儿童概念与童话形式表现工业革命时期的各种问题，以轻松有趣的形式赢得了大众的心。其幻想性、趣味性与流行性使所谓的正统文学认为它脱离现实、缺乏深度、难登大雅之堂，但正是因为它与社会现实的联系紧密才得以流行，对大众的影响也更加广泛。幻想小说表现的是人类心底最深层的渴望，是用来解决理性不可触及之处，欲望决堤之时的消防兵。正如评论家门德尔松所言，“科幻小说的世界观扎根于理性；恐怖小说反映的是焦虑；而奇幻小说反映的则是欲望”①。奇幻小说诞生百年以来，始终紧随时代潮流，帮助大众看清问题，并努力探索解决方案。

维多利亚时代的奇幻小说是对工业革命造成的各种社会问题以及进化论促发的信仰危机的反应。外表稳定繁荣的维多利亚社会危机重重，在新思想的冲击下传统信仰岌岌可危，社会活动家金斯利创造了一个既新奇又熟悉的水下世界，让肮脏污秽的主人公在水下仙女的指引下实现

---

① Farah Mendlesohn, *Diana Wynne Jones: Children's Literature and the Fantastic Tradition*, New York and London: Routledge, 2005, p. xv.

了道德成长，完成了自我救赎与救赎他人。在此过程中融入了大量维多利亚时代的社会现实问题，尤其是当时最为突出的科学问题。金斯利并不反对科学进步，而是主张精神引领科学，批判僵化的科学理性。在信仰面临危机的时代，作者显然是在努力重建传统信仰，但他巧妙地借用了奇境，避免了说教性。卡罗尔则更进一步，采用荒唐文学的方式对维多利亚时代的各种社会现象进行了讽刺与批判。与金斯利的《水孩子》一样，卡罗尔的《爱丽丝漫游奇境记》涉及的内容非常广泛，几乎包含了所有当时社会的热点问题，对茶会所代表的社会礼仪、槌球运动代表的绅士精神，以及法律与教育体系的混乱和虚伪表现得最为突出。金斯利一本正经，卡罗尔幽默戏谑，他们用各自独特的奇境凸现了现实社会的矛盾与冲突。

维多利亚时代的社会矛盾延续到了 20 世纪初期，但英国却已颓势尽显，不断地被新崛起的美国、德国、日本等超越。世纪之交的英国民众处于极度的怀旧与心理迷惘之中，帝国冒险欲望大大减退，渴望寻求稳定的家庭庇护，恨不得时光可以停滞，贪恋永恒的少年时光与青春年华，所以这个时期的奇幻小说充满了对童年的眷恋。内斯比特的主人公们从不长大，巴里的彼得·潘则直接宣称“我不要长大”，他们也不会像维多利亚时代那样到奇境去历险，而是在现实世界体验魔法的到来。内斯比特的《沙地精三部曲》让孩子们借助魔法的力量进行了一些冒险活动，包括国内、海外疆域以及古今文化的探索，这实际上暗合了英国的扩张路径，但表现的却不是帝国的辉煌与荣光，而是落后与颓败。孩子们最渴望的不是征战四方的荣耀，而是家庭的温暖。内斯比特还引入了一种全新的时间观，“时间只不过是一种思维方式”。这是一种多维的心理时间概念，与柏格森和爱因斯坦的影响不无关系。故事中的孩子们畅游古今，却对现实的时间毫无影响，让人兴奋，实际上却是人们面对飞速变化的世界渴望时间停滞的心理焦虑。这种焦虑在《彼得·潘》中表现得更为突出。巴里自身的特殊情况使他失去了长大的机会，这种失落逐渐转化为恐惧，最后发展为彼得·潘的主动拒绝长大。这种对永恒的童年的渴望不仅是对成年的恐惧，更多的是对人类繁殖力与文化延续力的忧虑。彼得·潘与海盗胡克都是孤独的个体，海盗胡克的死象征着英国传统绅士文明的没落。在故事中，巴里把时间具象为一条不停地追逐胡克的鳄鱼，彼得因为模仿鳄鱼肚子里闹钟的滴答声而取得了最后的胜利。胡克无法摆脱时间的追逐，永恒的彼得却无惧时光的流逝。如此一来，巴里便巧妙地把孤独异化的彼得变成了救赎的力量，不仅是童年对成年的救赎，更是现代主义作家们普遍追寻的文化救赎——信念。彼得与他的永无乡本身就是想象的存在，你相信它它就存在，不相信它它就不存在。这种第二信仰的构建与家庭的回归一起形成了一股抵抗信仰危机与心理迷惘的合力。

从金斯利到巴里，奇幻小说创作不仅以奇特的方式反映现实，还在努力寻求解决方案，这一特质到了 50 年代表现得更为明显。两次世界大战使英国满目疮痍，不论是从地理意义上还是政治经济文化意义上，都面临着终结的命运。当主流小说忙于表达愤怒与恐惧时，奇幻小说扛起了抚慰大众心灵、重建英国民族属性的大旗。托尔金的《魔戒》三部曲和路易斯的《纳尼亚传奇》以宏大的史诗叙事表现了战胜邪恶、重建家园的勇气。战争彻底粉碎了 20 世纪初期的家园梦想，海外殖民历史也已终结，要想重新树立起英国性必须回到宏大的英雄模式。托尔金以打造英国自己的神话为使命，创造出了中土世界。这是一个完全按照托尔金的“第二世界”理论打造出来的世界，有完整的地理、历史、政治、语言、文化等体系。对“第二世界”的“第二信仰”能够起到恢复、逃避与慰藉的作用。路易斯的《纳尼亚传奇》系列则创造了一个想象的纳尼亚王国，通过长达七部作品不断重复强化对阿斯兰的信仰与合法王权秩序的重建。自第一次世界大战以来，上帝已死，信仰体系已经崩塌，三四十年代的英国奇幻小说家们已经开始致力于整理英国民间传说故事，努力培育一种新的英国性。托尔金与路易斯的神话体系构建将这一努力推向了高峰，失去世界领导权的英国开始在历史中重聚力量。

托尔金与路易斯开创的高奇幻模式为奇幻小说的发展打开了商业与文化市场，不仅为作家创作构建了写作范式，也为公众阅读进行了知识储备，形成了突出的文类标识。在冷战思维为主导的 70 年代，库珀延续了历史与神话倾向，并且转向更具英国本土特色的亚瑟王传奇与威尔士风情，开创了心理奇幻模式，更加强调个体抵抗内心恐惧的意念力，指的仍然是信仰的力量。库珀让个体通过与历史相连获得力量，琼斯却反其道而行之，让个体通过解构历史认识自己潜在的力量，但琼斯的历史更多的是指我们的惯常认知模式。无论是针对群体还是个体，她们同样都在强调信仰的力量，并且突出了爱在建立信仰过程中的重要作用。

90年代的奇幻小说仍然强调神话与历史的重要作用，继续以宏大的史诗模式展现时代的冲突。普尔曼的《黑暗物质三部曲》、罗琳的《哈利·波特》系列与托尔金的《魔戒》、库珀的《黑暗在蔓延》一样，都采用了传统的英雄历险模式，围绕正邪对立展开故事情节，这是典型的"打黑除恶"主题。普尔曼依托的神话原型主体是《圣经》，罗琳的是亚瑟王传奇。但在全球化时代的背景下，他们的作品都呈现了兼容并包的特点，融合了各地区各民族的神话原型。不仅如此，他们还在建构起稳定的大框架后又在细节上不断地颠覆它、解构它，呈现出后现代文学的特征。普尔曼以尘埃为隐喻，颠覆了专制的一神论，提倡回归古老的泛神论信仰，呼吁生态和谐。罗琳以一条预言为线索，塑造了哈利·波特的英雄身份，却又一步步揭开预言的神秘面纱，解构了它的神圣性，指出一切不过是个体自由选择的结果，最终与普尔曼殊途同归，呼吁人们选择用博爱的力量和谐共处。

奇幻小说诞生于人类信仰开始遭遇危机之时，从《水孩子》到《哈利·波特》，无一不与它所处的历史时期的社会政治息息相关，维多利亚人焦虑、20世纪初期迷惘、50年代以来恐惧成为常态。如果说工业革命时期奇幻小说的繁荣是源于翻天覆地的革命带来的对各种社会问题的恐惧，那么当代奇幻的繁荣则是由于科技越发达，我们却发现科技不能解释的东西越多，形成了一种悖论。这中间的鸿沟需要幻想去填充。人类最独特的特征是理性和想象力，人靠理性解决问题，理性解决不了的问题靠想象力。英国奇幻小说一直扎根于现实，却并不止步于揭露现实的问题，宣扬生命的荒诞与无意义，而是始终尝试以不同的方式帮助人们认识自己、构建新的信仰体系。纵观小说的演进史，所谓的主流文学越来越重视主题的解构与形式的游戏，沦为精英的玩物，而奇幻小说却始终不忘初心，致力于反映普通人的心声。正如彭懿所说，“幻想文学夺回了那些曾经属于我们的东西。比如，随着理性时代的袭来而丧失殆尽的自然与超自然本为一体的宇宙观”①。幻想文学不单单是使我们寻回了已被忘却的宇宙根源，而且告诉了我们在这个世界所处的位置。因为清晰地窥见了改变了姿态的自己，也把我们从自我中心主义中解救出来。

对于奇幻小说来说，现实与幻想是一种连续的存在，如何联结这两个世界是作家的创新所在。英国奇幻小说的形式演进大致经历了穿越——飞越——穿梭的历程。维多利亚时期主要采用的是从现实穿越到奇境的模式，20 世纪初期虽然是魔法来到现实的低奇幻模式，总体上仍然是从现实出发到想象空间。50 年代是飞越模式，故事直接在想象的第二世界展开，虽然像纳尼亚这样的故事设置了与现实世界的连接口，但故事与现实世界几乎没有关系。70 年代进入了穿梭模式，现实世界与想象世界之间不需要任何连接，主人公可以随意穿梭在不同世界之中。八九十年代现实世界与想象世界之间更加融合，呈现出你中有我我中有你的状态，并且可能同时存在许多个空间，全都亦真亦幻。这些形式上的变化与内容一样，都与时代发展密切相关。库策(M. Daphne Kutzer)认为，“如果说现实主义小说带我们远离现实一步，那么奇幻小说至少远离两步，因为各种神奇生物和魔法掩盖了文本的意识形态”②。要挖掘出这些掩盖的意识形态需要纯真敏锐的心灵，要仍然具有感受新奇的能力，又能够看穿奇思异想背后隐藏的各种现实世界的问题。

最后再重申一点，学术界通常排斥贬低类型化的文本，将“纯文学小说(literary fiction)”置于“类型小说(genre fiction)”之上，本书为奇幻小说做了大量去儿童化、去娱乐化的努力，以期展现奇幻小说的批判意识与表现技巧。三十多年前，杰奎琳·罗丝(Jacqueline Rose)就振聋发聩地

---

① 彭懿：《西方现代幻想文学论》，上海：少年儿童出版社，1997 年，第 44 页。

② M. Daphne Kutzer, “Thatchers and Thatcherites: Lost and Found Empires in Three British Fantasies”, *The Lion and the Unicorn*, 22.2 (1998), p. 200.

指出根本就不存在什么儿童文学，童年只是成人出于自己的目的和需求而想象出来的概念。[①] 事实或许的确如此，本书涉及的作家，不管是有意还是无意为儿童创作，都表达了这样一个共通的想法——他们只是在表达自己内心深处的冲动。苏珊·库珀在一次大会的主旨演讲中明确宣称："我真的不写儿童故事。更具体点说，我不为儿童写书。与其他作家一样，我只是在写撞击我头脑的东西。"[②]儿童文学从来就不只是儿童的文学。实际上，儿童文学首先是给成人看的文学，成人必须觉得它有意义才会选择给儿童看；其次它又必须满足儿童需要的趣味性，儿童才会喜欢看，这正所谓儿童看热闹，成人看门道。反过来，儿童文学的功能也是双重的，它要同时教育成人与儿童。而其实在奇幻小说领域，人们根本就不在乎所谓的成人/儿童二元对立。[③] 奇幻小说也绝不是异想天开的搞笑故事，奇幻世界里的怪诞逻辑和荒谬可笑之处恰恰能让我们重新思考所谓"正常"的现实。

---

① Jacqueline Rose, *The Case of Peter Pan, or, the Impossibility of Children's Fiction*, Basingstoke: The Macmillan Press Ltd, 1984, pp. 1—2.

② Susan Cooper, "In Defense of the Artist", *Children's Association Quarterly*, 1978 proceedings, p. 20.

③ Farah Mendlesohn, *Diana Wayne Jones: Children's Literature and the Fantastic Tradition*, New York and London: Routledge, 2005, p. xiii.

引用文献

Adams, David. *Colonial Odysseys: Empire and Epic in the Modernist Novel*. Ithaca: Cornell University Press, 2003.

Anderson, Susan. "Time, Subjectivity, and Modernism in E. Nesbit's Children's Fiction". *Children's Literature Association Quarterly* 32.4 (2007): 308—322.

Arata, Stephen D. "The Occidental Tourist: *Dracula* and the Anxiety of Reverse Colonization". *Victorian Studies* 33.4 (1990): 621—645.

Attebery, Brian. "Fantasy and the Narrative Transaction". *Style* 25.1 Spring (1991): 28—41.

Baldick, Chris. *Oxford Concise Dictionary of Literary Terms*. Shanghai: Shanghai Foreign Language Education Press, 2000.

Bar-Hillel, Gili. "Of Moving Castles and Flying Houses: *The Wizard of Oz* and *Howl's Moving Castle* as Interconnected Milestones in Children's Fantasy Literature". *Crossing Textual Boundaries in International Children's Literature*. Ed. Lance Weldy. Cambridge: Cambridge Scholars Publishing, 2011. 385—386.

Barrie, J. M. *Margaret Ogilvy*. New York: Charles Scribner's Sons, 1897.

Bar-Yosef, Eitan. "E. Nesbit and the Fantasy of Reverse Colonization: How Many Miles to Modern Babylon?" *English Literature in Transition*, 1880—1920 46.1 (2003): 5—28.

Berry, Laura. *The Child, The State, and the Victorian Novel*. Charlottesville: University of Virginia Press, 1999.

Bird, Anne-Marie. "Circumventing the Grand Narrative: Dust as an Alternative Theological Vision in Pullman's *His Dark Materials*". *His Dark Materials Illuminated: Critical Essays on Philip Pullman's Trilogy*. Ed. Millicent Lenz and Carol Scott. Detroit: Wayne State University Press, 2005.

Birkin, Andrew. J. M. *Barrie & The Lost Boys: The Love Story that Give Birth to Peter Pan*. New York: Crown Publishers, 1979.

Bradbury, Malcolm. *The Modern British Novel 1878—2001*. Beijing: Foreign Language Teaching and Research Press, 2004.

Brantlinger, Patrick. *Rule of Darkness: British Literature and Imperialism*, 1830—1914. Ithaca: Cornell University Press, 1988.

Briggs, Julia. *A Woman of Passion*. London: Hutchinson, 1987.

Browne, Janet. *Charles Darwin: vol. 2 The Power of Place*. London: Jonathan Cape, 2002.

Butler, Charles. *Four British Fantasists: Place and Culture in the Children's Fantasies of Penelope Lively, Alan Garner, Diana Wynne Jones, and Susan Cooper*. Oxford: The Scarecrow Press, Inc., 2006.

Byam, Paige. Children's Literature or Adult Classic? The Harry Potter Series and the British Novel Tradition. *The Washington & Jefferson College Review Topic* 54 (Fall 2004):7—13.

Campbell, Joseph. *The Hero with A Thousand Faces*. New York: Princeton University Press, 1972.

Campbell, Lori M. *Portals of Power—Magical Agency and Transformation in Literary Fantasy*. Jefferson, North Carolina and London: McFarland &Company, 2010.

Carpenter, Humphrey. *Secret Gardens: The Golden Age of Children's Literature*. Boston: Houghton Mifflin Company, 1985.

Carter, Lin. *Tolkien: A Look Behind The Lord of the Rings*. New York: Ballantine Books, 1969.

Chance, Jane. *Tolkien's Art: A Mythology for England*. Kentucky: Kentucky University Press, 2001.

Chitty, Susan. *The Beast and the Monk: A Life of Charles Kingsley*. London: Hodder and Stoughton, 1974.

Colbert, David. *The Magical Worlds of Philip Pullman: A Treasury of Facts*. New York: the Berkley Publishing Group, 2006.

Cooper, Susan. *Dreams and Wishes, Essays on Writing for Children*. New York:

McElderry, 1996.

——. "My Links with Wales". *Loughborogh '83: Proceedings of the 16th International Seminar on Children's Literature*. Ed. Frank Keyse. Aberystwyth: College of Librarianship, 1983.

——. "Susan Cooper". *Something about the Author Autobiography Series* vol. 6. Ed. Joyce Nakamura. Detroit: Gale Research, 1988.

——. "Susan Cooper". Ed. Anita Silvey. *Children's Books and Their Creators*. Boston: Houghton Mifflin, 1995.

——. "In Defense of the Artist". *Children's Association Quarterly*, 1978 proceedings: 20—28.

Crouch, Marcus. *The Nesbit Tradition: The Children's Novel in England 1945—1970*. London: Ernest Benn Limited, 1972.

——. *Treasure Seekers and Borrowers, Children's Books in Britain 1900—1960*. London: Library Association, 1962.

"Susan Cooper". *Contemporary Authors Online*. Detroit: Gale, 2014.

Deborah, Thacker and Webb Jean. *Introducing Children's Literature: From Romanticism to Postmodernism*. London and New York: Routledge, 2002.

Defoe, Daniel. *The Life, Adventures, and Pyracies, of the Famous Captain Singleton*. London: Oxford University Press, 1969.

Downing, David C. *Into the Wardrobe: C. S. Lewis and the Narnia Chronicles*. San Francisco: Jossey-Bass, 2005.

Eilers, Michelle. "On the Orgins of Modern Fantasy."*Extrapolation* 41.4 (2000): 317—337.

Ferguson, John. *An Illustrated Encyclopedia of the Mystery Religions*. London: Thames & Hudson, 1976.

Freitas, Donna and Jason King. *Killing the Imposter God: Philip Pullman's Spiritual Imagination in His Dark Materials*. San Francisco: Jossey-Bass, 2007.

Gillian, Beer. *Darwin's Plots: Evolutionary Narrative in Darwin, George Eliot, and Nineteenth-Century Fiction*. London: Routledge & Kegan Paul, 1983.

Gough, John. "A Critical View of Cooper's Fantasy Quintet". *English in Education*

19.2 (1985):55—66.

Grant, Johnand Clute, John. *The Encyclopedia of Fantasy*. London: Orbit, 1997.

Greenacre, Phyllis. "From 'The Character of Dodgson as Revealed in the Writings of Carroll'". *Lewis Carroll's Alice's Adventures in Wonderland*. Ed. Harold Bloom. New York: Chelsea House Publishers, 2006.

Hand, Elizabeth. "Susan Cooper". *Supernatural Fiction Writers: Contemporary Fantasy and Horror*. Ed. Richard Blerler. New York: Charles Scribner's Sons, 2003.

Hanson, Heidi and Catherine Norberg. "'Winter Feeds It': Cold and the Construction of Good and Evil in Susan Cooper's *The Dark is Rising*". *The Lion and the Unicorn* 40 (2016): 62—80.

"Harry Potter Tops Challenged Books". *Teacher-Librarian* 28.4 (2001):67.

Harvey, Darton. *Children's Books in England: Five Centuries of Social Life*. Cambridge: Cambridge University Press, 1958.

Haughton, Hugh. "Alice's Identity". *Lewis Carroll's Alice's Adventures in Wonderland*. Ed. Harold Bloom. New York: Chelsea House Publishers, 2006. 193—203.

Hazard, Paul. "Alice's Adventures in Wonderland". *Children's Literature Review*. Ed. Carolyn Riles. Detroit: Gale, 1976.

Heilman, Elizabeth and Anne E. Gregory. "Images of the Privileged Insider and Outcast Outsider". *Harry Potter's World: Multidisciplinary Critical Perspectives*. Ed. Elizabeth Heilman. New York: Routledge Falmer, 2003. 241—259.

Holt, Jenny. "A Partisan in Defence of Children? Kingsley's The Water-Babies Re-Contextualized". *Nineteenth-Century Contexts* 33.4 (2011): 353—370.

Hume, Kathryn. *Mimesis and Fantasy: Responses to Reality in Western Literature*. Slingsby: Methuen, 1984.

Hunt, Peter. *Children's Literature: An Anthology: 1801—1902*. Oxford: Blackwell, 2001.

——. *Alternative Worlds in Fantasy Fiction*. London: Continuum, 2001.

Jackson, Rosemary. *Fantasy: The Literature of Subversion*. London and New York:

Routledge, 1981.

Jacob, Alan. "The Chronicles of Narnia". *The Cambridge Companion to C. S. Lewis*. Ed. Robert MacSwain and Michael Ward. Cambridge: Cambridge University Press, 2010.

James, Edward and Farah Mendlesohn. Ed. *The Cambridge Companion to Fantasy Literature*, Cambridge: Cambridge University Press, 2012.

Johnson, Arthur. "The Water Babies: Kingsley's Debt to Darwin". *English* 12 (1959):215—219.

Jones, Diana Wayne. "Birthing a Book,"*The Horn Book* (July/August 2004), 389—390.

Jones, J. Sydney. "Diana Wynne Jones". *Something About the Author Series* Vol. 108. Detroit: Gale Publishing Co. , 2000.

Kiefer, BarbaraZ.. "Wales as a setting for children's fantasy". *Children's Literature in Education* 13. 2 (1982): 95—102.

Kingsley, Charles. *The Water-Babies: A Fairy Tale for a Land-Baby*. Cambridge: Chadwyck-Healey Ltd, 2000.

Kirk, Connie Ann. *J. K. Rowling: A Biography*. Westport: Greenwood Press, 2003.

Knoepflmacher, U. C.. *Ventures into Childland: Victorians, Fairy Tales, and Femininity*. Chicago and London: University of Chicago Press, 1998.

Kutzer, M. Daphne. "Thatchers and Thatcherites: Lost and Found Empires in Three British Fantasies". *The Lion and the Unicorn*22. 2 (1998): 197—209.

Lancelyn, Roger Green and Walter Hooper. *C. S. Lewis: A Biography, revised edition*. London: Harper Collins, 2002.

Lawton, Rachel. "Lewis Carroll's Alice: A Quest for Humanity in the Cultural Underground of Social Politics in Victorian England". Texas A&M University-Commerce Dissertation, 2006.

Lee, Stuart D. *A Companion to J. R. R. Tolkien*. Oxford: John Wiley & Sons, Ltd, 2014.

Levy, Michael and Farah Mendlesohn. *Children's Fantasy Literature: An Introduction*. Cambridge: Cambridge University Press, 2016.

Lewis, C. S.. *Surprised by Joy: The Shape of My Early Life*. London: Fount Paperback, 1977.

——. "On Three Ways of Writing for Children". *Essay Collection*. Ed. Lesley Walmsley. London: Harper Collins, 2000.

——. "It All Began with a Picture". *Essay Collection*. Ed. Lesley Walmsley. London: Harper Collins, 2000.

——. "Sometimes Fairy Stories May Say Best What's To Be Said". *Essay Collection*. Ed. Lesley Walmsley. London: Harper Collins, 2000.

——. *The Lion, The Witch and The Wardrobe*. Glasgow: Fontana Lions, 1982.

Lloyd-Smith, Allan. "Review on*In Defence of Fantasy: A Study of the Genre in English American LiteratureSince 1945*", *Journal of American Studies*, 19. 3 (Dec., 1985): 474—475.

Lovell-Smith, Rose. "Eggs and Serpents: Natural History Reference in Lewis Carroll's Scene of Alice and the Pigeon". *Children's Literature* 35 (2007): 27—53.

MacDonald, George. "The Fantastic Imagination."*Fantastic Literature: A Critical Reader*. Ed. David Sandner. Westport: Praeger Publishers, 2004. 64—69.

MacSwain, Robert and Ward, Michael. Ed. *The Cambridge Companion to C. S. Lewis*. Cambridge: Cambridge University Press, 2010.

Manlove, C. N.. *The Fantasy Literature of England*. New York: Palgrave, 1999.

——. *From Alice to Harry Potter: Children's Fantasy in England*. Christchurch: Cybereditions Corporation, 2003.

——. *The Impulse of Fantasy Literature*. London: The Macmillan Press Ltd, 1983.

——. *Scottish Fantasy Literature*. Edinburgh: Canongate Academic, 1994.

——. *Modern Fantasy: Five Studies*. Cambridge: Cambridge University Press, 1975.

——. "The Narnia Books". *Bloom's Modern Critical Views: C. S. Lewis*. Ed. Harold Bloom. New York: Chelsea House Publishers, 2006.

——. *Christian Fantasy: From 1200 to the Present*. Basingstoke: Macmillan, 1992.

Mendlesohn, Farah. *Diana Wynne Jones: Children's Literature and the Fantastic Tradition*. New York and London: Routledge, 2005.

Michael, Nevin. *The Age of Illusions: The Political Economy of Britain*, 1968—1982. New York: St. Martins, 1983.

Mikkelsen, Nina. *Susan Cooper*. New York: *Twayne Publishers*, 1998.

Moore, Doris Langley. *E. Nesbit* (2nd edition). London: Ernest Benn Ltd, 1967.

Nesbit, Edith. *The Story of the Amulet*. SMK Books, 2010.

Nikolejeva, Maria. *The Rhetoric of Character in Children's Literature*. Lanham, Maryland, and Oxford: The Scarecrow Press, 2003.

Plante, RaymondL.. "Object and Character in *The Dark is Rising*". *Children's Literature Association Quarterly* 11. 1 (1986): 37—41.

Pullman, Philip. "Comment on Religion". Philip Pullman website, http://www.philippullman.com/pages/content/index.asp? PageID=12. [2010—04—03]

Review of *Water-Babies*, *The Saturday Review*, 23 May 1863, 665—666。

Rose, Jacqueline. *The Case of Peter Pan, or, The Impossibility of Children's Fiction*. Basingstoke: The Macmillan Press Ltd, 1984.

Schlobin, RogerC.. Ed. *The Aesthetics of Fantasy Literature and Art*. Notre Dame, Indiana: University of Notre Dame Press, 1982.

Scott, Water. *The Pirate* (Vol. I). Edinburgh: Pr. For Archibald Constable & Company, 1822.

Squires, Clarie. *Philip Pullman's "His Dark Materials" Trilogy: A Reader's Guide*. London: Continuum, 2003.

Tatar, Maria. "Review on*The Aesthetics of Fantasy Literature and Art*". *The German Quarterly* 57. 4 (Autumn, 1984): 691—693.

"The 50 Greatest British Writers Since 1945". *The Times*. 5 January, 2008.

"The TruthAbout Harry Potter". *Satan's ABC's of Child Destruction*. 6 Dec. 2000.

Tolkien, J. R. R.. *On Fairy Stories*. London: Harper Collins, 2001.

"Tolkien Talking". *Sunday Times* (27 Nov. 1966).

Tucker, Nicholas. "Keynote Address: Diana Wynne Jones". *Journal of the Fantastic in the Arts* 21. 2 (2010) :162—168.

——. *Darkness Visible: Inside the World of Philip Pullman*. Duxford: Wizard Books, 2003.

Ward, Michael. *Planet Narnia: The Seven Heavens in the Imagination of C. S. Lewis*. Oxford: Oxford University Press, 2008.

Whited, LanaA.. Ed. *The Ivory Tower and Harry Potter: Perspectives on a Literary Phenomenon*. Columbia: University of Missouri Press, 2002.

Wilson, A. N. .*C. S. Lewis: A Biography*. New York: Norton, 1990.

Wilkie, Christine. "Relating Texts: Intertextuality". *Understanding Children's Literature*. Ed. Peter Hunt. London: Routledge, 1999.

Wood, Naomi. "The Cultural Geography of Fantasy Britain". *Children's Literature* 36 (2008):251—256.

Wüllschlager, Jackie. *Inventing Wonderland: The Lives and Fantasies of Lewis Carroll, Edward Lear, J. Barrie, Kenneth Grahame and A. A. Milne*. London: Methuen, 1995.

Yates, Jessica. "Jones, Diana Wynne." *Children's Literature Review*. Ed. Tom Burns, vol. 120, Gale, 2007. Literature Resource Center.

巴里·詹姆斯:《小飞侠彼得·潘》,杨静远译,北京:中国画报出版社,2013年。

陈兵:"冷战与英国小说创作",《黑龙江社会科学》2013(1):128—132。

陈茂林,严启刚:"回归自然,诗意生存—论生态批评的内涵构建",《上海财经大学学报》2005(6): 59—66。

陈世丹:《英国后现代主义小说详解》,天津:南开大学出版社,2013年。

布赖恩·奥尔迪斯,戴维·温格洛夫:《亿万年大狂欢——西方科幻小说史》,舒伟等译,合肥:安徽文艺出版社,2011年。

查尔斯·金斯利:《水孩子》,张炽恒译,北京:中央编译出版社,2015。

常耀信主编:《英国文学通史》(第二卷),天津:南开大学出版社,2011年。

陈思:论《哈尔的移动城堡》对传统城堡意象的颠覆,贵州大学硕士学位论文,2014年。

崔筱:"《哈利·波特》:极具'史诗'意味的后现代主义叙事艺术",《文艺评论》2015(9):91—97。

戴安娜·韦恩·琼斯:《哈尔的移动城堡》,何羲和译,上海:上海文艺出版社,2015年。

菲利普·普尔曼:《琥珀望远镜》,陈俊群译,上海:上海译文出版社,2008年。

——《魔法神刀》,周倩译,上海:上海译文出版社,2008年。

——《黄金罗盘》,周景兴译,上海:上海译文出版社,2008年。

弗吉尼亚·伍尔夫:"论现代小说",李乃坤编选,《伍尔夫作品精粹》,石家庄:河北教育出版社,1990年。337—339。

高秀明:"论槌球与英国维多利亚时期中产阶级的价值观",《扬州大学学报(人文社会科学版)》2009(3):103—106。

耿波:《西方文学史简明教程》,北京:中国传媒大学出版社,2014年。

郭星:《20世纪英国奇幻小说研究》,南开大学博士论文,2010年。

"哈利·波特二十年,一个时代的美好回忆",搜狐中文在线2017—06—27,[2018—06—04获取].

《霍比特人3》曝"告别中土"版预告 中土传奇将落幕,网易娱乐,2014—11—27[引用日期2018—03—21]

蒋风:《外国儿童文学教程》,杭州:浙江大学出版社,2012年。

姜淑芹:"哈利·波特研究综述",《内蒙古大学学报(哲学社会科学版)》2008(1):82—87。

——《从隐喻到转喻:〈哈利·波特〉系列的结构主义研究》,长春:吉林大学出版社,2008年。

——"并置与戏仿:析《哈利·波特》的魔法世界",《东北师大学报(哲学社会科学版)2009(5):147—150。

杰克·齐普斯:《冲破魔法符咒:探索民间故事和童话故事的激进理论》,舒伟译,合肥:安徽少年儿童出版社,2010年。

克里夫·斯坦普尔·路易斯:《魔法师的外甥》,张茗译,沈阳:万卷出版公司,2014年。

李利芳:"地球的希望之火",苏珊·库珀,《树上银花》,姚锦清,单蓓译,长沙:湖南少年儿童出版社,2009年。

刘意青:《英国18世纪文学史(增补版)》,北京:外语教学与研究出版社,2018年。

刘易斯·卡罗尔:《爱丽丝漫游奇境》,黄健人译,北京:中央编译出版社,2015年。

鲁枢元:《生态文艺学》,西安:陕西人民出版社,2000年。

梅子涵等:《中国儿童文学5人谈》,天津:新蕾出版社,2008年。

欧文·白璧德:《卢梭与浪漫主义》,孙宜学译,石家庄:河北教育出版社,2003年。

彭懿:《西方现代幻想文学论》,上海:少年儿童出版社,1997 年。

J.K. 罗琳:《哈利·波特与魔法石》,苏农译,北京:人民文学出版社,2000 年。

——《哈利·波特与密室》,马爱新译,北京:人民文学出版社,2000 年。

——《哈利·波特与阿兹卡班囚徒》,马爱农,马爱新译,北京:人民文学出版社,2009 年。

——《哈利·波特与"混血王子"》,马爱农,马爱新译,北京:人民文学出版社,2005 年。

——《哈利·波特与凤凰社》,马爱农,马爱新译,北京:人民文学出版社,2009 年

——《哈利·波特与死亡圣器》,马爱农,马爱新译,北京:人民文学出版社,2007 年。

乔治·马丁:《冰与火之歌(卷一)——权力的游戏(上)》,谭光磊,屈畅译,重庆:重庆出版社,2012 年。

任爱红:《维多利亚时期英国儿童幻想文学研究》,山东师范大学博士论文,2015 年。

人生的境界就在于你记不记得这些日子(2),网易新闻,15/01/09[引用日期 2017-12-26]《圣经》,上海:上海译文出版社,2008 年。

舒伟:《从工业革命到儿童文学革命——现当代英国童话小说研究》,北京:中国社会科学出版社,2015 年。

——"关于西方文学童话研究的几个基本问题",《外语研究》2010 (4): 86-91。

——"维多利亚时期英国童话小说崛起的时代语境",《外国文学评论》2009(4):216-26。

苏珊·库珀:《大海之上、巨石之下》,姚翠丽译,长沙:湖南少年儿童出版社,2008 年。

——《黑暗在蔓延》,姜淑芹译,长沙:湖南少年儿童出版社,2008 年。

——《绿巫师》,赵海虹译,长沙:湖南少年儿童出版社,1998 年。

——《树上银花》,姚锦清,单蓓译,长沙:湖南少年儿童出版社,1998 年。

托尔金与霍比特人,凤凰财经,20140117[引用日期 2018-03-21]

王宁:"重建全球化时代的中华民族和文化认同",《社会科学》2010 (1):98-105。

王卫新、隋晓荻:《英国文学批评史》,上海:上海外语教育出版社,2012 年。

王佐良:《王佐良全集》第 5 卷,北京:外语教学与研究出版社,2016 年。

威廉姆斯·华兹华斯:《湖畔诗魂——华兹华斯诗选》,杨德豫译,北京:人民文学出版社,1990 年。

吴舜立:《外国文学》,西安:陕西师范大学出版社,2014 年。

夏妙月，姜淑芹：“英雄成长之歌——析《黑暗物质三部曲》的成长主题”，《外国语文》2007(6)：21—27。

夏妙月，姜淑芹。“社会历史批评视域下的《黑暗物质三部曲》尘埃意象解读”。《浙江社会科学》2018(3)：144—150。

夏玉玲：“‘荒唐’儿童文学在中国的文化误读与接受困境——以《爱丽丝漫游奇境记》为例”，《求索》2014(9)：110—114。

杨静远：“永不消逝的童年的梦——一本老幼共赏的书《阿丽思漫游奇境记》”，《读书》1981 (2)：117—9。

伊迪斯·内斯比特：《五个孩子和沙地精》，马爱农译，北京：人民文学出版社，2014 年。

——《四个孩子和一个护身符》，任溶溶译，上海：上海译文出版社，2015 年。

聂建中等主编：《与世界文豪学英语——安徒生童话选》，延吉：延边大学出版社，2003 年。

张军平：“谁是《彼得·潘》的读者：儿童小说之成人书写”，《外国文学评论》2017 (4)：178—92。

张旭春：《浪漫主义、文学理论与比较文学研究论稿》，上海：复旦大学出版社，2013 年。

兹维坦·托多罗夫：《奇幻文学导论》，方芳译，成都：四川大学出版社，2015 年。

朱迪思·赫尔曼：《创伤与复原》，施宏达，陈文琪译，北京：机械工业出版社，2015 年。

祝平：“21 世纪英美托尔金研究综述”，《苏州科技学院学报（社会科学版）》2014 (2)：90—95。

——“英美托尔金研究之发轫”，《安徽文学》2014(5)：36—41。

——“英美托尔金研究的第一波高潮”，《英美文学研究论丛》2014(21)：34—43。

——“英美托尔金研究的第二、三波高潮”，《当代外语研究》2014(4)：58—62。

朱自强：《儿童文学概论》，北京：高等教育出版社，2009 年。

——“小说童话：一种新的文学体裁”，《东北师大学报（哲学社会科学版）》1992(4)：63—78。